Piel de lobo

Piel de lobo

Lara Moreno

(anotación manuscrita ilegible)

Lumen

narrativa

Segunda edición: noviembre de 2016

Printed in Spain – Impreso en España

ISBN: 978-84-264-0331-5
Depósito legal: B-17.324-2016

Compuesto en La Nueva Edimac, S. L.
Impreso en Reimbook
(Barcelona)

H 4 0 3 3 1 5

Penguin
Random House
Grupo Editorial

A Beatriz, mi hermana

Solía dormir rodeada de muñecos de peluche que me provocaban alergia. A veces se me hinchaban los ojos y la nariz por los ácaros del polvo. Dormía con ellos porque tenía miedo, dormía enterrada entre bolsas de felpa rellenas de algodón sintético con ojos de plástico y bigotes de lana. Tenía miedo del espíritu santo, por ejemplo, una paloma tétrica de pico sucio y garras afiladas que entraba volando en un oscuro pajar, aleteando a traición, robándote algo muy valioso que había dentro de ti, algo irrecuperable. Era más que un misterio, era una amenaza. También sentía un vértigo que me revolvía las tripas cuando pensaba en el infinito. El infinito era todo lo que había arriba, nosotros los humanos en la Tierra y alrededor los demás planetas, las estrellas, el universo, la negrura más ancha, lo que no se acaba nunca, y hacia allá iba mi mente intentando comprender, no sé si el origen o el fin, pero algo inhóspito que me dolía en la frente, porque detrás de todo eso inabarcable estaba dios, la única teoría, la única incógnita, una razón que me apretaba hasta el insomnio. Me quedaba muy quieta entre los muñecos, me tapaba la cabeza con la sábana y cerraba los ojos. El sueño no llegaba. En la cama de al lado, el cuerpecito flaco de mi hermana reposaba en silencio, limpio de peluches su colchón, una respiración inaudible.

Llega un momento en la noche de un niño en que encender la luz es algo materialmente imposible. La única salvación en aquellas situaciones era el pasillo: al fondo, la habitación de mis padres.

Al fin me decidía y saltaba de la cama, descalza salía de mi cuarto y atravesaba el pasillo muy despacio, como si mis pies de niña de ocho años pudieran hacer ruido sobre las baldosas. El recorrido era eterno, y no porque el pasillo fuera largo, sino porque yo me recreaba en cada paso, mi figura en medio de la noche avanzaba a tientas, congelándome en el tiempo, ya que en cualquier momento todo podía solucionarse en mi interior y quizá consiguiera darme la vuelta, no interrumpir el sueño de nadie, no hacer nada indebido, meterme en mi cama y dormir hasta el día siguiente. Pero ahí estaba la puerta abierta de la habitación de mis padres, ahí la luz de la luna o de las farolas traspasando las cortinas del balcón y recortando en la oscuridad la cama enorme, las dos mesillas de noche con los libros, el cuerpo gigante de mi padre bocarriba, ocupándolo todo, su respiración fuerte que no llegaba a ser un ronquido pero que quedaba suspendida en mi propia respiración, hilo tensado, aleteo traicionero de paloma, el cuerpo de mi madre de lado, formando un triángulo en una esquina de la cama, su mano doblada sobre el hombro, una mano suave de madre que descansa.

Con la delicadeza de un trapecista, todos los músculos contraídos, yo daba la vuelta a la gran cama hasta situarme junto a mi madre. Y ahí me quedaba, quieta y espectral. La miraba. No me atrevía a hacer otra cosa, no susurraba mamá, no tocaba su brazo, solo la miraba, porque mi padre dormía al otro lado con su fuerte respiración. Que mi padre se despertase en un violento respingo, que se alzase en la cama y me descubriera era algo que no podía ocurrir. A veces tenía mucha suerte. Tras varios minutos, mi madre abría sus ojos verdes, asustada por mi presencia, ¿cómo notaba en sueños que yo la estaba vigilando?, farfullaba algunas palabras, ¿qué haces aquí?, una riña sin voluntad, y me dejaba acostarme con ella. Y allí en medio, entre aquellos cuerpos tan diferentes, el de mi madre y el de mi padre, procurando no mover ni una pestaña para que la vida no diese marcha atrás, conseguía por fin dormirme, incómoda, caliente, plácida, hasta la mañana siguiente.

En una esquina de la pequeña parcela hay un caballito de plástico. Parece que lleve ahí una vida entera, aunque no es un modelo demasiado antiguo. Aquella es la única parte que se ha conservado como jardín, que no ha sido sellada con cemento y baldosas y convertida en patio. Ahora la hierba crece en sucios matojos alrededor del balancín. Nunca fue cuidada por un jardinero, pero en algún momento algo parecido al césped brilló en los días soleados de invierno.

Las dos hermanas cruzan la verja con determinación, y la visión del caballito de plástico abandonado, blanco y azul desvaído en las crines, no las altera. Tienen los ojos a lo mejor cerrados, quizá han entrado a ciegas en la casa, porque conocen el camino de memoria. Sin embargo una de ellas, la más joven, mientras la otra abre la puerta, se dirige decidida hacia la esquina. Sin pensarlo, como si lo tuviera planeado, coge el caballo por uno de los manillares y al levantarlo de la tierra hay un revuelo de hormigas y cochinillas; el único punto de humedad. La mujer sale de la parcela con el balancín a cuestas y lo deja junto a los contenedores que hay en la acera de enfrente. El plástico cruje, vencido por el sol y el calor. La mujer no mira atrás y entra en la casa sin sentimentalismo.

Sobre la cama se van amontonando las ropas, los recuerdos encontrados en los cajones. Pantalones viejos, oscuros, con el dobladillo cosido a mano y luego planchado, la raya de la pernera aún intacta. Camisas blancas, alguna celeste, a cuadros las de invierno, chalequillos de punto fino, cinturones de piel con la forma hendida de la hebilla sobre los distintos agujeros adecuados al paso de los años. Calcetines finos con los elásticos podridos. Un par de chaquetas, ninguna corbata, una gabardina tiesa, un chaquetón forrado, pijamas desparejados de tristes estampados de los años noventa, calzoncillos blancos, algunos con agujeros. El ajuar de un hombre solo. No hay joyas. No está su anillo de casado, no hay gemelos con sus iniciales grabadas, tampoco la cadenita de oro que llevó en su primera comunión. Sofía y Rita trabajan con esmero y con impaciencia. Prácticamente todo lo que encuentran lo meten en grandes bolsas de plástico; a veces una de ellas se para a oler una prenda, los pañuelos de tela doblados en cinco, un cojín aplastado sobre la mecedora. Todo huele a polvo, a húmedo y a cerrado, pero existe aún el resto de la memoria, la permanencia del hombre, un leve vaho de colonia o de loción para después del afeitado.

El padre murió hace un año. Tuvo suerte y no fue un cáncer ni una enfermedad degenerativa, un sencillo y eficaz infarto cerebral lo tumbó una mañana de junio, justo después del desayuno. Sobre la mesa del salón había quedado la taza de café volcada, que no rodó hasta el suelo porque chocó contra el plato de las tostadas y ahí se quedó: el cuchillo para la mantequilla a un lado, al otro una servilleta de papel hecha un gurruño. La televisión encendida. Las ventanas abiertas. El cuerpo en el suelo, una de las patas de la silla clavándose en el abdomen. Estuvo así dos días.

Sofía selecciona los libros con cansancio. Algunos los ha leído o los conoce pero otros son nuevos para ella, comprados seguramente en mercadillos del libro o en grandes almacenes. No le interesan y los va metiendo en cajas, sin limpiarles el polvo. No se para a mirar si en las páginas de cortesía hay algo escrito, una fecha, una dedicatoria o la firma de su padre. Él no amaba tanto los libros como para escribir en ellos. Llena dos cajas. Las cierra con cinta de embalar. Los pocos volúmenes que ha separado los deja en la estantería, junto a unas feas y abstractas figuras de porcelana y los marcos con las fotos. Los pone bocabajo; más tarde tendrán que repartírselos.

Empieza a hacer calor y Sofía tiene hambre. Busca su bolso por las habitaciones y se cruza con su hermana, que ahora está trasteando en los muebles de la cocina y entrando y saliendo con electrodomésticos cubiertos de grasa, una batidora, un exprimidor eléctrico y también trapos comprados hace una década y aún sin estrenar. ¿Tienes hambre?, pregunta Rita. Sí, pero quiero llamar por teléfono antes. Sofía encuentra su bolso por fin y sale de la casa. Junto a la puerta, en una especie de saliente que no llega a ser un porche, hay una mesa y dos sillas de plástico verde. Están sucias, y el tablero de la mesa guarda el rodal de unos vasos; son los fósiles del zumo de macedonia, envase de dos litros, un whisky a deshoras, el vino tinto de una esporádica comida familiar. Sofía se sienta en una de las sillas y estira las piernas, separando bastante un pie del otro. No sabe si está cansada, aburrida o profundamente incómoda. Por la calle apenas pasa nadie a esa hora, solo el coche de alguien que vuelve del trabajo para almorzar en el hogar. La casa está en una vieja urbanización algo retirada del pueblo, camino de la playa. No es un conjunto de viviendas uniformes y adosadas, sino una urbanización de los años setenta, hecha de casas libertinas, más bien antiestéticas.

Pero a ella le gusta. Muchos vecinos han reformado las construcciones originales, han añadido una planta y una piscina, han subido las vallas y las han cubierto con hiedra o caña falsa. Su padre no fue el primer dueño de esa casa pero la conservó tal cual estaba. Solamente hizo aquel horror con la parcela, echarle cemento y poner baldosas, para que no hubiera trabajo que hacer, la comodidad por encima de la belleza. De todos modos a ella le gusta la casa. Le provoca desasosiego, pero le gusta. Muy en el fondo, no quiere desprenderse de ella, al fin y al cabo es su único lugar al que volver. Abre el bolso, coge el teléfono, llama. Respira hondo, para parecer tranquila y segura cuando descuelguen, incluso distraída. No lo cogen.

Oye, ¿has terminado? Yo tengo hambre. Rita encuentra a Sofía en la misma postura, en la silla del porche, un rato después. Sofía se revuelve, aún tiene el teléfono en la mano. Ha llamado dos veces más y nada. No debería estar asustada, sino solo enfadada. No debería preocuparse. Se revuelve en el asiento y mira hacia arriba; Rita tiene los ojos fijos en sus manos crispadas sobre el regazo. Sí, ya está. Vamos a comer. Al levantarse coge fuerza apoyándose en los reposabrazos de la silla, pero aun así su movimiento es demasiado lento, como si algo no funcionara o hubiera envejecido. En realidad es lo que siente. Que está vieja.

Al llegar a la casa guardó dentro del frigorífico desenchufado una bolsa con comida que había preparado la noche anterior, y ahora la coge; tiene muchísima hambre. La angustia le da hambre. Pero Rita tiene otros planes. Se ha calzado las zapatillas de lona, lleva el bolso al hombro y se está pintando los labios. La mira extrañada. No me digas que piensas comer aquí, en la casa. Está vacía esta casa. De hecho la estamos vaciando. ¿Por qué quieres comer aquí? Sofía lo sabe. Que lo normal sería salir. No sé, porque no me apetece gastarme dinero comiendo fuera. Porque anoche hice una ensalada de arroz y es lo que quiero comer. Vale, pero haces ensaladas de arroz todas las noches o casi todas. ¿No te parece que es bastante mejor idea que almorcemos juntas por ahí, en uno de los restaurantes de la playa? Sofía ya se ha ensombrecido, con ese punto de cansancio. Prefiero comer aquí, ve tú. Rita resopla, se da la vuelta, deja su bolso en una de las habitaciones, se quita de nuevo las zapatillas, se chupa el pintalabios. Realmente quiere irse, que le dé el aire, pero se va a quedar. Va a comer con su hermana en esa casa vacía y se va a dar mucha prisa en terminar de recoger y así podrá largarse antes de que se haga de noche. Vale, comemos aquí, pero no voy a comer en el porche porque me muero de calor y no pienso comer en la mesa del salón ni sentarme en esas sillas. Así que apártalas y comemos en el suelo. Voy al baño.

Sofía siempre ha parecido algo corpulenta al lado de su hermana, aunque realmente no lo es. No tiene huesos robustos, no es una mujer de complexión fuerte. Es alta, y un poco redonda, pero con una suavidad rotunda, premeditada, como si todo en ella fuera a quedarse siempre en el mismo lugar. Y como es la mayor, es más grande. Como es la mayor, pesa más, le cuesta más trabajo moverse. Como es la mayor, siempre prefirió quedarse sentada viendo cómo su hermana pequeña, liviana, fibrosa, saltarina, ágil, danzaba a su alrededor, se alejaba por los arenosos caminos, prácticamente volaba. Se la llevaba el viento. Ahora es casi lo mismo.

La mesa del salón donde su padre estaba desayunando en el instante en que le dio el infarto cerebral la han arrinconado a un lado de la ventana, igual que las sillas. Sofía ha logrado encontrar un mantel de tela decente, uno sin manchas, porque un hule no le servía. Lo ha extendido en el suelo en medio del salón y ha colocado también dos cojines, uno frente al otro. Dos platos, dos vasos, una jarra de cristal llena de agua del grifo, dos tenedores iguales. En el centro del mantel, su ensalada de arroz integral, zanahoria y manzana oxidada, con un poco de aceite, sal y sésamo. Sofía ya no tiene cara de derrota, todo esto del simulacro de pícnic la ha animado. A ella no le habría importado comer en la mesa donde su padre murió, porque seguramente su padre muriera ya en el suelo; de hecho, es muy probable que muriera exactamente en el lugar donde su hermana Rita está sentada con sus bonitas piernas cruzadas; es más, no se sabe cuánto tiempo estuvo su padre ahí, a punto de morirse, revolviéndose, los médicos dicen que nada, ni un segundo, que cayó desplomado y todo se acabó, pero quién sabe, no había nadie. No llegó nadie en dos días. Le apetecería contarle a Rita esto que se le ha ocurrido, pero no es el momento. Es mejor no decir nada. Servir la ensalada. Comer.

Y comen. Sofía mastica con el entusiasmo propio de los militantes. Incluso sus ojos brillan. Ya se ha olvidado del teléfono, de las llamadas no contestadas, de los calurosos chiringuitos de la playa y de su padre. Mastica y traga concentrada, siente dicha al descubrir los matices del aceite de oliva en el arroz integral. Sabe que es algo bueno para ella, algo bueno para el mundo. Rita mira a su hermana, sentada tan recta, tan sólidos sus hombros, su presencia. La observa con asombro masticar una y mil veces esos duros e insípidos granos de arroz. Casi diría que están crudos, que los ha cogido del paquete tal cual, un puñado y otro y otro, y ha echado aceite encima y ya está, en eso consiste el almuerzo. Ella intenta tragarlos de golpe, ayudándose de grandes sorbos de agua, porque este acto fraternal debe acabar cuanto antes. En su postura se nota indiferencia. Una relajación algo despótica, propia de la eterna adolescencia de sus miembros, de su espalda fina, incluso de esos pómulos altos y esa frente despejada de reptil, hermoso, frío. Quiere terminar rápido con todo esto. Sofía ha propuesto alquilar la casa en vez de venderla, pero Rita prefiere liquidar, aunque no es precisamente ella quien necesita el dinero. Sofía acaba con su plato y mira de frente a su hermana menor, se hunde en sus ojos grandes y grises, marrones, cambiantes, en sus ojeras. Dura unos segundos. Durante ese tiempo, ninguna de las dos tiene que ir a ninguna parte, nada las espera allá afuera. Es como si no hubieran pasado los años, o mejor, como si hubieran llegado al lugar donde todo termina y solo les quedara abrir las alas. Pero ese momento también se desvanece.

El autobús ha entrado en la silenciosa estación ya pasada la media noche. Todas las estaciones a esa hora son la misma, todas tienen un aire de violencia, de desolación y de libertad. Toda la gente que atraviesa una estación pasada la media noche parece que encerrara una historia sagrada o un desconsuelo. Los autobuses duermen cual gusanos gigantes, las taquillas están cerradas, el tiempo no discurre. Sofía sale de la estación y respira hondo. Mientras se alejaba de las dársenas ha sido como si hubiera retrocedido veinte años. Incluso oye el ruido fantasma de las ruedas de aquella castigada maleta de su época universitaria sobre las baldosas.

Ahora no lleva nada, solo un bolso grande y una cazadora arrugada en la mano. Es muy tarde, pero ha preferido coger el último autobús antes que quedarse a dormir en el pueblo. Su teléfono no ha sonado en todo el día. Ya no importa, pronto va a llegar a casa. Camina en dirección al puente, pero a los cien metros levanta la mano y para un taxi. Le dice que la lleve a su casa y mientras el coche aumenta de velocidad ella relaja la espalda en el asiento, intentando, otra vez, saber cuál es el sentimiento o la actitud que ahora le toca.

Respira hondo, mete la llave, abre la puerta de su casa. Hay luz en el salón. Deja las llaves en su sitio, cuelga el bolso, saca de él la bolsa de plástico con el recipiente del arroz ya vacío y lavado, lo deja en la encimera de la cocina. Todo está recogido, no hay nada preparado para ella en una bandeja, no está su porción de cena apartada, por si acaso, no hay señales de que nadie haya cenado, tampoco. Deja la cazadora encima de un taburete y está a punto de sentarse en él a descansar otra vez o a pensar otra vez en cuál es la cara que debe mostrar, como si no lo hubiera pensado ya mil veces en el viaje de vuelta. Se oyen voces en el salón, una película. La puerta está cerrada. La abre.

Qué tal. Bien, estoy viendo una película. Qué tal tú. Cansada. Ya. ¿Cómo os ha ido, habéis terminado? No lo sé, no sé si hemos terminado todavía. ¿Hay algo de cenar? ¿No has cenado? Es tardísimo, no sé por qué no has cenado. No me daba tiempo a coger el autobús. Pues podrías haberte comprado un sándwich en la máquina de la estación. Prefería cenar en casa, cualquier cosa. No hay nada hecho porque hemos cenado fuera. Ah. Qué bien. ¿Dónde? En un griego nuevo del centro. ¿Un griego? ¿Y por qué habéis cenado fuera?, es martes. Sí, es martes, y qué pasa. Bueno, voy a prepararme una ensalada. Pues no queda nada de lechuga ni de col. Vaya. Mira, se me está quitando el hambre. ¿Te importa que me siente aquí un rato? ¿Eres tonta?, no empieces. No sé, es que estabas viendo una película. ¿Y qué tiene que ver? Pues que quizá no quieras hablar. Ah, pero ¿tú quieres hablar? Entonces no me estás preguntando si me importa que te sientes a mi lado en el sofá sino si quiero hablar, y es obvio que no quiero hablar, no sé por qué preguntas. Es casi la una de la mañana y estoy viendo una película y mañana madrugo y yo también estoy cansado. Sí, ya sé que es tarde, y que no estabas despierto para esperarme. No vayas por ahí, por favor. Creo que voy a acostarme ya. No vas a terminar de ver la película. No, no voy a terminar de ver la película. Y no quieres hablar. Sofía. No hay nada de qué hablar. Te he llamado hoy dos o tres veces. No estaba pendiente del teléfono, tenía mucho trabajo, y luego fuimos al centro y a cenar y demás, ya te lo he dicho. Pero podrías haberme devuelto la llamada. Joder, te fuiste esta mañana temprano, no hace dos semanas, ¿querías algo urgente? Si hubieras querido algo urgente me habrías puesto un mensaje, ¿no? Qué cansado estoy de estas conversaciones. Yo también estoy cansada, los dos estamos muy cansados y eso ya lo hemos repetido veinte veces, siempre estamos cansados de una cosa o de la otra. Pero yo te he llamado para hablar con Leo y podrías al menos cogerme el teléfono. No voy a seguir discutiendo. ¿Habéis ido los dos solos a cenar? Sofía, basta. Te he dicho que me voy a acostar. Te he dicho que no quiero hablar. Es más, te he dicho que no hay nada de qué hablar, y no se te ocurra echarme la bronca porque por un puto día que estás fuera no te devuelvo unas llamadas. Come algo y acuéstate tú también. Mañana estarás con Leo, como todos los días de su vida. No tengo hambre. Y no me hables así. Sofía, no empieces a llorar, por favor, es tardísimo. No te pongas a llorar ahora. Es que para mí ha sido un día duro, y encima esto. ¡Encima qué! Me voy a la cama. Ni siquiera me preguntas cómo me ha ido. ¡Te lo he preguntado cuando has llegado, cuando has asomado la cabeza por la puta puerta! No, me has dicho que si habíamos terminado y no sé si hemos terminado, hay muchas cosas que recoger, hay mucho que hacer, es una casa entera, y además ahora no se vende nada y la casa necesitaría unos arreglos, creo que bastantes arreglos, no sé, no sé qué vamos a hacer, bueno, sí lo sé, yo le he propuesto alquilarla pero ella se niega, quiere que la vendamos, así que la venderemos, porque yo no tengo dinero para comprarle su parte, perderé la casa y ya está. Me parece muy bien, hace años que solo ibas a esa casa por obligación, y además necesitas el dinero. ¿Lo necesito yo?, ¿no lo necesitamos los dos? Bueno, creo que tú lo necesitas más que yo, ¿no? Joder, Sofía, ¿de esto querías hablar? ¿De la herencia de tu padre y de tus movidas con tu hermana? ¿No hemos hablado ya de esto mil veces? No. No lo hemos hablado mil veces, pero en realidad quería que hablásemos de nosotros. De nosotros. Uf, me voy a la cama. No aguanto más.

Perseguirlo por el pasillo no es una opción. Meterse con él en el baño, mirarlo mientras se cepilla los dientes, mientras mea. Insistirle mientras se pone el pijama y se acuesta, mientras se da la vuelta, mientras se queda dormido, mientras empieza a roncar, no es una opción. Debe quedarse ahí. En el sofá. Sentada en el borde, con esa espalda suya compacta y recta, con las manos sobre el regazo, otra vez crispadas, unas manos con las que no puede hacer nada atrevido. Ya no está llorando, paró en cuanto él se lo dijo. No por obedecerlo, sino porque en el fondo llora sin ganas. No está llorando pero sí tiene hambre, el hambre nunca se le quitó, desde que estaba en el pueblo y dejaron las cajas listas y las bolsas y todo organizado para repartir, donar, tirar, heredar, y cerraron la casa y Rita la llevó en coche a la estación y se despidieron y ella tenía hambre pero no quiso decirle a su hermana vamos a cenar juntas, regreso mañana, cenemos juntas porque hace una noche muy bonita, las noches de junio siempre son bonitas aquí. Se despidieron rápido, porque quizá querían ambas separarse por fin, porque en el fondo no se habían dicho nada, no se habían preguntado nada, no querían saber nada esencial la una de la otra en ese momento de sus vidas y así de esa forma cordial y acolchada todo se hacía un poco agrio, mejor salir del coche y andar dignamente hasta la dársena y coger el último autobús para volver a casa.

En la cocina, de pie, se come dos plátanos. Luego hace algo peor: bebe un vaso gigante de leche entera de vaca, la leche que compra para su hijo. Hacía años que no se bebía un vaso de leche fría, sin apenas respirar, de pie en medio de la noche frente a la puerta abierta del frigorífico. Se la tiene prohibida, pero no le queda ni un átomo de energía para cocinarse algo. Se cepilla los dientes y se lava la cara y busca una camiseta limpia en el cesto de la ropa sin planchar. En el cuarto de Leo huele a Leo. A Leo dormido, derramado en el sueño. Leo sudando, dulce y caliente. Mete la nariz en su cuello y en su pelo y aspira hasta marearse. Lo coge con cuidado y lo echa a un lado, haciéndose un hueco en la pequeña cama. Junto a él, se queda dormida al instante.

Lo recuerdo muy bien. Mi hermana y yo agarradas al borde del balcón, mirando hacia abajo, hacia los contenedores que había en la acera justo enfrente de casa. Yo miraba por encima de la barandilla y mi hermana por el hueco que había entre el panel y la barandilla, porque ella era bastante pequeña. Recuerdo muy bien que era por la tarde y hacía sol. No sé por qué el sol no castiga de la misma manera en la infancia. Estoy segura de que hacía un calor infernal en ese balcón a esa hora y nuestras cabezas abrasaban, pero lo único importante era que teníamos que estar allí y no podíamos movernos hasta que sucediera; recuerdo el sol, pero no el calor. Lo que tenía que suceder era que alguien se llevara unos juguetes nuestros que estaban colocados al pie de los contenedores, pero en el lado de la acera, para que se viera bien que estaban en buen estado y que podían ser útiles. Eran útiles y estaban en buen estado. De hecho, se suponía que eran nuestros muñecos preferidos.

Al principio de la tarde mi hermana y yo estábamos jugando. No sé a qué, pero no estábamos en el cuarto de juegos, sino en la alfombra del salón, y teníamos bastantes juguetes desparramados por el suelo. Armábamos gresca por algo, porque queríamos utilizar la misma cosa, y quizá, solo quizá, una tiró del pelo de la otra, pero a lo mejor estoy exagerando. Sí habría gruñidos, porque a veces éramos unas alimañas. Justo en ese momento mi padre entró en casa y nos vio. Es la cosa más natural del mundo que los hermanos se peleen, pero mi padre no lo soportaba, era superior a sus fuerzas, como lo eran otras cosas también naturales. Nos separó, desde sus alturas, con brusquedad, y nos preguntó qué ocurría. Supongo que balbucimos algo acerca de los juguetes. Los juguetes tenían la culpa de nuestro enfado, no la mera convivencia. Una quería el de la otra o algo así. Yo no me acuerdo de los detalles. Pero sí recuerdo perfectamente todo lo que pasó después.

Mi padre nos dijo: coged vuestro muñeco preferido y traedlo aquí. Vais a bajarlo al contenedor y luego os vais a quedar en el balcón hasta que pase alguien y se lo lleve. No podéis moveros hasta que no se hayan llevado vuestros juguetes.

Obedecimos. Fuimos al cuarto de juegos, yo tenía el corazón en un puño y lloraba lágrimas espesas. No podía dejar de pensar en mi muñeca preferida de ese momento, en que iba a separarme de ella, en que alguien se la iba a llevar delante de mis narices. Era bastante nueva. Me la había regalado una amiga de mis padres, y era rubia y con las extremidades flexibles. Tenía una bicicleta y podía montarse en ella y pedalear si yo la movía. Podía ponerse en la postura que quisiera porque era una muñeca de piernas de alambre y divertida, con ropa de colores vivos y cara de duende. Me encantaba. La busqué por el cuarto y la cogí entre las manos, y quería desfallecer, pero a esa edad uno no sabe qué sentimiento es ese, ni siquiera cómo se desfallece, así que lo único que yo notaba era un temblor en las piernas y en los brazos y que tenía miedo. Mi comportamiento era directo, previsible. Haz esto y sufre por ello, y yo lo hacía. No existía la ironía en mi vida de niña.

Pero el comportamiento de mi hermana fue asombroso. Todavía hoy lo recuerdo con pudor, sin creérmelo del todo, todavía hoy me cuesta entender cómo funcionaba ese pequeño cerebro de avispa, ese pájaro raro: inteligente, perspicaz, calmo, ausente de drama. Era muy pequeña. No sé cuántos años tendríamos, pero su cuerpecito era flaco y su pelo brillaba cuando pasaba corriendo a mi lado, dejando un destello, algo que me deslumbraba y me aturdía. Yo lloraba, soltando algún hipido, agarrada a mi ciclista rubia. Pero ella no. Ella había entrado en el cuarto de juegos decidida, sin ningún atisbo de sufrimiento. Aunque yo estaba inmersa en mi agonía, me detuve un segundo a pensar en ella, en que mi pequeña hermana caería en algún momento en la cuenta del horror que íbamos a vivir. Mientras la veía subirse a una silla para alcanzar algo que estaba en una de las anchas baldas de la estantería, sentí pena, pena por mí y pena por ella, dos penas distintas, porque ella era más pequeña que yo y también iba a sufrir. Luego me quedé parada observándola. De puntillas sobre la silla, buscaba con diligencia entre los muñecos alineados y entre las cajas, y del fondo sacó su «muñeco favorito». Este resultó ser un gato de goma bastante grande, que simulaba uno de los personajes de *Los Aristogatos*. Jamás habíamos jugado con él. Nos lo habían dado dentro de un lote de juguetes de otro niño, y nunca, y esto puedo jurarlo, lo habíamos tocado. Yo ni siquiera recordaba que existía. Era un objeto prescindible en nuestras vidas. Supongo que se me cortó el llanto cuando vi a mi hermana salir, serena, de la habitación para ir a donde estaba mi padre esperándonos. Yo la seguí, con mi amada muñeca nueva. Ella estaba seria y en paz y yo compungida. Bajamos los muñecos. Los pusimos junto al contenedor. Subimos, miramos desde el balcón.

Es, repito, asombroso para mí que mi hermana se comportara así. No entiendo de dónde sacó esa sangre fría, ese sentido práctico de la vida, ese ir por el camino más corto y esquivar lo inútil. Era tan pequeña. Fue tan inteligente. A mí ni por un momento se me pasó por la cabeza engañar a mi padre, ni siquiera cuando la vi a ella hacerlo. Pero habría sido fácil, porque tenía toda la lógica: él no sabía cuál era nuestro juguete favorito. Mi madre sí podría haberlo sabido, pero mi madre no nos había puesto el castigo. ¿Por qué no hice lo mismo? Él se quedó satisfecho con su gran ejercicio pedagógico. Conmigo, al menos, había funcionado a la perfección. Pero ¿con ella? Ella había pasado por encima, con suavidad, con destreza, como un pez volador salta una pértiga imaginaria en medio de un mar en calma, sin enfrentarse siquiera a la autoridad. Ella había sido tan elegante.

También me paro a pensar a veces en por qué no la delaté. Hay algo que une fuertemente a los hermanos, y es un castigo sufrido a medias. Es sencillo pensar que fue por simple lealtad. Pero yo era una niña a veces mezquina, y no siempre le era leal a mi hermana. Creo que no la delaté porque sabía que ella me estaba dando, desde sus apenas cien centímetros, una gran lección, una que aún hoy no he aprendido. Agarrada a la barandilla del balcón, yo esperaba, torturada y triste, a que alguna niña desconocida pasara junto a los contenedores y se llevara mi muñeca. Mi hermana, a mi lado, su pelo negro brillando como nunca, piedra en un río, piedra mojada y pulida, miraba la calle, aburrida, impaciente, deseando que alguien por fin cogiese aquellos trastos, mi hermana, delgadita y tranquila, silenciosa, viendo pasar la vida.

Viernes por la mañana, nubes. La ciudad ya guarda el calor de junio como un tesoro que irá creciendo hasta desbordarla. Sofía y Leo caminan hacia el colegio, de la mano. Las nubes no son estas típicas extensiones planas del verano, que corren en paralelo con el cielo y hacen dibujos aerostáticos al atardecer. Es una blancura pesada que carga con agua sucia. Sofía va casi tan sonámbula como Leo, porque lleva tres días durmiendo mal. Anoche ya se acostó en su propia cama, pero fue tanta la tensión por no moverse, por no tocar, por respirar lenta y silenciosamente, que se ha levantado con contracturas en el cuello y en la espalda. Hoy por fin es viernes, va a preparar una buena cena y va a elegir una película. Quizá así sea más fácil soltar el lastre de una vez.

Se despide de Leo en la puerta del colegio. Este no se queja, le da un abrazo, promete que comerá bien y que a la hora del recreo tomará las galletas sin azúcares añadidos que lleva en la mochila en vez de los bizcochos de crema y chocolate industrial de sus amigos. Él no dice esto, solo dice: sí, mamá, te lo prometo, le da un beso y entra. Sofía lo mira alejarse y siente una punzada en algún lugar de su cuerpo; es tan rápida que no sabría decir dónde. Siempre le pasa cuando ve a su hijo de espaldas. Leo tiene el pelo negro, como Rita.

No ha sacado su pelo, que es el pelo de nadie, un pelo inventado exclusivamente para ella, el primero en la familia, un pelo trigo oscuro, ondulado y fuerte. El pelo de Leo es fino y recto como el de su hermana, pero no tan brillante, no es una cascada cuando le da el sol. No se parece a su hermana en nada más, es una mezcla de ellos dos: Julio y Sofía. Ambos tienen la boca gruesa, la nariz recta, la mandíbula algo cuadrada, los ojos marrones, neutros, vivos. Julio y Sofía se parecen un poco y eso era algo que los intrigaba cuando se conocieron; era otro de los motivos para pensar que estaban destinados a amarse. Ahora, sin embargo, les estorba profundamente; ya repudian el reflejo que el otro les guarda.

Las nubes han detenido el calor, lo sostienen arriba. Sofía pasea por las calles del centro, muy cerca del colegio. Siente pereza por volver a casa, no quiere ponerse a trabajar en nada. Se sienta en la plaza que hay junto al mercado nuevo, enfrente del cine, y pide un té verde y un vaso con hielo. No se esfuerza en pensar cómo empezará la conversación de la noche. Respira por la nariz, hasta muy abajo, sintiendo las costillas separarse y el vientre y la vejiga, todo lo que decían en las clases. Solo lo repite tres o cuatro veces porque no tiene voluntad. Al final toma con gusto su té, mira a la gente, la piel blanca de la gente de junio, sus pies en sandalias aún rechonchos por los zapatos de invierno, sus caras. No le importaría encontrarse con alguien, hablar un poco. Se levanta y va a la barra y coge un periódico. Mira los titulares pero no se decide por ninguno y al final busca qué películas ponen en el cine. Sería un buen plan ir los tres al cine un viernes por la noche. Mejor aún, dejar a Leo con la canguro, a la que hace meses que no llaman, e ir los dos. En el cine, a oscuras, estar sentados juntos, mirando la misma cosa, en paz.

Cuando vuelve a casa hace las camas, recoge la ropa tendida, la mete en el cuarto de la plancha, saca unos salmonetes del congelador y los pone en un plato, se da una ducha, se lava muy bien el pelo, se echa mascarilla, se frota con la esponja de crin para eliminar las células muertas de las piernas, se frota también el vientre, abultado alrededor del ombligo, se frota también los brazos, el torso, con menos intensidad se frota los pechos, sin rozar los pezones. Sus pezones claros, pequeños. Dos moneditas. Ni siquiera le crecieron mucho al dar de mamar, y luego volvieron a su lugar. Fue quizá lo único que regresó a donde estaba. Mientras se pone crema sin etanol frente al espejo, se fija en que en el lavabo no está el cepillo de dientes de Julio. Su cepillo de dientes está solo, en el vaso, con la pasta, con el hilo dental, al lado del colutorio. Sofía siente un ligero mareo que solo dura dos o tres segundos, y entonces ya recuerda que hoy es viernes y Julio irá al gimnasio después del trabajo y habrá metido en su bolsa de deporte el cepillo de dientes porque a lo mejor come fuera, a lo mejor tiene una comida de trabajo y Julio es muy escrupuloso con los dientes y seguro que quiere lavárselos cuando se duche después de su sesión de máquinas para así estar muy limpio y mostrar luego esa sonrisa, esos dientes grandes y blanquísimos y sólidamente agarrados a sus encías. Es eso.

En su habitación de trabajo, sobre la mesa grande, extiende un patrón encima de la tela nueva. Lo mira fijamente. Coge una tiza rosada y fría y la aprieta entre los dedos. Refuerza una línea recta y unos puntos. Mira fijamente la tela, que sobresale del patrón. Mira el patrón. Fijamente, el blanco, los puntos, las líneas trazadas con maestría. ¿O con desgana? Las tijeras, enormes y plateadas, son las mejores tijeras del mundo para coser. Julio se las regaló un par de cumpleaños atrás, junto a otros muchos utensilios para diseño y costura de primera calidad, profesionales. El kit de la nueva vida, lo llamaron Rita y él. Fue el regalo de su treinta y tres cumpleaños. Otra vez aprieta la tiza entre los dedos y se sienta, acerca el taburete a la mesa, amenaza con modificar el patrón. Ve borroso. El blanco del papel es ahora el cielo nublado de la mañana, la sábana aireada sobre el colchón, territorio yermo. Se le empaña la vista. Se levanta y se va.

Leo ayuda a poner la mesa entusiasmado. Lleva las cosas de una en una y solo se ocupa de las fáciles: cubiertos, cesta con pan de harina de espelta, servilletas de tela limpias, un candelabro con una vela nueva, los vasos para el agua y el bol con la ensalada, porque él se ha empeñado y porque es un bol de madera. Cruza muy despacio el pasillo de la cocina al salón y su madre lo ayuda a ponerlo sobre la mesa y luego lo coloca en el centro. Ya está casi todo. Los salmonetes esperan, alineados sobre una tabla en la encimera, a ser asados. Puedes esperar, ¿verdad, Leo? ¿O tienes muchísima hambre? Puedo esperar. Son las nueve, el cielo aún no está oscuro. Sofía unta una rebanada de pan con mantequilla y se la da a su hijo. Lo peina otra vez, suave, sin hacerle daño. A las nueve y media decide asarle un par de salmonetes. El niño los come después de que su madre los haya limpiado de todas esas espinas curvas y flexibles, y ve un rato la televisión, con los ojos lentos por el sueño. Sofía abre la botella de vino, que estaba enfriándose en el congelador. Se sirve una copa y la bebe rápido. El vino frío no le es agradable en su primer paso por la garganta, pero luego se sirve otra y lo saborea. Mete a Leo en la cama, le miente al decirle que ha llamado su padre y ha dicho que tenía una cena importante y ella lo había olvidado. En la televisión sigue el canal de dibujos animados. Sofía apura su tercera copa y come un poco de ensalada. Luego apaga la tele y hace todo lo que se suele hacer cuando se lleva el tiempo suficiente esperando para saber que nadie va a venir.

Por ahora, llamarlo por teléfono no es una opción. No funcionó aquel día en que fue al pueblo. No había funcionado siquiera echarle en cara que no cogiese el teléfono, que no le devolviese las llamadas. Sofía no puede decir que esto que está pasando sea lo más drástico que ha ocurrido en su relación, porque no sería cierto, pero de algún modo sí es la piedra más afilada, la piedra con más puntería. El viernes, tras darse cuenta de que Julio no vendría a cenar porque tampoco vendría a dormir, Sofía se quedó rígida. Bebió, guardó los salmonetes en el frigorífico, se hizo daño en la mandíbula frente al espejo del baño, los nudillos, la rabia. Pero se fue a la cama sin pensar. Se durmió enseguida en ese colchón amplio y fresco donde no tenía que fingir, donde no tenía que moverse buscando un aplazamiento o una rendición.

El sábado por la mañana, nada más levantarse, abre el armario de Julio. No, claro que no se lo iba a encontrar vacío, pero ¿cómo no se le ha ocurrido mirar antes? ¿Por qué no lo comprobó el día anterior, cuando se fijó en que faltaba el cepillo de dientes? Porque era mucho más apaciguador imaginar a Julio con su bolsa de deporte al hombro, entrando en el gimnasio. Mucho más práctico, más amable. Menos hiriente que esta imagen de Julio eligiendo un par de vaqueros seminuevos, unas zapatillas de lona, dos o tres camisetas, ropa interior, la cazadora. Dos camisas. Comprueba si están en el cesto de la ropa sucia, en la ropa para planchar. No están, y ella ya sabía que no iban a estar porque recuerda haberlas guardado, colgadas en sus perchas, hace muy poco. Tiene los pies fríos sobre las baldosas, enfrente del armario otra vez. Sus pies son ahora pies de rana o de pato o de salamanquesa, una especie de gelatina se desprende de entre sus dedos. Dos camisas. Lunes, martes.

Sigue nublado y la ciudad parece triste si bien no es una ciudad triste, nunca lo es, aunque llueva, aunque granice con furia algún que otro día en el año; si bajara la niebla hasta allí quizá podría resultar deprimente, esos barrios periféricos construidos a base de ladrillos huecos, los coches aparcados en batería, las avenidas anchas. Pero no es una ciudad triste. Es una ciudad melancólica a veces en su luz, en su intensidad, y hoy es sábado, es junio, el cielo está cargado, un poco malherido. Pasean Leo y ella por un parque gigante y lleno de geranios quemados. Se cruzan con familias que a Sofía le parecen de otro tiempo, las niñas con vestidos de organdí. Ellos llevan arroz para darles de comer a las palomas. Sofía no quiere que las palomas, de garras mutiladas y enfermas, se agarren al bracito de su hijo o picoteen directamente de su mano. Lanzan el arroz lejos de ellos, a buenos puñados, y los pájaros acuden en bandada, un gran globo hambriento. Luego ellos almuerzan en un restaurante vegetariano. Por la tarde, en los jardines desnudos del otro lado del puente, se sientan a mirar cómo dos parejas bailan tango. El pequeño equipo de sonido anima el ambiente con una música desgarradora y las nubes van deshaciéndose en el cielo. Leo tiene sueño pero está hipnotizado por los bailarines. Casi al atardecer se espabila de repente y corre por los alrededores, se acerca tímido a otros niños, se sube a un banco, salta.

El sábado transcurre. La compañía de su hijo, su premeditado silencio, la decisión de no quedar con nadie, la soledad de ellos dos en la ciudad. En realidad si todos los días fueran como ese: un sábado repetido a perpetuidad, sin urgencia, con el bochorno en las horas punta, pero también la alegría del paseo, de los parques, de no tener nada que hacer, no tener que explicar, no manifestar el miedo, no arrancar la cáscara, no abrir la puerta a la cadena de sucesos que están a punto de ocurrir; simplemente caminar, echar arroz al suelo, lejos, que los pájaros callejeros se maten por alcanzar un poco de comida, allá ellos con su revuelo de plumas y cartílagos, lejos toda esa violencia de la vida, para Sofía y para Leo solo bancos vacíos, jardines con geranios y unas nubes que desaparecen.

La noche sin embargo con su terror. Quieta en el sofá, el niño ya dormido, cenado, la casa recogida a punto de apagarse. Pero llega la noche de verdad y Sofía se revuelve en el sofá, y el pecho se le agita porque no le entra suficiente aire y en la mano tiene el teléfono y por fin marca. Pupilas empañadas, mandíbula cerrada, la lengua chocando contra los incisivos. No lo coge. Escribe un mensaje como una autómata: por qué me estás haciendo esto. Tarda mucho en dormirse, mira el teléfono tantas veces como sus ojos se lo permiten, apaga la luz, no llora, luego todo se acaba.

El domingo tiene otro color. El cielo está vacío y azul y hace calor. Leo propone que vayan a la playa. Que por qué no llaman a su padre para que vuelva con el coche y los lleve a la playa. Es una idea magnífica, hijo. Pero papá está bastante lejos, tiene trabajo todo el fin de semana, no creo que vaya a volver a tiempo para eso. Intenta hablar con naturalidad, comportarse como tantas veces ha visto a gente comportarse, en el cine, en las series de televisión, en la calle, en su propia familia. ¿Es así como se hace? Es una idea magnífica, hijo. Y sonreír. Y no parar de hacer cosas: pasar la bayeta por la encimera otra vez, una más, luego el paño de secar, moverse con suavidad, como si bailara. Es una idea magnífica, hijo, pero también podemos ir a la playa en autobús. No está muy lejos. ¡Sí, mamá! De cada órgano de Sofía cuelga una pesa, una de esas redondas y pulidas de acero que sirven para pescar, y quiere dejarse caer en el suelo, allí en la cocina, también como si bailara, sencillamente desconectarlo todo y ya. Nada de autobús ni de playa ni de niño. Dormir otra vez, no esperar a ver qué pasa, no confeccionar un plan de vida mientras transcurre el tiempo, en silencio. Sale de la cocina, se encierra en su habitación. Llama por teléfono a Julio. Una vez, dos, tres, cuatro, cinco.

No van a la playa. El domingo resulta brillante y caluroso. Un domingo impío que se arrastra por el cuerpo de la gente, que les impide caminar con soltura. Han ido a la piscina de un amigo del colegio, Sofía se ha sentado en el borde, se ha quemado los hombros y la espalda, se ha quemado la frente, porque no se ha puesto suficiente crema. Eso jamás le pasa, porque ella es tan cuidadosa. Tan obsesiva. Pero nota que la piel se le enrojece y no es capaz de levantarse a por el bote de protección solar cincuenta, solo alcanza a permanecer cerca de Leo, para que no se ahogue, a gritarle de vez en cuando que no vaya hasta el centro de la piscina, a agacharse para ajustarle bien los manguitos. El niño se le escapa como tripa de pescado, mojado y feliz. Ella consigue no hablar. Consigue mantenerse en el borde de la piscina, los pies en el agua, los hombros ardiendo. Está guapa, con la cara escondida por las gafas de sol enormes.

¿Esperaba, quizá, que regresara por la noche? ¿Que abriera la puerta con su solidez, que se plantara en medio del salón con su bolsa de fin de semana? Dos camisas, lunes, martes. No lo esperaba. Pero antes de que se acabe el domingo, recién duchada, con el pelo mojado peinado hacia atrás con violencia, en el sofá de nuevo, llama. No lo coge, pero da línea. Piensa que él no quiere apagar el teléfono por si llega un mensaje urgente. Un mensaje urgente no es «Por qué me estás haciendo esto», sino «Nuestro hijo está en el hospital, lo ha atropellado un coche». Llama otra vez. Los ojos fijos en la televisión encendida, en la botella de vino que abrió el viernes y se está bebiendo poco a poco. Mira la hora, las doce menos cuarto. Se sirve lo que queda de vino y decide llamar a Rita. Antes de hacerlo bebe, respira hondo, como si fuera a saltar al vacío. Rita tampoco contesta al teléfono.

Luego, mucho más tarde, cierra los ojos.

La voz de Julio suena eléctrica al otro lado. Ella no sabe cómo es ese lado, porque aunque cualquier lunes a esa hora Julio se encuentre siempre en la oficina, ahora ya nada es lo mismo. ¿No lo es? ¿Ya ha llegado ese momento, el momento en que nada es lo mismo, en que no basta con seguir un poco más, con recoger los platos de la cena, con acomodarse sobre el hueco de su hombro, con meter la mano debajo de su camiseta y encontrar calor? Estoy en un hotel, me gustaría que vinieras a verme. A Sofía se le revuelve el estómago, algo pasa con sus ojos, no consigue enfocar, se los refriega. ¿Quieres que vaya a verte con el niño? Claro que no quiero que traigas al niño, qué tontería. Quiero que vengas y hablemos, ¿no querías hablar? Sofía quiere hablar pero no despega la lengua del paladar. ¿A qué hora quieres que vaya a verte?, ¿ahora mismo?, ¿no estás trabajando? Con una mano coge un vaso y lo llena de agua y no lo bebe, solo se lo acerca a la boca, se enfría la piel de los labios. Claro que estoy trabajando. Ven a las cinco. Pero el niño. Pues llama a alguien, joder, y que lo recojan y se lo queden un rato. No podemos tener esta conversación con él delante. Dime qué hotel es.

Sofía, tienes que escucharme bien. No voy a empezar pidiéndote perdón porque creo que debemos entendernos de otra manera, pasar a otro nivel de forma radical. Sí, es lo que he hecho, he desaparecido tres días. Estoy en un hotel. Me he ido de casa. Pero tienes que escucharme bien. Tienes que prometerme que no vamos a dar ni un solo paso atrás en todas las conclusiones que saquemos hoy en claro. Estoy hablando de lo hondo, no de las anécdotas, precisamente para evitar seguir atascados en nuestra situación, para evitar el drama, el victimismo, la culpa, la tragedia, todo eso que llevamos tanto tiempo masticando. Sofía, escúchame bien y deja de repetir la misma frase una y otra vez. Me he ido de casa porque era la única manera. La única forma de avanzar. Dios mío, nuestra vida desde hace años es la cosa más estática que conozco. Joder, cómo he sentido en estos días que estaba haciendo lo mejor, lo único que se puede hacer con nosotros dos, la única cosa buena, de hecho, que me he atrevido a hacer en mucho tiempo. Irme de casa. Ya está, Sofía, ya lo he hecho. Sí, lo reconozco, y no ha sido para tanto. Ahora solo queda que nos organicemos. Yo voy a ayudarte con eso, no te preocupes, no dramatices con la parte material, sabes que los dos últimos años hemos estado juntos solo por el tema económico y me he dado cuenta de que no me importa, no quiero que vayamos a un abogado, no quiero que te compliques la vida, no quiero nada, voy a ayudarte en todo, voy a darte todo lo que necesites, pero no podemos seguir viviendo juntos ni un solo minuto más, y por dios, Sofía, tú lo sabes igual que yo, joder, tú empezaste con todo esto hace mucho tiempo, no puedes seguir aferrándote a lo nuestro como una hiena a un cacho de carne muerta, sí, así es como lo veo yo, ya no puedo verlo de otra forma, llevo meses sin sentir compasión, y ya entonces no queda nada, ¿no crees?, si ni siquiera tengo compasión por nosotros, ¡por ti en realidad!, no queda nada, hemos tenido todas las conversaciones del mundo, nos hemos hecho daño de todas las maneras posibles, ¿no estás de acuerdo con esto tampoco?, tú empezaste, Sofía, pero da lo mismo ya, llevo un año entero, doce putos meses diciéndote que no te quiero, que ya no más, que ya se fue, pero no el amor, no, Sofía, el amor, como tú bien me enseñaste, es algo inasible que nunca permanece, el tiempo escaso que vive con nosotros alimenta la memoria pero en realidad es fugaz, es arbitrario, es un escapista, no estoy hablando de amor, estoy hablando de otra cosa, Sofía, de compasión, de sinceridad, de nostalgia, no siento ya eso por ti, y tú lo sabes de sobra, lo sabes mejor que yo, lo has sabido todo este tiempo pero eres dura como una piedra, eres un puto muro de cemento, no he conseguido hacerte entender nada porque tu única defensa ha sido comportarte como si nada de esto pasara, tú crees que me quieres pero no me quieres, estoy seguro de que tú tampoco me quieres a mí, es más, dejaste de quererme primero, pero tienes el paso cerrado, hay cosas que jamás vas a permitirte, una separación, un abandono, una familia rota, la desprotección económica, ¿verdad?, estás jodiéndome y jodiéndote y jodiendo al niño porque no te da la gana reconocer toda la porquería que nos llevamos comiendo tanto tiempo, por favor, si al menos se lo contaras a alguien, si te permitieras ese lujo, no sé, guardas el secreto como si de verdad pensaras que el resto de la gente es mejor que nosotros, ya está bien, no es así, todos somos iguales, se fue a la mierda, no puedo darle más vueltas, no tienes dinero, no me importa, yo te pago todo, lo que quieras, por supuesto no te voy a pedir la compartida, estate con el niño todo el tiempo que quieras, poco a poco iremos viendo cómo lo hacemos, pero sobre todo que no haya tragedia ni drama, solo consiste en abrir los ojos y en moverse, y me importan un carajo ya tus argumentos, ya salí, ya estoy fuera, piensa bien las cosas, piensa bien todo esto que te digo y sobre todo piensa bien en la situación, en estos días, esto ha ocurrido y es más real que tú y que yo, joder, es eso, es simplemente eso, me he ido de casa y eso es más real que tú y que yo, así que ahora solo tenemos que organizarnos y lo vamos a hacer muy bien y no vamos a dar ni un solo paso atrás, Sofía, deja de repetir lo mismo, hazte ese favor, deja de repetir lo mismo, no estoy con otra, no llevo todo el fin de semana con otra pero de todos modos no seas cínica, eso te tiene que dar igual, eso a estas alturas es lo de menos y si estoy con otra será que hemos conseguido avanzar en algo, no te rías, deja de poner esa cara, de verdad, sé que eres inteligente y que ahora vas a irte a pasear o te vas a sentar en algún lugar para pensar muy bien en todo esto con calma y mañana nos vemos otra vez, mañana nos vemos con el niño y le explicamos entre los dos, o me lo traes y yo le explico todo y ya poco a poco nos vamos poniendo de acuerdo pero se acabó, es muy fácil, tú dices que me quieres pero no me quieres y yo no te quiero y claro que esto para mí tampoco es fácil pero ya está hecho, ya está.

Sofía tiene un pañuelo de papel entre las manos. El pañuelo ya es una pelotita blanda y húmeda, como pétalos arrancados de golpe de un crisantemo, de una hortensia. Va de una mano a otra y a veces se suena con él los mocos, con esa pelotita mojada que no absorbe ya nada. Hay un zumbido en la habitación. Se da cuenta, por fin, de que no proviene de su cerebro, sino de una mosca que, poseída, está encerrada entre el cristal y el visillo de las cortinas. La mosca, incansable y tenaz, descontrolada, lleva todo este tiempo intentando salir, atravesar el cristal, huir. ¿Puedes abrir la ventana? Hay una mosca.

Julio, de pie en el centro de la habitación, su cuerpo robusto hundido en la mullida alfombra blanca, la mira estupefacto y con desgana. No puedo, porque no se pueden abrir las ventanas de este hotel, tendría que llamar para que vinieran a abrirlas. Eres un hijo de puta. Yo sí te quiero. No se te ocurra intentar convencerme de que no te quiero.

Martes. La casa es una jaula. Oye ruidos nuevos por todas partes.
Revisa los techos de los cuartos de baño. El techo del largo pasillo.
El techo impasible de su dormitorio. No hay goteras, pero suena
como si hubiera goteras e incluso huele un poco a humedad. Va de
una habitación a otra porque caminar como un tigre enjaulado en
la propia casa es una eficaz forma de pensar. Y a veces se detiene, se
agarra el estómago o la frente; eso es cuando las imágenes son demasiado nítidas. En su cerebro bailan algunas palabras, muñequitas
dando vueltas sobre sí mismas, pequeños retales de tul pegados con
cola a las cinturas. Va hasta la puerta de entrada, aguza el oído: las
gotas fantasma chocan con júbilo sobre la tarima, sobre las baldosas
del baño. Toda la casa de arriba quizá sea una piscina ahora, porque
a la vecina se le haya olvidado cerrar los grifos, porque esté nadando
en los pasillos, flotando, noventa kilos de carne cruda bañándose en
agua del grifo. O quizá sea en el otro piso, el quinto, donde hayan
estallado las tuberías, donde alguien las haya destrozado con un
martillo.

En realidad ya lo tiene decidido. Lo primero, el cuarto del niño.
La maleta abierta sobre la cama, su ropa de verano dentro, dobla-
dita en pequeños cuadrados, bien organizada, con hueco aún para

las cosas del baño, los zapatos y los libros. En su dormitorio, donde espera encontrar un gran charco anegando el colchón, donde espera resbalarse al entrar por el agua que cae al suelo, desde el techo, desde la cama, también hay una maleta abierta. Se asoma a ella con nerviosismo, toca las prendas dobladas, las sandalias alineadas de canto, la ropa interior, minúsculas bolitas de algodón en una esquina. Es como si todo estuviese ya preparado pero no fuera capaz de dar un paso más. Anoche, cenar casi en silencio y luego explicarle a Leo algunas cosas, sentada en su cama, los ojos de él muy abiertos y esa expresión de codiciada paz de los niños cuando tienen la cabeza apoyada en la almohada. Palabras engañosas e incomprensibles para un niño de cinco años: temporal, distancia, y luego esas otras palabras, blandas y recubiertas de pelusa, tan huecas: pero no pasa nada, no pasa nada. Queda mucho por explicar porque queda mucho por descifrar. No puede pensar en eso ahora, sino en la casa, el pasillo, las goteras, las maletas ya hechas. Hace varias llamadas: aunque se ha desacostumbrado en los últimos años, se da cuenta de que aún es eficiente para la logística más simple. Consigue algunas cosas en poco tiempo. Algo muy importante: encargar varios kilos de arroz integral ecológico, pasta, quinoa, trigo. Ha confeccionado una lista con lo que pueden necesitar, con lo más urgente, y lo tiene casi todo. También ha comprobado el dinero de su cuenta de ahorros, esa ironía. Nadie normal sin un trabajo solvente tiene una cuenta de ahorros, pero ella sí, porque Julio no quiso que tocara la herencia de su padre, y la guardaron en una cuenta. No es mucho, pero le deja margen para el error. En una caja grande ha metido la máquina de coser, sus patrones, los vestidos ya empezados y otras piezas con las que está experimentando. La caja está precintada, la dirección ya escrita, en un rato vendrá el mensajero a llevársela.

Repasa otra vez los libros que ha escogido y les hace sitio en la maleta.

Principios de junio, la grosería del tigre encerrado en su casa, a punto de escapar, el mal olor del enjaulado. Enciende el teléfono por primera vez en toda la mañana: tiene cinco llamadas perdidas de Julio, pero ningún mensaje. El fijo de la casa lo ha desconectado. No comprueba el correo y vuelve a apagar el móvil. En la cocina ha conseguido utilizar todo lo aprovechable del frigorífico para hacer un par de comidas y las ha guardado, y ha ido a ducharse por segunda vez y a cambiarse de ropa y ha vuelto para preparar dos bocadillos para la merienda. Esto y lo poco que quedaba en el frutero lo mete en una mochila y comprueba el peso. Queda una hora para que Leo salga del colegio y Sofía tiene la certeza, mano que la estrangula de súbito, de que no lo va a conseguir. Las dos maletas, el bolso, la mochila con la comida, el niño. No lo va a conseguir.

Sobre sus ojos el llanto amenaza con barrerlo todo pero se contiene una vez más y mete la cabeza debajo del grifo de la cocina, un grifo nuevo que Julio instaló con sus propias manos, un grifo brillante y alto y flexible que convierte esa cocina en un lugar para profesionales, eso y el juego de cuchillos, y las sartenes de cerámica, y las ollas sin rastro de teflón, y los tarros de cristal llenos de garbanzos, de lentejas, de judías pintas, de especias. En su casa se pueden coger las especias a puñados, y luego la mano entera huele a estragón, a tomillo, a canela en rama. La cabeza de Sofía con su pelo recio mojándose lentamente bajo el grifo, su nuca blanca. Es muy desagradable que el agua en vez de deslizarse a chorro desde la coronilla cruce la cara lado a lado desde las orejas; es como si las cuencas de los ojos fueran dos lagos tumultuosos. Se pone derecha otra vez. Sabe que tiene una pinta terrible, pero no va a llorar y junto a la puerta de la casa están las dos maletas, la mochila con la comida, su bolso. Las persianas bajadas. Ya solo queda llamar un taxi.

El autobús va lleno y el sol entra a través del cristal iluminando las rodillas huesudas de Leo. No hay mucho ruido porque es la hora de la siesta, casi en verano; el aire acondicionado, siempre más fuerte de lo necesario, hoy parece no enfriar lo suficiente. Los viajeros dormitan. Sofía y Leo meriendan y tienen calor pero hay en ambos una benevolencia. No están huyendo sino yendo a algún lugar, haciendo un corto viaje al mar. Eso, en todos los contextos, tiene una connotación positiva y Sofía se aferra al paisaje del sol en las piernas delgadas de Leo y a los bocadillos de aguacate y los zumos y los cuentos que luego leen juntos y su empeño en que hablen en voz muy baja y a través de la ventana la autopista y unos campos tristes y otros verdes y fábricas. Cuando ya casi están llegando, Leo se pone nervioso y pregunta otra vez que por qué no va a ir más al colegio. Que por qué no va a poder estar en la fiesta de fin de curso, en la representación teatral y en la verbena. Se sabe su papel de memoria, es una de las ratas de *El flautista de Hamelín*. Las ratas hablan con el público y entre ellas, y cantan una canción antes de que se las lleve el flautista. Sofía no ha tenido tiempo para convencerse de que eso no es importante y de que podrá compensarlo en el futuro, así que en este punto falla, y no sabe qué contestar, y se derrumba un poco, lo justo para que también Leo se derrumbe y tenga muchas ganas de llorar y esté enfadado con su madre. Leo no suele enrabietarse; en eso sus padres han sido afortunados porque no han hecho nada especial para evitarlo, simplemente no suele pasar, Leo gobierna su frustración de otras maneras. No se enrabieta pero tiene carácter. Un carácter suave

y afilado, una personalidad dulce pero alerta. Por suerte es tranquilo, y al fin y al cabo es lo que todo el mundo quiere, un niño tranquilo, que no arme jaleo, que no se revuelva en las comidas y que se
controle en los lugares públicos. Un niño que sea capaz de concentrarse. Sofía se pregunta si el dique no se quebrará a partir de ahora,
si no saldrá todo despedido, arrojado sobre ella, hundida y aplastada
bajo un torrente de caos emocional.

Sofía intenta disculparse con Leo, acariciarlo, porque intuye que
esa mirada acristalada será el rencor al que tendrá que acostumbrar-
se en el futuro y ha de aprender a combatirlo, a pasar por encima
de él y ofrecer calor, a pesar de todo, desprender ternura, mano de
madre impermeable y tibia. Leo, claro que vas a volver al colegio.
Solo es que vas a tener más vacaciones de verano que los demás, un
par de semanas, o ni siquiera… En septiembre, otra vez… Septiembre es el infinito o no es nada en absoluto, pero tampoco ahora
importa demasiado porque el autobús ha entrado en el pueblo, ha
cruzado el puente y el muelle se abre ante ellos con todo su rebujo
de mástiles y banderolas de colores y madera flotante. La estación
está a la vuelta de la esquina y la cara mustia de Leo se transforma
en una cara de niño alegre e impaciente por llegar.

Es media tarde y la humedad del mar empaña el aire. Sofía está de
nuevo empapada en sudor y ahora que divisa la calle aprieta el paso,
arrastrando una maleta en cada mano, la mochila a la espalda y el
bolso cruzado. Leo lleva su bolsa del colegio y anda con pies saltarines. Han tardado más de media hora en cruzar el pueblo desde la
estación y llegar a las casas del camino de la playa. Los eucaliptos
viejos, altísimos y crujientes, dan sombra a la avenida y ellos se des-
vían en la tercera calle. Un último esfuerzo y es Leo quien abre la

verja y entra corriendo en el patio, ilusionado tal vez, confundido. Es la primera vez que va a la casa del abuelo desde que este murió. Pero Sofía se lo ha explicado todo muy bien. Sofía ha intentado conformar un mapa de ausencias y presencias con cierto sentido. Cree que Leo va a saber asumir las consecuencias. No sabe bien cuáles son, pero espera por favor que Leo sepa asumirlas y ella sepa distinguirlas, con el tiempo. Abre la casa de su padre, otra vez. No pensó que en tan poco tiempo volvería. No imaginó que vendría con su hijo, con dos maletas, con todo.

Después de tres horas han conseguido, entre los dos, convertir aquella casa medio vaciada días atrás en un lugar donde podrán pasar la noche, la mañana, la tarde, la noche siguiente. Sofía se alegra tantísimo de no haber hecho el trabajo completo, de haber dejado todas aquellas cajas apiladas en la puerta. Los electrodomésticos, la vajilla, la ropa de cama y las toallas. Ahora ya está. Ha cambiado de lugar algunos de los muebles, ha reorganizado el dormitorio de su padre, que es donde dormirá con Leo por ahora, en la cama grande, arrastrada hacia la pared, sábanas blancas y frescas. También la cocina está arreglada. Limpia y con lo necesario, el frigorífico puesto en marcha con ruido de barco antiguo, las cuatro cosas que han traído de casa ordenadas en las baldas, la resistencia.

Acaba de hacerse de noche y Sofía se deja envolver por la respiración de su hijo ya dormido. Ahora es cuando el sonido del mar entra en la casa. Sofía intenta aislar este elemento, impedir que se mezcle con la atmósfera, llena de matices agrios. Antes de las diez el mar ya se ha apoderado de los muros y esa clarividencia de orilla la conecta con algo parecido a la paz, algo que viene de lejos, de las primeras noches en aquella casa, las primeras que es capaz de recordar. Sus padres, su hermana, los muebles provenzales y las colchas de ganchillo a estrenar. Enciende el teléfono y sale afuera, a la mesa del patio. Llegan avisos: otras cuatro llamadas de Julio, ningún mensaje. Nada más. Tiene la carne de gallina por el fresco, por la culpa. Una tras otra, endebles fichas de dominó, se alinean las razones por las que debería haber hecho las cosas de otra manera. Se ha llevado a su hijo sin avisar. Arruga la nariz en un tic que le ensombrece la cara, dándole un cariz agresivo o desquiciado. Los ojos se le cargan. Es mejor no pensar, no llorar. Ahora tiene demasiado frío para meter la cabeza debajo del grifo. Mirando al frente, llama a su hermana Rita, que esta vez sí lo coge, a la primera.

Rita, soy yo. Qué tal estás. Sí, te llamé el otro día, pero no importa. No sé si estás ocupada pero tengo que contarte una cosa. Vale, espero. Mira, no podemos vender la casa de papá por ahora. No, de verdad que no podemos. No estoy haciendo ningún drama con esto, es que necesito que no se venda. De hecho he quitado el cartel y he dado de baja el anuncio en internet. Sí, sin tu permiso. Sí, el cartel. Rita, espera, no cuelgues, no es ninguna locura. Sí, estoy aquí, en el pueblo. Estoy aquí con Leo. Julio me ha dejado, pero no pasa nada. No, no pasa nada. Sí, Rita, te estoy hablando en serio y… Está bien, sí, termina y llámame enseguida.

Cuando cuelga el teléfono es como si un gran pez, viscoso y frío, le hubiese salido por fin de la garganta. El pez boquea, ensuciándole el regazo con sus sacudidas, y luego cae a sus pies, quizá muerto. Es un pez enorme y ciego de las profundidades del mar y ahora en su garganta hay un hueco enorme y también ciego, realmente se ha abierto un boquete en su tráquea, en su laringe, en su esófago, un boquete tremendo por el que entran el aire y la saliva y la brisa nocturna, y el exceso de oxígeno le escuece, le nubla la vista. Sigue con el teléfono agarrado en una mano y con la otra se acaricia la garganta, la palpa para comprobar que de verdad no hay ningún agujero por el que esté entrando esa cantidad insoportable de aire, de salitre. El teléfono no suena aún y es como si su corazón se parase a intervalos, desesperado. Sofía rompe a llorar a borbotones, con espasmos, la cara le arde, los labios están cubiertos de una baba caliente, sabe que está haciendo muchísimo ruido y si alguien pasara por la calle podría verla, si su hijo se despertara oiría esos sonidos roncos que provienen de su estómago, pero no puede hacer nada para evitarlo, no hay voluntad ni intención en sus lágrimas ni en sus gemidos, ni siquiera acierta a llevarse las manos a la cara, a tocarse la frente a modo de consuelo; todos sus músculos son carne dormida de lagarto, llora con la barbilla hincada en el pecho, con los hombros caídos, la espalda doblada en un arco, y el teléfono suena y dócilmente responde, con esa voz de hipo y de tontuna de los llantos fértiles, y llora mientras habla y el pez, ya definitivamente muerto a sus pies, la mira con sus ojos trémulos y su pátina blanca, se ha ido, Rita, me ha dejado por otra, no tengo nada, estoy sola, no sé qué voy a hacer sin él.

El cuerpo dormido de la madre tiene una postura extraña. No es la postura de siempre. Leo no conoce exactamente cuál es la postura de su madre al dormir, siempre la misma, muy recta sobre un lado, las piernas formando un ángulo ligero con el tronco, las rodillas juntas, la cabeza inclinada hacia abajo, un poco enterrada en la almohada, los brazos recogidos. Así duerme su madre cada día, a veces sobre un lado y a veces sobre el otro, desde hace muchos años, pero él no lo sabe. Aun así es tan evidente que su madre ahora mismo está durmiendo extraño, no parece ella misma o quizá es ella misma recién metamorfoseada o recién despegada de una máscara o quién sabe, simplemente ha ocurrido algo, algo que no es normal, y por eso su madre duerme así. Leo se queda un rato en la cama, mordisqueándose el dedo gordo, mirándola. Parece que a su madre la hubieran tirado desde muy arriba y hubiera caído tal cual está sobre el colchón. Leo respira tranquilo junto a la respiración de ella. Observa la cara deformada de su madre igual que si viera la televisión. No está asustado.

Ha tardado un poco en reconocer la habitación, en recordar que no está en su casa sino en casa de su abuelo, las vacaciones precipitadas, que su padre no ha venido con ellos, todo eso. Es muy temprano, porque Leo siempre se despierta pronto y porque el día anterior se durmió enseguida, nada más cenar, cansado por el viaje. Él sabe que es demasiado temprano y que debe dejar dormir a su madre un rato más, pero aunque no lo supiera, aunque esto no fuera un ritual en su vida, hoy la dejaría dormir, porque en realidad no quiere tocarla. Sofía duerme bocabajo, la cabeza fuera de la almohada. Tiene el rostro vuelto hacia Leo: media cara aplastada contra el colchón, medio rostro espachurrado, la boca medio abierta, los labios gordos, resecos, la lengua muy brillante asomando como un molusco. Y sus piernas separadas, en tijera, y los brazos a los lados del cuerpo. Leo nunca ha visto a su madre dormir en esa postura, y no le falta razón al imaginar que la han tirado desde arriba, desde un helicóptero o un globo aerostático, y así ha caído, y ahora no puede moverse. Piensa que si la toca no se va a despertar, y precisamente por eso no quiere tocarla, no quiere hundir su mano en la mejilla colgante de su madre ni empujar su hombro y que ella no reaccione. Sofía está roncando, un silbido rasgado sale de su nariz, congestionada por el larguísimo llanto de la noche anterior. Está roncando, así que no está muerta, y Leo no tiene que preocuparse por eso. Decide levantarse y pasa por encima de su madre sin rozarla, salva con éxito el obstáculo, porque es un niño ágil y también valiente a pesar de todo.

Da un paseo por la casa, sin buscar nada en concreto. El salón ahora le parece más grande. La cocina, donde entra la luz desde las primeras horas del día, tiene las baldosas cálidas y todo está en su lugar, como en cada lugar donde está su madre. Sofía no es especialmente exigente con el niño, no le ha enseñado a ordenarlo todo, pero va detrás de él, como si recogiera los frutos de una siembra. Esta casa para Leo es algo desconocido y a la vez familiar, como suelen ser en la infancia las casas del verano. Nunca ha pasado allí mucho tiempo seguido cuando su abuelo vivía, pero es una referencia vacacional, su playa. La casa está distinta sin el abuelo. Entra en otra habitación, que está cerrada y oscura, con las persianas bajadas, y sale de nuevo, porque no hay nada interesante aparte de las dos camas pequeñas y el armario. De pronto siente que va a hacerse pis encima y corre hacia el baño, donde ya entra un sol amarillo que choca contra los azulejos blancos, y se baja los pantalones del pijama, y sube la tapa, y se empina y hace pis, y se da cuenta de que su madre, anoche, no tiró de la cisterna.

Es realmente increíble que Sofía no se haya despertado aún. La mañana ya está alta sobre la casa, y afuera en la avenida pasan coches y algunas personas se dirigen a la playa, y se oyen sus voces relajadas, extranjeras, caminar temprano para no achicharrarse bajo el sol. Leo lleva un tiempo merodeando por las habitaciones. Como dijo su madre al llegar, la televisión solo se ve por la tarde. Ha sacado sus pocos libros y sus lápices y está tirado en medio del salón, en el suelo, mirándolos, pintarrajeando, aburrido. Y tiene hambre. Y su madre no está muerta porque sigue roncando con ese silbido de serpiente, pero no se ha movido. Leo va a la cocina, abre el frigorífico y se pone muy contento porque encuentra leche y también dos yogures. Arrastra una silla hacia la encimera y alcanza un vaso. Lo lleva todo al salón y allí en el suelo, junto a sus cuentos, desayuna. Cuando ha bebido un vaso de leche y se ha tomado un yogur, sin cuchara, metiendo los dedos y removiendo para que esté líquido, se siente hinchado, satisfecho y sucio y va a lavarse las manos y la cara al baño. A todos los lados adonde va, lleva su silla, por si no llega a los sitios. En su casa hay pequeños taburetes para él por todas partes, para estimular su autonomía. Arrastra la silla de vuelta al salón, haciendo más ruido que antes, contento de que choque con los quicios. Está muy aburrido, empieza a estar inquieto, necesita que su madre se despierte.

A pesar de que siente algo parecido a la repulsión, se sube de nuevo a la cama y se tumba al lado de ella. El animal extraño que duerme con esa intensidad, que ha desaparecido de allí, que no está en la habitación, ni en la casa, de tan profundo que duerme, no es su madre. Es como si tuviera los párpados cosidos y jamás fuera a abrirlos. Leo nota un cansancio y otra vez ganas de llorar, como el día anterior en el autobús, y antes de ponerse a gritar al fin pone su mano sobre el hombro de Sofía y la empuja con brusquedad, rápido, tres veces, cuatro, y llama: mamá, despiértate ya, mamá, por favor, que te despiertes. Han pasado más de dos horas desde que él se levantó, es muchísimo, en ningún caso habría estado tanto tiempo sin llamarla, pero no ha tenido que contenerse, realmente no quería, prefería no hacerlo. Hasta que ya no ha aguantado más. Apenas un momento antes de que se eche a llorar, Sofía abre los ojos y sale efectivamente de un pantano y boquea con cara de susto y no consigue hablar al principio porque su lengua es enorme, no le cabe en la boca, y los ojos quizá no los tenga abiertos del todo o haya algo cubriendo sus pupilas. Todo esto no dura más que unos pocos segundos, Sofía no piensa con claridad. Aunque él parece querer desasirse, Sofía se incorpora, con los músculos y los huesos aún dormidos, e intentando recuperar lo sólido de su presencia abraza a su hijo, inventa una especie de broma en el tono de su voz, una falsedad, sus dedos temblorosos se hunden en los costados del niño, fingiendo unas cosquillas mañaneras, y luego lo estrecha con fuerza, perdóname, pequeño, debe de ser tardísimo.

Recoger la casa, de nuevo. Mirar en las cajas que ha metido en el armario del cuarto pequeño por si hubiera algo importante, algo que sirva. Lavarse la cara varias veces, cada media hora más o menos, sin conseguir alejar la neblina. Preparar el té de siempre pero muy cargado, tomar muchas ciruelas pasas, apurar hasta limpiar el hueso, beber agua fría. Preparar con Leo una lista de las cosas necesarias y los planes. El día de hoy: hacer la compra. Ir a pasear al pueblo. Buscar juguetes. Cenar fuera. Dar vueltas alrededor de la casa, inspeccionando el patio y la pequeña porción de tierra, buscando una solución que mitigue su sordidez. Hablarle a Leo como si fuese mucho más pequeño, arrepentirse una y otra vez, cada vez que el niño se da la vuelta y se distrae con cualquier cosa, cada vez que percibe la impaciencia en su voz, cada vez que la mira con unos ojos inexpresivos, arrepentirse de la noche anterior, de la pérdida de control, de haber tomado una pastilla para dormir, una de las fuertes, ella nunca hace eso, ella intenta nivelar constantemente sus emociones para conseguir un equilibrio funcional que le permita actuar con una relativa fluidez, con soltura. Comer, dormir, escapar. Pero anoche ¿no era inevitable? Tras el llanto convulso, que duró un par de horas, en vez de llegar el sueño y la rendición, llegó una hiriente lucidez. Su hermana le había aconsejado: tómalas si no puedes dormir, sé que las llevas. Tienes que estar fuerte mañana. Y las tomó, pero ya era demasiado tarde, las cuatro, las cinco de la mañana, un desastre. Cosas por hacer. Por ejemplo la compra, todo un reto.

El lugar preferido de Sofía es el muelle. El pueblo ha crecido mucho en los últimos años, y no ha crecido bien, como casi ninguno de los pueblos de la zona. Ya era bastante grande cuando sus padres compraron la casa, y han pasado casi treinta años. La larga avenida principal es ahora una arteria estrecha llena de comercios y con voluminosos coches aparcados a ambos lados de la calle. La calzada ha quedado como un agobiado río seco que atraviesa el pueblo casi desde la playa hasta la plaza del ayuntamiento. A excepción de un par de farmacias gigantes, acristaladas, muy modernas, y una floristería hortera donde venden más centros de mesa artificiales que flores recién cortadas, la mayoría de los comercios de esa calle son marroquíes: bazares, locutorios, fruterías, un asador de pollos. Hay coches aparcados en doble fila, gente que habla con otra gente que está en los balcones, obstáculos que salvar en la acera, a la puerta de las tiendas. Ya comienzan a sacar los reclamos de la temporada, sombrillas, esterillas, flotadores, colchones hinchables, redes atoradas de utensilios para la playa, cubos, palas, rastrillos, pistolas de agua. Sofía camina con Leo, no le suelta la mano, no lo deja pararse a mirar. El niño da tirones a veces y ella se siente incómoda devolviéndolos. Como ha bajado el sol toca dar un paseo por el centro y cenar, así lo escribieron en la lista de cosas para hacer hoy, pero cuando ha llegado la hora el niño sentía pereza, no quería ducharse, no quería salir, estaba en el patio jugando con unas construcciones que habían comprado en el supermercado. Esta es una situación habitual, a todos los niños les pasa. Pero Sofía se empeña, tozuda, agresiva. Algo entre ella y Leo no funciona. Sofía se dice que es lo más normal, lo habitual también en estas ocasiones, pero no puede dejar de cuestionarse su propia actitud: está segura de que si ella consiguiera sentirse mejor, todo saldría bien. Leo no está raro porque todo esté raro, sino porque ella está rara. Es una especie de combate; consigo misma, con Leo, con las telarañas que le recubren los ojos, a veces la boca.

Más allá de la plaza del ayuntamiento, reformada hace unos años pero aún con los mismos bancos de hierro y la fuente, ancha y generosa en parterres, empiezan las pequeñas calles que desembocan en el muelle. Sofía se ha sentado un rato en uno de los bancos de la plaza, mientras Leo se acercaba a unos niños que jugaban a la pelota. Los niños eran mayores que él y no le han hecho caso, Leo se ha cansado y han continuado con el paseo. Sofía desea perderse en esos callejones viejos. Quiere imaginarlos aún con los muros de las casas encalados y el suelo de pura piedra redonda, negra y desigual. La mujer busca la oscuridad, esquiva las terrazas bulliciosas. Agarra a Leo y lo lleva por una silenciosa callejuela que termina en el muelle. Solo quería que nos sentáramos aquí un rato antes de cenar. El ruido de los barcos balanceándose. Los crujidos. ¿Dónde vamos a cenar, mamá? ¿Quieres comer pescado? Prefiero un perrito caliente, mamá. Ya me imagino. Eso es porque hemos pasado por una hamburguesería y se te ha antojado, pero ¿no te apetece un poco de pescado frito, con patatas? ¡Te encanta el pescado! ¿Con mayonesa? Vale, con mayonesa. Vale.

Durante la cena Sofía ha engordado la conversación enumerando la cantidad de cosas que harán este verano juntos. No tendrán que quedarse en la ciudad todo el mes de julio, esperando a que papá coja las vacaciones, así que será un verano muy largo. Sofía improvisa y come su ensalada y muchos boquerones fritos, que es lo que Leo quería, ella hace ya muchísimo tiempo que no prueba el pescado frito pero ahora no puede evitarlo. Cuando han hablado de Julio ella ha sido cauta y sobre todo ha intentado ser realista. Pronto vas a verlo, le ha dicho. Luego Leo ha preguntado que por qué no lo llaman por teléfono y ella se ha comido dos boquerones más y se ha desinflado por dentro, estómago derretido, páncreas, porque

conversar con un niño de cinco años, por muy listo que sea, es agotador en sus circunstancias. Tiene pánico a volver al insomnio de la
noche anterior, aleja constantemente de ella la imagen de las pastillas que aún tiene guardadas en el neceser, en un bolsillo interior,
pastillas de las fuertes.

Leo quiere un helado. Pero Sofía no, Sofía piensa que ya han
comido, ambos, demasiada porquería. Comienzan una pelea mientras vuelven a casa, bordeando el muelle, por el camino más largo.
Se están alejando de los restaurantes, de las luces, Leo se da cuenta
de que la posibilidad de comerse un helado está quedando atrás, si
siguen avanzando será inexistente, todo está oscuro, las farolas del
final de puerto alumbran tenue, giran en la última calle y van a dar
a una zona residencial, con casas bajas y pequeños jardines, donde
hay gente sentada afuera, acabando de cenar, tomando el aire, el
ruido de los televisores, las conversaciones bruscas. Leo tira de la
camisa de su madre, Sofía se deshace de la mano del niño, se gira
enfadada. Puedo prepararte un postre especial cuando lleguemos a
casa, hemos hecho compra, ¿te acuerdas? Yo quiero un helado, no
quiero tu postre especial. Por favor, Leo. Quiero un helado. Sofía
tiene una bola atascada en la garganta y se resiste a creer que esto
haya empezado tan pronto. Busca un alivio y piensa que quizá solo
sean estos primeros días, ella ni siquiera sabe qué está pasando, en
realidad no tiene ni idea de nada y no puede dejar que Leo se dé
cuenta porque entonces estarán los dos perdidos, solo han de volver
a casa y tiene que ser amable y dulce y decir no pasa nada, no pasa
nada, y luego descifrar, escudriñar enfrente de ella para ver realmente qué es lo que no está pasando y qué es lo que sí está pasando;
intenta coger a Leo en brazos, porque se ha parado en medio de la
calle, enfrente de un jardincito donde cena un matrimonio gigante,

deben de llevar juntos toda la vida y ambos son enormes, sus cuerpos metidos en las sillas de jardín, los apoyabrazos hundidos en los costados, masticando, él tose a veces, la televisión está puesta dentro, en el salón, pero ellos comen fuera y dejan la ventana abierta para oírla, Leo está parado enfrente de la casa y los señores lo miran impasibles, él tose con cáscara de malos bronquios, ella muerde una tajada de sandía descomunal, Sofía no puede con Leo, que pone rectas las piernas para no facilitar las cosas y se cruza de brazos, Sofía tendría que cogerlo como si fuese una alfombra enrollada, como si fuese un bloque de hielo o una estatua. Lo siguiente es tirar de él o darse la vuelta y andar y esperar a que él la siga. Lo empuja un poco. Solo un poco. Hacia atrás. Leo llora. Sofía frunce el ceño, casi consigue juntar sus dos cejas para contener el grito, o el llanto, o lo que fuera a salirle de ahí adentro, Leo llora y se sienta en el suelo y Sofía lo mira desde arriba y los señores gordos lo miran desde el porche y el niño llora y llora y dice quiero un helado y dice no me dejas comer nada rico y por fin Sofía se da cuenta de que no tiene más remedio y de que además no importa y se agacha y mete las manos en su pelo, acaricia su cuero cabelludo, caliente y sudoroso, su frente, y le dice que van a ir a por un helado, que además ella también va a comerse uno, uno muy grande.

Al final han ido a la heladería que hay en el paseo marítimo, muy cerca de la casa. Se han sentado juntos en los escalones que dan a la playa. Se han quitado los zapatos y tienen los pies hundidos en la arena fría. Están descalzos pero se han puesto unos jerséis finos que Sofía llevaba en el bolso. Leo parece feliz con su tarrina de tres bolas; Sofía ha acabado rápido, arrepentida, con la pequeña bola de helado de limón que se ha pedido. Cree que era el que tenía menos leche. Menos cosas. Leo se pone de pie y se aleja de ella, con su tarrina y su cuchara, mamá, voy ahí, a esos columpios. Ten cuidado, que está oscuro, mira bien dónde subes. Y se queda sola. Y querría tumbarse hacia atrás, en el suelo mismo, y sentir toda la dureza contra el cráneo y cerrar los ojos, pero enciende el teléfono. Una llamada de Rita. Cinco llamadas de Julio. Por fin, un mensaje: Está bien, ya lo he pillado. Te doy unos días. No la cagues más.

Cuando llegan a casa, la encimera de la cocina es un manto negro bullicioso. Diminutas hormigas negras, distribuidas en numerosas filas, cubren la cesta con frutas, el paquete abierto de cereales, aunque sujeto con una pinza, la pequeña barra de pan de centeno envuelta en papel, que tanto trabajo le costó encontrar. Leo grita, entre el asco y la fascinación. Sofía está paralizada, no sabe qué hacer. Va al cuarto de baño a buscar alguna salvación, y al encender la luz chilla también: el mueble del baño, su bote de crema hidratante, el jabón sobre el lavabo, camino incesante de patitas, de antenas negras, el batallón indomable recorre el vaso con los dos cepillos de dientes, se mete avaricioso entre las cerdas, ávido de cualquier resto de saliva, de cualquier palabra.

Hay un fin de semana que no consigo borrar. Fue apenas día y medio, pero es la confirmación de que la dicha familiar vista desde la infancia, la algarabía, cuando se vive intensamente deja un poso tan espeso como la amargura. Era invierno. O primavera u otoño; no era verano. Había colegio, ciudad, los fines de semana eran cortos y ásperos. El sábado por la mañana mis padres nos montaron en el coche y nos fuimos a la sierra a pasar el día. No íbamos solos; en un coche rojo, detrás de nosotros, venía otra familia, unos amigos que también tenían dos hijos, un niño y una niña. Yo llevaba (no solía hacer estas cosas) una pequeña muñeca conmigo. Era una barriguita de pelo negro y cuerpo de tela, que me cabía en cualquier bolsillo, en el cuenco de las manos. Sé que era un sábado normal y una excursión normal pero algo atravesó nuestro viaje y lo convirtió en memorable. Las montañas suaves, lo hinchado de los bosques verde oscuro, los caminos de tierra con las veredas de hierba aplastada. El aire quieto de la sierra, cargado de profundidad. Los pueblos. ¿Adónde fuimos? A un par de aldeas, blancas, escarpadas; supongo que comimos en alguna venta: todos estaban contentos todo el rato, eso era lo especial. No solo mi padre o mi madre, sino los dos a la vez, y también la otra pareja. Había una laxitud y una complicidad y no puedo recordar cuál fue nuestro itinerario pero sé que llegamos, ya por la tarde, a un sitio mágico. Era un caserón en medio de la nada, perteneciente a una pequeña aldea, y entramos a visitarlo. Los padres hablaron con el señor que lo regentaba (¿era un cura, aquello era una especie de monasterio o sitio de retiro?), que se fundía con nuestro ánimo (con el ánimo que traían nuestros padres y nos contagiaban, o potenciaba nuestro ya de por sí ánimo festivo, nos lo corroboraban, nos lo permitían; lo engrandecían, en cualquier caso): el hombre tenía el pelo blanco y sonreía y hablaba con suavidad, pero no con la afable tibieza pulcra de los curas, sino con una tranquilidad no estudiada, con una camaradería vital. Nos enseñó el lugar, nos invitó a que recorriéramos los jardines y el bosque que había detrás de la casa. Aquello lo recuerdo perfectamente: nosotros cuatro saltábamos de un lado a otro y encontramos un río y un puente, o un riachuelo y un trozo de madera atravesándolo, no lo sé, sé que la hierba brillaba a destellos por el juego de la luz y el agua, sé que sonaba, que ese paseo que nos dimos nos conectó con la naturaleza, con tan poca práctica, que de pronto estábamos envueltos en el bullicio de los árboles raros que allí crecían, de la hierba, el ruido de las lagartijas bajo las hojas, el sonido del agua. Claro que íbamos a menudo al campo. Pero esto era distinto, porque el lugar era especial. Era un bosque cuidado en lo salvaje, de alguna manera convertido en jardín. Era un lugar único, y lo he sabido después, que he estado en otros. No recuerdo la cara de mis padres ni la cara de sus amigos, pero recuerdo nuestra dicha, la perfecta conjunción del alboroto y la calma, y sé que todos estábamos felices.

Entonces vino la revolución. El plan original, típico plan de aquellos años, era pasar el día fuera y volver a la tarde, a veces de noche, ya abotargados; el coche, las curvas, el silencio, a mí siempre me deprimía volver a casa, casi en cualquier circunstancia, yo siempre quería más. Pero ese sábado no volvimos. Los mayores decidieron que íbamos a pasar la noche allí, en aquel caserón; habían llegado a un acuerdo con el señor del pelo blanco. Este cambio de planes, esta decisión de última hora de prolongar la alegría, de alargar porque sí las cosas buenas de la vida, esta irreverencia con lo establecido, este golpe de suerte a voluntad, este por qué no, me hizo militante, quizá desde ese día y durante muchos años, de apurar el placer hasta el último instante, a veces hasta la última consecuencia. La actitud de mis padres, su aspecto de gente feliz y un poco displicente, ausentes durante unas horas de su otro yo, esa ligereza que de pronto tenían o que de pronto yo les veía, asombrada y a la vez excitada, me marcó, me abrió un camino. Yo ya era un poco así, desde mi mundo de infante, pero esto fue distinto. Esto no provenía de mi tozudez de alargarlo todo para luego arrepentirme, sino de arriba, de las entidades superiores, que daban la orden de disfrutar, disfrutar obligatoriamente, porque éramos felices y eso es lo suficientemente importante. Así lo entendí yo. Y me trajo, en el futuro, un aluvión de placeres con sus correspondientes frustraciones y heridas.

Corrimos por los pasillos del caserón, nos enseñaron las habitaciones, de techos muy altos. Supongo que los niños dormimos todos juntos. Fuimos al pueblo a buscar algunas cosas importantes, por ejemplo una farmacia. Las madres pidieron bragas de papel. Aquello me pareció ciencia ficción, pero ellas se morían de risa y estaban contentísimas por no tener que saltarse la higiene diaria. A mí me sorprendió, incluso, que mi madre supiera que un artefacto como aquel existía. Recuerdo que me asombró, que sentí que ella era sabia, una mujer de mundo. Ahora imagino que quizá hubiera una razón especial por la que compraran una caja de bragas de papel solo por pasar una noche fuera de casa, porque no podían ser tan escrupulosas. Pero en aquel momento fue lo adecuado, es más, aquello estaba dentro del juego, era un instrumento más de nuestra fiesta. A mí me quedaban enormes aquellas bragas, a mi hermana supongo que ni siquiera se le ajustarían a la cintura, pero fue muy divertido usarlas. Y recuerdo a mi madre tan feliz comprándolas. También esto me marcó un poco. El avituallamiento del gozo. La logística sobre la marcha. Cosas que hay que hacer para seguir pasándolo bien, para no regresar, para no entrar por el aro. Por ejemplo, comprar ropa interior de papel en una farmacia. Esto ha marcado mi vida. Solo que, con el tiempo, me di cuenta de que con darles la vuelta a las bragas era más que suficiente.

¡El agua está muy fría! Leo da saltos clavando los pies en la arena plana de la orilla, los cráteres se cubren rápidamente de humedad y desaparecen. ¡No quiero bañarme! Brinca en paralelo con las finas olas, se va alejando de su madre. Sus gritos no son rechazo, sino excitación. Es un momento liviano, la mañana completa ante ellos, la playa vacía. Aún en junio, el agua hiela en los días de levante. Sofía pretende que Leo se meta en el agua, que chapotee, sería como una especie de premio por algo que ninguno de los dos merece. Leo no quiere bañarse pero está eufórico y salta y grita y corre. Sofía ha llevado una silla y se ha sentado cerca del mar, con la ropa puesta y una gorra visera que le oculta del sol la mayor parte del rostro. Leo está embadurnado en crema protectora y es una pulga que brinca a lo lejos, sus omoplatos sobresaliendo de la piel blanca de la espalda, haciendo un daño en los ojos de su madre. Solo algunos huesos deberían tener permiso para mostrarse. ¡El agua está muy fría! ¡Muy fría! ¡Mamá! Leo ya está mojado hasta las pantorrillas. Sus rodillas y sus muslos rompen la plataforma de la superficie, a veces una pequeña ola rizada lo acaricia.

Sofía ha llevado también un libro, como si fuera a leer. Son las *Confesiones* de Marina Tsvietáieva, lo tiene pendiente desde hace mucho y ahora no es capaz de abrirlo. La vida de la poeta rusa le interesa más que su obra. La revolución, el exilio, la diferencia del trato a sus hijas, del amor a sus hijas, el destino de cada una de ellas. Le pesa en el regazo, porque es un libro gordo y de tapa dura, y lo toca mientras mira al frente y a los lados, mientras oye la voz de Leo llamándola, lo toca porque es la única promesa a la vista. Junto a ella, hay una bolsa con algunos juguetes de playa y dos toallas. Se da cuenta de que no ha llevado nada para comer, ni siquiera agua, pero no se castiga; el sol de la mañana acapara los matices, los pospone. En un derroche de iniciativa saca una pelota amarilla de la bolsa y la lanza a su hijo, que sigue lejos. La pelota vuela por el aire limpio y da uno, dos, tres botes en la arena, hasta caer por fin al agua, adonde Leo corre para tratar de alcanzarla. Sofía quiere pensar que su hijo no se siente igual que ella, que su maquinaria de niño no está alterada por las circunstancias de la misma manera que la suya, pero confecciona cada día la cotidianeidad como si planeara una batalla naval: Alemania contra Rusia, 1916. Tras lanzar la pelota, le cuelgan los brazos, manos de hierro, morteros. Leo ha alcanzado la pelota mojándose hasta la cintura (la marea está muy baja y las olas son apenas cosquillas) y ahora corre de nuevo hacia su madre, con una sonrisa en la cara, el flequillo húmedo, se dirige a ella como un proyectil y Sofía no es capaz de moverse porque las manos le cuelgan de los brazos, lo ve venir, directo hacia ella, cada vez más cerca, y querría darse la vuelta y correr más rápido aún, escaparse entre las dunas, o al menos poder defenderse de toda esa energía, agacharse y cubrirse el rostro, el pecho, con los brazos, hacerse una bola, que Leo pasara de largo, que no la viera, que la dejara en paz. Por suerte no se mueve y el niño consigue abrazarla, mojándole la ropa, los muslos, con su cuerpo tenso y frío. Tengo sed, mamá, tengo sed, tengo sed, tengo sed.

Entonces han decidido volver a casa. No llevan mucho rato en la playa y es temprano, pero para ellos dos cualquier cosa es demasiado, el límite se estrecha. Leo se demora en el camino, como siempre va detrás de su madre, arrastrado, y Sofía se apresura en alcanzar la verja de su casa y esconderse dentro; no se ha parado en la tienda de fruta del paseo, como era su intención al salir, ni tampoco ha ido a por el pan. Va sofocada e incómoda porque le quema la cara interna de los muslos, escocidos, y entra rápido, sin mirar, murmurando apenas un Leo, venga, date prisa, y no se da cuenta de que la puerta de la casa está abierta hasta que está a punto de cruzarla. No la cruza, se para en seco, estira la mano hacia atrás en un gesto imperativo, ordenando a su hijo que se detenga, los tendones de la mano y las muñecas vivos, elásticos. No se oye nada: ¿se dejó la puerta abierta al salir?, no puede ser, ¿ladrones, a estas horas?, es imposible pero los pies, quietos en el umbral, son piedras, la ansiedad le va llegando a la garganta, ¿Julio?, ¿puede ser que haya venido a buscarlos, a lo mejor en son de paz, a recogerlos?, pero no tiene llaves, y si las tuviera no habría sido capaz de encontrarlas porque jamás se interesó por esta casa, aunque a lo mejor, ¿Julio?, ahora tiene agarrado a Leo detrás de ella, por la camiseta, y el niño expectante no hace ruido, ¿Julio?, se atreve a pronunciar muy bajito, porque le tiembla todo por dentro, el estómago, los pulmones, se le cortará la respiración en unos instantes si no contesta nadie, pero de pronto, ya la cara asomada por la puerta, el cuello estirado, al fondo la puerta del baño se abre y aparece ella, claro, como una música, cómo no lo había adivinado, claro, Rita sale del baño como si flotara, como si llevara un siglo allí, siempre en verano, las mejillas sonrosadas la sonrisa enorme, unos dientes robustos brillando en medio del salón, la ligereza, el ángel sale del baño, se estaba terminando de arreglar, de atusar las plumas, ¿se ha pintado los labios?, están plastificados, tan tersos, abre los brazos hacia ellos, hacia su hermana sudorosa y temblando en la puerta de la casa, hacia Leo a quien su madre esconde, demasiado fuerte lo aprieta contra sus corvas, Rita es quien ha venido a buscarlos, no Julio, lleva un sombrero de paja precioso, una especie de pamela de ala muy ancha, y una blusa vaporosa sobre su cuerpo duro, y unas sandalias de tiras romanas, ¡eh, decidme algo!, ¿no estáis contentos?, ¡ya estoy aquí!, y Sofía afloja y Leo rodea a su madre, brinca mucho más alto que a primera hora en la playa, es aún más ligero que su tía, como una exhalación corre hacia ella, hacia esos brazos abiertos de ángel salvador, salta, la abraza, se encarama a su cuerpo y la besa con júbilo, ¡has venido, tita, has venido, has venido, has venido, sabes, estaba todo lleno de hormigas, todo, tita, la cocina, el baño, era un ejército, lo dijo mamá, y las matamos, pero estaba todo negro, y pueden volver, dice mamá que están debajo de la casa y que van a volver seguro!

Sofía intenta controlarse pero al final no lo resiste y grita o aúlla o no le sale ningún sonido de la garganta porque tiene la glotis cerrada y de verdad se está asfixiando.

Pasó rápido. Sofía había abierto los brazos con los codos hacia afuera, gallina de alas extendidas, y había conseguido sentarse en una de las sillas del patio, buscando aire dentro de su nariz. Fueron cuatro o cinco espasmos, la boca abierta, un dedo presionando ese hueco en medio de las clavículas que debe de estar a la altura de la glotis, y de pronto, un milagro, el aire entra como un torrente de nuevo, y tose, y el pelo le cae sobre la frente y se desparrama en la silla y ojalá pudiera llorar en ese momento pero demasiado espectáculo ha dado ya, su pequeño hijo ahora por fin aliviado de su presencia, asido con fuerza al brazo de su tía, ellos tratan de cuidarla, le llevan un vaso de agua, le ponen unos dedos sobre las rodillas temblorosas, sus sonrisas bajo el sol, en el patio, no están preocupados en realidad, no ha sido para tanto, solo unos treinta segundos, los coches arañando la calle, a sus pies unas hormigas gordas, lentas, husmean las pequeñas bolitas de cemento, el mínimo resto orgánico, cadáveres secos de mosquitos. Estas no son las peligrosas. Parecen arañas, pero viven a su aire.

¿Has venido para quedarte? Estás loca. En serio, estás loca. Con nosotros dos aquí todo el verano… No sé si voy a quedarme todo el verano y tú tampoco lo sabes, hermana. Cuando me llamas hermana me duele algo, te lo juro. Ya lo sé, nunca te gustó, decías que parecía de otra familia, no de la nuestra. ¿Por qué has venido? Sofía, venga ya. Cenan afuera, en la misma mesa de plástico de antes, la del ataque de ansiedad. Fingido, según Rita, y se ríe de Sofía, que cada vez está más blanda por dentro, no blanda de ternura sino sin armas ni huesos. El niño se ha dormido rápido porque su día ha sido excitante y agotador. Su tía le trajo regalos, se lo llevó toda la tarde a la playa y sí jugó con él a la pelota y luego cenaron una hamburguesa en el pueblo, temprano, mientras Sofía descansaba en casa todo el día. Ahora él duerme en la cama grande, donde más tarde se acostará su madre y se quedará mucho rato con los ojos abiertos. Tienes que prepararle la otra habitación al niño, o qué, ¿vas a dormir con él todos los días? No quiero dejarlo solo ahora. No está solo, está contigo. Si estás pasando esas noches horribles creo que sería mejor que durmiese en su propio cuarto. Además, es bueno que tenga un cuarto para él, ¿no? Se va a sentir mejor. No sé. Bueno, ¿por qué has venido? ¿Te vas a quedar todo el verano? Hermana, no voy a responder a tonterías. En todo caso, tú eres la que tienes que responderme a mí, ¿no te parece? Yo he venido porque me ha dado la gana, podía coger vacaciones y eso he hecho, aquí estoy. Pero lo importante es: ¿tú vas a quedarte aquí todo el verano? Te has llevado al niño sin decírselo a nadie. El niño tiene un padre. Hostias, Rita, ¿has venido para decirme una obviedad detrás de otra?

A Rita se le ha pegado un poco el sol. Su frente tiene ahora un reflejo bajo la bombilla, el reflejo del calor. Con delicadeza limpia las pijotas de espinas y va metiéndose los lomos en la boca, se chupa los dedos, mira a Sofía con condescendencia, ha asumido su papel y parece feliz por ello, tiene algo importante que hacer; se cansará pronto, pero acaba de empezar. Sofía estira los labios y se prepara para enfrentarse al juicio, y por supuesto para ganarlo. Julio sabe que estamos aquí, me escribió un mensaje, así que no pasa nada. Sofía, tú no le has devuelto las llamadas ni le has contestado los mensajes, y de hecho soy yo quien le ha confirmado que estáis aquí, la situación es bastante insostenible, creo que es lo primero que tienes que arreglar. Joder, coño, lo sabía, lo sabía. Sofía se levanta de golpe de la mesa y se mete en casa. En su plato hay cuatro espinazos de cuatro pijotas; su vaso de vino está vacío. Rita sigue comiendo, alerta, por si acaso oye la puerta del dormitorio cerrarse. Sin embargo su hermana vuelve a salir al porche, la mira con severidad, pero hay tanto desasosiego en las pupilas que ninguna lanza haría efecto, ninguna bala de las que ella arrojara. ¿No tienes tabaco? No me jodas que vas a fumar. ¿Tienes tabaco o no? Pues no lo sé, algo tendré, para los porros. Dámelo. Rita levanta las cejas: ve a buscarlo tú, está en mi neceser.

El tabaco está seco y Sofía intenta liarse un cigarrillo, sus dedos son gordos gusanos desobedientes, demasiado húmedos, pero al final lo consigue, un cigarro trompetero y flojo por la parte de la boquilla, pero prende. Se siente mejor de repente, está enfadada con su hermana y tiene un sentimiento al que agarrarse. Aspira el humo, no tose, la garganta quema, lo traga, lo guarda dentro, es un tesoro. Rita ha retirado los platos y los cubiertos y solo ha dejado la botella de vino y los dos vasos. Se está haciendo un porro. Ya que estamos, ha dicho. Sofía quiere reprenderla porque están, realmente, en medio de la calle, todo el que pase puede verlas, pero se calla y tras la tercera calada a su propio cigarrillo se da cuenta de que no tiene ninguna importancia. Pero lo otro sí, todavía la tiene. ¿Por qué lo has llamado?, ¿tú de qué parte estás? Coño, hermana, me ha llamado él a mí. Ah, claro. Pero ¿en qué planeta vives? ¿Te llevas a tu hijo de la ciudad, no coges el teléfono y piensas que tu marido no va a llamarme? De todos modos él siempre te llama, de vez en cuando, ¿no? Rita levanta los ojos del montoncito de tabaco donde está deshaciendo el hachís y los clava en los ojos de su hermana. Abre la boca para decir algo pero luego la cierra. Debe tener paciencia porque Sofía no está en sus cabales, debe cumplir con su nuevo cometido, no desviarse. Sofía no le aguanta la mirada y sigue fumando, bebe vino, aguarda el vacío; después, es capaz de continuar donde lo había dejado. ¿Qué te ha dicho? Se fue de casa, ¿sabes? Sin avisar. Él se ha ido de casa. Eso es abandono del hogar. Nos ha dejado. No quiero hablar con él, ya hablé con él antes de tomar esta decisión. De hecho, solo habló él, que tiene perfectamente claro qué quiere hacer con su vida y en qué va a convertir la mía. ¿Qué te ha dicho? ¿Está muy indignado? No me digas… Dos caladas del porro y la noche se ha suavizado, esos pequeños insectos que revolotean alrededor de la bombilla, a veces alrededor del pelo de Sofía, casi rubio bajo esa luz, con un halo de santa, de loca. Creo que tenéis que hablar. Deberías ir a verlo. ¿Yo? ¿Otra vez? ¿Por qué no viene él, si sabe dónde puede encontrarme? Mira, Sofía, yo estoy contigo. Contigo y con Leo. Esto es un asco pero es muy importante que arregléis las cosas. Quiero decir que estéis de acuerdo, por el niño, con lo que sea que vaya a pasar. Quizá antes de que Julio y Leo se vean sea mejor que sepáis de verdad qué vais a contarle. Estáis a tiempo de hacer las cosas bien. Vaya puta mierda de frase, Rita. Vaya puta mierda.

Habían estado recordándolo: el verano que sus padres compraron la casa y dejaron de veranear en la de los abuelos ambas pillaron la varicela, en pleno agosto. Dudaron al principio sobre quién se la pegó a quién, quién la cogió primero, después de una pequeña discusión decidieron que fue la pequeña. Cincuenta pupas, dos o tres en la cara, fiebre alta de varios días. Sofía le enseña su marca, casi entre las cejas, mira, aquí la tengo yo. Fue un verano horrible, ¿no? Están sentadas en la plaza del ayuntamiento, en un bar, después de cenar. Rita lleva mal lo de comer con su hermana. Tendrá que llegar a un acuerdo con ella, o hacer un ejercicio de contrición; al fin y al cabo no es asunto suyo, al fin y al cabo qué más da, cada uno tiene sus cosas. Pero esa intolerancia permanente, con todos los problemas que ahora tiene encima, esa forma de contagiar a su hijo del fantasma de los peligros de la alimentación, industrial o no; Rita siente deseos de ridiculizarla con ese tema, de ponerla en evidencia, querría ofrecerle a Leo chucherías, llevarlo a comer hamburguesas, perritos, pizzas, helados, donuts y sándwiches, pan blanco plastificado, amoniaco y azúcar refinado sin tiamina, acariciarle la cabeza, tan suave, mientras el niño sorbe coca cola por la pajita gruesa, mientras mete sus manos ansiosas en las grandes bolsas de patatas al jamón, verlo tragar sin culpa. Un poco se lo hace ver a Sofía, algo así como ¿no crees que el pobre se merece una pizca de alegría comiendo, algún lujo?, ¡es un niño! Sofía no se rebela, no se defiende. Con pesadumbre le contesta que comer toda esa porquería no es un lujo, es una tumba. Pero es un niño, lo vas a volver paranoico. Además, ¿desde cuándo eres tú tan intransigente con la comida? ¿Te has hecho vegetariana o militante en hierbas o qué? Lo ha dicho así, sin miedo, una comisura de su ancha boca torciéndose hacia arriba, la sonrisa congelada que Rita usa para meter dedos en llagas. Pero es raro, porque Sofía no quiere discutir. Está mirando a Leo, que juega con unas canicas en medio de la plaza. Una niña más pequeña, con dos gomas de purpurina sujetando su exagerado pelo negro y las piernas aún regordetas, se le ha acercado. Se acuclilla junto a él y mira las bolas con codicia; en poco rato intentará robárselas, habrá algún chillido. Leo es un niño pacífico, no siempre generoso aunque dócil, pero no suelen gustarle los niños más pequeños que él, y menos aún las niñas. Sofía piensa, claro está, que la culpa es suya, porque no tiene hermanos. Porque no ha socializado lo suficiente. Piensa que no es algo natural, sino un defecto casi congénito, preludio de alguna psicopatía futura, como los omoplatos. Un paranoico, ha dicho su hermana. Sofía sonríe. ¿Acaso nuestros abuelos tomaban toda esta porquería? ¿Y por eso no eran felices? Pero tomaban pan con chocolate para merendar, no me jodas. Es que Leo también toma pan con chocolate. Ya.

Aquel verano del que hablaban no fue horrible, en realidad. Tuvieron la varicela y se rascaron cuando no debían, siempre Rita más que Sofía, implacable esta ante las normas, aterrorizada ante un posible dolor imprevisto, leyeron muchos cuentos en la cama, primero una y luego otra, hacía mucho calor y por la ventana del dormitorio entraba, muy temprano, casi al alba, el olor del pan cociéndose en el horno que había en la esquina de la calle. Sofía, se te va. No era en nuestra casa el horno de pan, era en casa de los abuelos. Eso le dijo Rita a su hermana cuando esta se puso a divagar sobre el pasado, con la primera cerveza de la tarde. Luego se había ido haciendo de noche y allí seguían, en la misma mesa de la terraza, tomando un vino blanco muy frío, un poco espumoso. Sofía había aceptado las enmiendas pero seguía empeñada en que había sido un buen verano. Mucho tiempo en la cama, muchas visitas, muchos regalos. Las dos iguales. No, no fue un buen verano, le contesta su hermana. O, bueno, a lo mejor fue un buen verano para ti y uno malo para mí. Sofía pone atención, pero Rita no dice nada más. La está mirando muy fijo. ¿Por qué me dices eso? Rita alinea unos cacahuetes sobre la mesa, sin dejar de mirarla, y cuando abre la boca Sofía se estremece: porque fue el primero que nos fuimos de casa de los abuelos. Me acuerdo, ahora sí, dice Sofía, aliviada por la tregua. Me acuerdo perfectamente, papá se empeñó ese año en comprar la casa y mamá no quería separarse de su familia en verano y siempre decía que ya teníamos una casa, que para qué necesitábamos otra en el mismo sitio, o yo qué sé. Esta casa era mejor, estaba al lado de la playa. Era para nosotros solos. Pero mamá no quería. Por eso siempre fue la casa de papá, porque empezaron mal, con mal pie. Bueno, como con casi todo. Sí, pues por eso.

Refresca. Sofía lleva puesta una rebeca fina, gris y muy larga, que le queda grande y la hace tener pinta de fantoche. El problema es que no la ha combinado bien, que no pega demasiado con su vestido, porque no es ceñido, sino también un poco ancho y con un cuello algo voluminoso, y con la rebeca encima parece un muñeco. Todo le da igual. Su hermana le dice que es una paranoica, que su hijo será un paranoico, su hermana le dice lo que debe hacer, su hermana ha venido para salvarla y humillarla un poco, lo suficiente, su hermana es ahora mismo su única referencia en el mundo. Desde donde está sentada, en un extremo de la plaza del ayuntamiento, puede ver la ancha avenida principal, que lleva hasta el espigón, allá a lo lejos. En una esquina oscurecida, sin farolas, distingue de pronto un edificio abandonado, gris, el antiguo cine de verano. ¿Te acuerdas, Rita? ¿Qué? Rita observa a su hermana, que ha musitado algo, muy flojito, por entre los labios secos. Tiene los ojos ahumados, pero no es un ataque de nostalgia, está segura, es el diazepam, el alprazolam o lo que sea que se ha tomado hace un rato. Sofía bebe seguido su vino. Un poquito más, el cóctel para dormir, caída en picado. ¿Te acuerdas? Ese verano no fuimos al cine ni una sola vez. Rita frunce el ceño porque eso no lo recuerda. La mención del cine de verano la llena del aire tibio pero asfixiante de los recuerdos de infancia, y la conecta con su hermana, de una forma frágil; la compadece y al fijarse en su ropa la compasión crece, se siente responsable, ¿no tiene incluso la cara hinchada? Sofía, esa rebeca… Anda, quítatela, te presto mi cazadora. Sofía no hace caso. Refresca, pero es agradable el aire que viene del muelle, ese olor. La gente del pueblo ya pasea con otra lentitud, la propia de las vacaciones. De vez en cuando el tubo de escape de una moto destroza la avenida, los oídos, el recuerdo. Hay tantas cosas feas. Las farolas parece que no estuvieran encendidas del todo, el amarillo desvaído transforma la plaza en un lugar extranjero. Se ven menos así los azulejos nuevos y estridentes, el desordenado conjunto de edificios; las fachadas hermosas, las que se han conservado intactas desde hace un siglo, cobran fuerza bajo esa luz informe. El cine de verano, con su cemento gris pintado de grafiti, es como un agujero. Sofía, ve a por el niño, corre.

Ha sido rápido: la pequeña de las coletas negras no conseguía atrapar la atención de Leo, mucho menos una oportunidad de juego compartido, así que ha decidido meter sus dos manos gorditas y morenas en la bolsa de canicas; pese a su corta estatura la niña es ágil, en tres segundos las dos manos dentro de la bolsa, un buen puñado de canicas entre sus dedos, se gira y se dirige corriendo hacia sus padres con el botín, la boca babosa sonriente, los dientes pequeños y separados, en el segundo número cuatro hay incluso un chillido de júbilo, en el segundo cinco Leo se da la vuelta, tiene los ojos oscuros, alarga un brazo que de pronto es un brazo de seis u ocho años en vez de cinco, agarra con fuerza el borde de la falda de la niña, una tela como de organdí de estampados fucsia, cierra la mano como una garra pero en el segundo seis no se contenta con detenerla, con haberla atrapado, sino que en el segundo siete jala fuerte hacia él, muy fuerte, tanto como puede, nadie lo mira a la cara pero hay un brillo en sus mejillas, una desesperación oculta, en el segundo ocho la niña cae de bruces, como tiene el botín de las canicas en sus manos no le da tiempo a apoyarlas en el suelo, su carita redonda y mojada, su boca mamadora, su barbilla, la nariz de botón se estrellan contra la baldosa vieja y pulida de la plaza, se estrellan de un golpe solo y certero, las canicas ruedan hacia todos lados, pequeño big bang, quizá se ha roto algún diente, los labios sangran, baba roja, el grito más grande, el aullido, solo han sido diez segundos, la velocidad de la inocencia.

Los padres de la cría han acudido raudos, parecen un ejército, son apenas dos adolescentes, él lleva pantalones blancos por debajo de la rodilla y los muslos y las nalgas duras van a estallar la tela cuando se agacha a recoger a su hija y la levanta como el titán que es, hasta el cielo, como un trofeo, examinando su mercancía. Tiene la

nuca rapada y un dibujo de tinta rodeándole el cuello moreno. Se
oye su corazón latir en medio de la plaza, la cuenta atrás. La madre
llora más alto que la niña, más alto que el corazón del padre, y luego
con voz aguda insulta a Leo, que tiene los ojos desorbitados pero no
se mueve del suelo, aún sigue en su postura de lanzador de canicas,
está quieto bajo la lluvia de gritos, llantos, improperios. La madre,
con su ropa ceñida y su pecho rebosante de amor, cayéndole el pecho hacia fuera del escote, hacia la vida, tembloroso y enérgico, tapa
la boquita de la niña con un pañuelo de tela que saca de su bolso
enorme de argollas brillantes, el pañuelo rápidamente se vuelve rojo
y tampoco amortigua los gritos de la niña, los padres ya no miran a
Leo, no le gritan, aunque el zapato de él, una sandalia de cuero por
donde asoman dedos cuadrados de uñas de piedra, está demasiado
cerca de su estómago, demasiado cerca de su cara, pero ahora dan
vueltas buscando a los responsables del niño, buscando a quien
odiar, con quien combatir. Al segundo número sesenta la madre
culpable aún no se ha levantado de su asiento de acero inoxidable.
Mira la escena como si fuera una estampa, la pantalla de un cine de
verano de otro mundo. En realidad los ojos del niño, muy abiertos,
están dentro de sus propios ojos abiertos y ahumados. Son del mismo color, de la misma tierra a esta hora de la noche, y refresca. Leo
lleva una camiseta de manga corta y quizá tenga los bracitos fríos.
El titánico padre suelta un alarido, al que por fin acude alguien en
defensa del atacante, no es la madre, la madre lleva una rebeca que
le hace bultos sobre los hombros y es un payaso en una silla y tiene
sueño o frío o náuseas y una pátina sobre las pupilas, la madre no
puede moverse pero la tía corre hacia el centro de la plaza, sus piernas ágiles, torneados los muslos dentro de los vaqueros, es tan delicada al lado de los padres adolescentes, cuando se acerca de verdad

ve que no son unos adolescentes a pesar de la turgencia, tienen las caras curtidas y los dientes un poco ennegrecidos por el tabaco y el amor, se lamenta, se disculpa, intenta acariciar la cabeza de la niña pero por supuesto no la dejan, la mano queda suspendida en el aire, es tan pequeña al lado de ellos dos, familia gritona y blindada, se disculpa y se lamenta e incluso ofrece un número de teléfono por si puede hacer algo por ellos, aunque no será nada, un diente clavado en un labio, un raspón de quemadura en la nariz, en una semana ni rastro, otro alarido más que la tía recoge con sumisión mientras por fin agarra a Leo de un brazo y lo levanta, tirando de él, fingiendo que está enfadada, fingiendo que en realidad habría querido agarrarlo de una oreja o de las patillas y levantarlo así del suelo, tía y sobrino son tan ligeros, por dentro solo tienen aire fresco, así que el niño pronto está de pie y su tía consigue alejarlo de la escena del crimen, volando lo lleva hacia la terraza, pone distancia entre él y la familia blindada que también, por fin, se va en la otra dirección, hacia su casa o la casa de socorro, hacia urgencias, Leo y Rita ahora se dan fuertemente la mano y sellan un pacto y Sofía los mira llegar y no es capaz de moverse, otra vez esa parálisis, otra vez desea que pasen de largo, que no le digan nada, no ser responsable de nada, no sentir nada, no reñir, no llorar, Leo nunca ha pegado a nadie, Leo es un niño tan bueno, tan pacífico, vamos, Sofía, levántate, ya he pagado, vamos a casa, Sofía se cruza la rebeca en el pecho, agarra su bolso pero no se levanta todavía, está mirando a Leo fijamente a los ojos, lo tiene muy cerca, muy quieto, mamá, dice el niño, me había quitado las canicas.

En medio de la plaza se quedan las bolas de cristal, algunas transparentes, otras con un destello de color dentro. Mañana, algún viejo se partirá la crisma al pisarlas.

Se oye el mar. Es un motor renqueante, una colisión del aire contra el aire. El eco de una palabra larga, las últimas sílabas de algo que cuesta pronunciar. La intermitente constancia del agua moviéndose envuelve la casa, las calles de alrededor, el camino de eucaliptos y el paseo de piedra, los escalones adentrándose en la arena, blanca pero en realidad sucia de colillas y envoltorios, fina pero consistente, quieta. Sofía está del lado del mar mientras intenta despertarse. De pronto abre los ojos, el estómago le aprieta de vacío. Está todavía del lado del mar como alguna vez lo estuvo, hendida en la indeterminación, en paz. Agarra el sueño que acaba de tener, oscuridad de habitación ajena, cuerpos sin rostro, le sirve para regurgitar y se encoge en la cama grande que huele un poco a su hijo. No demasiado, porque hace días que no duerme con ella. Ahora duermen cada uno en una habitación, ella en la grande, el niño y la tía en las pequeñas, en camas estrechas. Su padre siempre compraba colchones duros y sin personalidad. Se levanta por fin, tropezando con las chanclas a los pies de la cama, luego con el quicio de la puerta.

La casa parece vacía, pero la puerta está abierta, así que no deben de haber ido lejos. Está todo como estaba la noche anterior antes de acostarse, aunque no puede recordar ahora quién se acostó la última de las dos. Qué blanca su cara con el resplandor del sol cuando se asoma afuera, qué nítido ahora el sonido del mar a pesar de la luz. Se cubre los ojos y recibe el calor en el pecho y en las piernas, atravesando el pijama azul de algodón, el elástico de la cintura dado de sí. No hay nadie tampoco afuera, sobre la mesa un vaso con restos de zumo. ¿Ese habrá sido el desayuno de Leo? ¿Es la hora del desayuno o ya es media mañana? Se acerca a la mesa a recoger el vaso y huye hacia dentro, sea la hora que sea ella debe desayunar, está empezando a marearse. Va descalza, y nota frescas las baldosas del salón. Sus movimientos son despaciosos, observa los dedos de sus pies, las uñas demasiado largas, amarillentas en los bordes, el hueso del dedo gordo torciéndose peligrosamente hacia la tortura. Al llegar a la puerta de la cocina el sobresalto es primero una inquietud y luego una ternura; Leo está de espaldas, subido a una silla, trajinando con algo en la encimera, junto al fregadero. Va en calzoncillos y su piel ha empezado a dorarse. Los tendones de las corvas, la curvatura de los hombros y el hueso que bordea la nuca definen el cuerpo crecido del niño. Sofía se ha parado en la puerta de la cocina y sale de su legaña y de su sopor observando a su hijo a escondidas. Puede que esté preparada otra vez. Quiere estarlo y quiere ir a abrazarlo o a hacerle cosquillas, alzarlo de la silla y hacerlo suyo, desapareciendo los dos en esa mañana, con el sonido del mar. Leo no levanta la cabeza de su tarea, no ha oído a su madre, que por otra parte casi no respira. Pero algo lo hace salir de su distracción y se da la vuelta. Ambos podrían haberse asustado pero parecen curados de espanto: Leo ve a su madre en medio de la cocina, a mitad de camino, no le ha dado tiempo a llegar hasta él y acariciarlo, está allí y es mucho más grande esa mañana, Leo la nota enorme, recta, altísima a pesar de que él está subido a una silla, su madre en pijama azul, descalza, los pechos abultados y derramados bajo la camiseta, en la mano el vaso de zumo que él bebió al despertar y ha dejado en la mesa de afuera. Antes de que Leo se diera la vuelta su madre tenía una expresión dulce en la cara, las arrugas de los ojos relajadas, los párpados hinchados y blanquecinos, pero en cuanto ha ampliado su ángulo de visión, en cuanto Leo se ha descubierto al volverse, la dulzura es ahora turbación, asco. Leo tiene en la mano otro vaso, uno como el de ella, esos vasos que un día fueron botes de nocilla, de cristal duro, ya rayados por tanto estropajo, pero el de él está vivo, es un vaso de cristal en movimiento, en constante discurrir, es un vaso en cuatro dimensiones, negro, con una pátina de hormigas devoradoras que también se extienden por los dedos del niño, por el dorso de su mano; algunas ya desquiciadas se separan de la masa y rápidas corren hacia arriba, hacia la muñeca, el brazo que empieza a ser dorado, el codo redondo, sin punta todavía. Las hormigas, claro está, no nacen en el vaso y en la mano de Leo, sino que se desplazan en perfecta hilera por su carretera de doble sentido a través de la encimera, por los azulejos de la pared, subiendo en ángulo recto por las juntas hasta desaparecer detrás del frigorífico. Sofía debe reaccionar porque es una madre, algo le corre por las venas y activa esa parte eficaz de su persona, no tira su propio vaso al suelo sino que lo lanza al fregadero sin romperlo y luego arranca de la mano de su hijo el vaso negro con cien millones de antenas y de patas y también este va al fregadero y después la mano de su hijo, las dos manos, ya no está subido a la silla sino que su madre lo tiene en brazos, agarrado por detrás, por debajo de las axilas, los pies colgando, las dos manos negras debajo del grifo abierto, qué coño haces, Leo, joder, joder, y Leo está tan enfadado como su madre y por eso no llora aunque quiere llorar, ve morir a todas esas hormigas bajo el grifo, el vaso que él había llenado de miel un par de horas antes ahora limpiándose en el fregadero, su experimento abortado, su mañana silenciosa en la que nadie le hacía caso por fin, su paraíso.

Leo, cariño, no puedes jugar con las hormigas. No puedes provocarlas. No puedes invocarlas. Las hormigas están viviendo debajo de nosotros y hay tantas como no podemos imaginarnos, y tienen una especie de ciudad gigante, ya sabes cómo es, lo hemos visto en la tele y lo hemos dibujado, tienen sus túneles y sus cavernas donde están los huevos y las larvas y donde las otras hormigas llevan la comida para que se alimenten las crías, pero son tantas que podrían comernos, Leo; si no estuviera esta casa encima del suelo y la carretera y todo el barrio y esto fuera una explanada veríamos cómo ellas forman una montaña que es como un volcán y por su boca salen en fila a buscar comida fuera, por el descampado, por la tierra, hierba o bichos secos, lo que sea, pero nosotros hemos puesto encima esta casa y todas las demás casas y ellas tienen el ingenio necesario para seguir haciendo minúsculas bocas de su volcán por todas partes y entran en las casas buscando la comida que deberían buscar en el descampado, pero no lo hacen si no dejas nada ahí, Leo, a lo mejor viene una sola, o una hilera fina fina de hormigas desperdigadas que apenas podemos ver, y hacen inspección, y si no encuentran nada tienen que irse a otra parte a hacer sus agujeros, sí, hacen los agujeros por las grietas del cemento, de la madera, de lo que sea, son pequeñas pero implacables, pero no pasean en balde, por eso no podemos dejar nada, Leo, ya te lo dije, te lo he dicho muchas veces desde que hemos llegado, no hacen nada las hormigas, no son venenosas, no son arañas o avispas u orugas peludas que dan urticaria, pero muerden, las hormigas muerden porque tienen unas pinzas en la boca muy fuertes, para poder coger cosas que pesan mucho más que ellas, lo hemos visto en la televisión, pero no puedes llamarlas, no aquí, si quieres jugar con bichos podemos ir a algún espacio abierto, Leo, quién te dijo que vendrían si ponías miel, no me digas que te lo has inventado, venga, di algo, ahora ya no estoy enfadada, solo te estoy explicando cómo son las cosas de verdad, te estoy explicando lo que es peligroso y lo que no lo es, no es peligroso ir al descampado de allá atrás a buscar hormigas y moverlas con un palito como hicimos el otro día, sí es peligroso llamarlas para que invadan nuestra cocina y te suban por el cuerpo, es peligroso poner miel en un vaso para que se vuelvan locas y salgan de su hormiguero y vengan a nuestra casa, por favor, Leo, por favor, ya está bien, yo no estoy enfadada, deja tú de estar enfadado, quién te lo dijo, ¿te lo ha dicho la tía Rita?, bueno, qué tontería, claro que te lo ha dicho ella, quién va a ser, ya está, no importa, ya lo arreglaré con ella, no puedes hacerle caso en todo lo que te diga, no tenéis tan buenas ideas tú y ella a veces, no me gusta, esto no me gusta nada, ¿cómo dices?, habla más alto, Leo, y mírame a la cara, que no son arañas, ya lo sé, ya te lo he dicho antes, no son arañas y no son monstruos, pero me dan muchísimo asco las hormigas, no las soporto, y además se lo comen todo, acaban comiéndoselo todo si las dejamos.

Van a la playa. Sofía arrastra a Leo por el camino. Llegan. El sol quema, ya pasa el mediodía, hay grupos de adolescentes tirados en la arena, brillantes lagartos sexuales, escandalosos, manoseadores. Parejas de viejos muy cerca de la orilla, tórax cuarteado, profundamente oscuro. Un hombre solo lee bajo su sombrilla del color del abedul. Tiene cara de anciano y cuerpo de joven. Sofía pone más crema sobre los hombros de su hijo, le encasqueta el gorro de tela en la cabeza, siente vergüenza de ellos dos. Deja al niño solo junto al agua. Se sienta en su toalla, empieza a sudar. No ha traído nada para leer ni tampoco para beber. Muerde una manzana arenosa y quiere escupirla pero acaba tragando. Leo se arranca el gorro y lo tira al suelo, una pequeña ola marrón lo moja, lo mece, se lo lleva. Leo corre tras él y olvida por un momento su pequeña desgracia y a su madre. Al cabo de media hora, Sofía recoge las cosas y vuelve a arrastrar a su hijo hacia la casa, el gorro mojado y lleno de arena en una mano, en la otra los escurridizos dedos de Leo, tenaz en su intento de huida.

¿Por qué lo dejaste solo? ¿Cómo? ¿Esta mañana? Ah, por eso has tenido todo el día esa cara de perro, ¿no? Porque estás enfadada. Venga, dime. ¿Por qué lo has dejado solo? No estaba solo, estaba contigo. Tú estabas durmiendo, pero no estabas muerta, ¿no? Joder, estabas en la casa. Intenté avisarte pero te vi tan dormida. Y él no se va, sabes que Leo no saldría de la casa solo. Bueno, no sé qué es capaz de hacer Leo ahora, en estas circunstancias. Tu hijo es el mismo que hace unas semanas, Sofía. Eres tú la que no es la misma.

Con la tarde el cielo se ha puesto blanco, una sola nube, fina pero opaca, lo ha cubierto todo, ha bajado la temperatura. Sigue haciendo calor, pero es un calor frágil que presagia una noche fresca. Sofía combate lo que queda del día con enérgicos movimientos de fregona. Ha comprobado que el grifo del patio no funciona y aun así ha decidido limpiar todo el enlosado, toda la terraza, delante, detrás de la casa, a los lados. Entra en la casa un poco ladeada por el esfuerzo, llevando el cubo lleno de agua negra en una mano, lo vacía en el váter, lo vuelve a llenar, pone detergente, agarra la fregona que ha dejado en el quicio de la puerta y sale afuera. Sin apenas escurrir, la fregona moja las baldosas y salpica sus pies. Todo está sucio. Llevan días en la casa y apenas utilizan más que la parte frontal de la terraza; esa esquina del lateral, la única con tierra, no ha sido visitada por ellas, solo por Leo, quizá ahí ha encontrado bichos, aunque está tan seco, tan sin vida. Sofía limpia frenéticamente lo que pronto se ensuciará de nuevo. Entre algunas juntas crecen espumarajos de hierba que ella aplasta con la fregona. Decide echar el último cubo de agua sucia en el arriate. Sabe que tiene detergente y que eso no es bueno para la tierra, pero aquello no es tierra siquiera, es una grieta desértica, cuarteada, marrón blanquecino, que se lo traga todo al instante, delante de sus ojos. Ese pequeño trozo de tierra seca la deprime. No significa nada, porque lo significa todo. Odia profundamente ese pequeño trozo de tierra sedienta y estéril y sin sentido.

Bueno, creo que ya es hora de que enciendas el teléfono, hermana. Sofía mira a Rita intentando no demostrar cuánto desea que desaparezca de allí ahora, en ese momento. No estoy hablando siquiera de Julio, que también; mamá lleva llamándote una semana. Sofía se mira las manos enrojecidas por el esfuerzo de antes con la fregona. ¿Por qué no quieres hablar con ella? Sofía, no te está pasando nada extraordinario, pero lo estás convirtiendo en una especie de delito. Sofía mira hacia el frente, hacia el mueble del salón, casi vacío, con la televisión encendida, con los pocos libros. Mamá está muy preocupada. No entiendo por qué no quieres llamarla. Esta tarde Leo y ella han estado hablando; te aviso. Sofía suspira tan hondo como puede y quisiera recoger en esa inspiración el mueble vacío, la televisión encendida, los pocos libros, a su hermana menor recriminadora. No quiero hablar con ella porque si le cuento esto significa que esto ha pasado. Habla con una voz que no es la suya. Si se lo cuento a ella ya será real del todo. Pero, Sofía, por favor, mamá… Mamá me ayudaría mucho. Sí. Me apoyaría en todo y en realidad no haría muchas preguntas porque en el fondo supongo que le da igual la verdad. Pero lo sé, se haría cargo, como otras veces. Vendría y pondría orden. Me cuidaría como a una niña y Leo estaría limpio y bien comido. Mamá me salvaría de esto pero se apoderaría de todo. Si mamá viene hará suya esta casa de nuevo, ¿cuántos años hace que mamá no entra aquí?, si mamá viene yo no tendré nada que hacer. Se ocupará de todo sin hacer preguntas y yo no podré permitirme el lujo de estar destrozada. Rita tiene la frente apoyada en la mano, el codo en la mesa, los ojos fijos en el perfil de Sofía, también Rita es todo cansancio e impaciencia. No estás siendo justa con ella, no estás siendo nada justa con mamá. No, no lo estoy siendo.

La noche fresca entra por los resquicios de las ventanas, por debajo de la puerta de madera. Es una noche de escalofrío, la traición de un comienzo. No hay verano, no hay nada.

Era su primer día de colegio. ¿Quién cuidó de mi hermana en sus primeros años, cuando mis padres estaban trabajando y yo en el colegio? Quizá mi madre, que durante un tiempo trabajó de forma intermitente, al principio. Mi abuela materna, seguro. Y sé que hubo una época en la que una chica venía a casa, se llamaba María José y es lo más parecido que tuvimos nunca a una canguro. Una vez fuimos a su casa, que estaba detrás del estadio, cerca de la nuestra, y nos puso una película de Los Hombres G. De ella me acuerdo perfectamente, pero no tanto de la señora gorda y vestida de negro, a mi entender incapacitada para el cariño, que también anduvo por casa, a lo mejor solo por unas semanas. Se sentaba en la salita y a pesar de que en mi familia había mucha gente con exceso de peso, mis abuelos, algunos tíos, ella me parecía enorme. Enorme y seria y una eficaz dadora de lentejas. ¿Cuidó ella a mi hermana, la acunó mientras mi madre estaba trabajando y yo en el colegio? ¿Le lavaba el pelo fino y se lo secaba con el secador, o simplemente frotaba su cabeza con una toalla rasposa hasta que este se secaba? ¿Mi hermana soportaba estar con ella? Mi hermana, cuando era pequeña, siempre quería estar con mi madre. No sé de verdad quién la cuidó en esos primeros años.

Era su primer día de colegio, no el mío, pero yo estaba muy nerviosa. Me sentía importante y a la vez sentía una especie de complicidad estratosférica, no directamente enfocada a mi hermana, que era ajena a este sentimiento, sino al mundo entero, porque ahora ya no estaba sola en el colegio, ahora otro miembro de mi familia estaba allí conmigo, y eso era sólido y contundente, muy vital. No sé por qué había imaginado que el hecho de que mi hermana entrara en el colegio cambiaría mi propia forma de estar en el colegio. No recuerdo cómo fue su entrada, si una monja le dio la mano y la alejó de mi madre, si fuimos juntas por el mismo pasillo hasta las clases. No sé si lloró; no lo creo, pero no consigo recordarlo. Sin embargo sé que muy pronto me di cuenta de que mi día a día en el colegio no iba a cambiar porque mi hermana estuviera también en aquel gigantesco edificio, con patios interiores y jardines. Era solo un concepto. Mi hermana estaba en el colegio, pero yo no la veía. Nadie me trataba distinto por ello. Todo era igual que cuando ella no estaba.

Cuando llegó la hora del recreo yo estaba expectante, dispuesta al reencuentro. Pero tampoco aquello fue especial, porque íbamos a patios diferentes. Mi patio era el de primaria y el suyo el de preescolar. Me armé de valor, de importancia, de asumida responsabilidad de hermana mayor, y le dije a la monja que nos vigilaba que si podía ir al patio de las más chicas a ver a mi hermana, que era su primer día. La monja me dejó, y yo imagino que corrí por las galerías que separaban ambos patios, o quizá anduve muy digna, con la cabeza alta y la espalda recta, decidida a hacer el bien como una pequeña madre falsa. Engolada y estúpida, ilusionada por mi buena acción.

El patio me conmocionó. Me noté una giganta (yo no era mucho mayor) entre todas aquellas pequeñuelas que correteaban por la pista. ¿Eran tantas? ¿Había tanto movimiento? Las vi desperdigadas, quizá perdidas en su primer día de encierro, como flores desordenadas en un camino por el que acaban de pasar los carros. Busqué a mi hermana, un poco angustiada, como quien busca algo que no es suyo realmente. Aún no teníamos que llevar uniforme porque hacía demasiado calor. Esos quince días de septiembre las monjas nos permitían lucir nuestra ropa de calle, nuestra vida real, nuestra intimidad: telas de flores, algodón fino, estampados de rayas marineras, los restos de un verano. Esos puntos de color, que ahora recuerdo tenues, pastel, corrían a un lado y a otro del patio y en absoluto eran todos iguales (brazos delgados y blancos como la cal, piernas rollizas y morenas, cabellos cortos y largos, pelirrojos, rizados, melenas con minúsculos lazos en la coronilla) pero no conseguía distinguirla a ella, y en realidad se me acababa el tiempo, el recreo no duraba más de media hora y yo no podía pasarlo en el patio de preescolar, tenía una misión clara y luego debía volver a mi redil. Desde mi altura, divisé la primera consternación: en una de las papeleras de hierro verde que había atornilladas a las paredes del edificio vi un vestido colgado. Era un vestido feo, con el fondo blanco y figuras o cuadros de colores, y estaba literalmente tendido en el borde rectangular de la papelera. Muy cerca andaba su dueña, una niña de apenas cuatro años, pero agrandada, con los brazos y las piernas redondos y los rasgos de la cara hinchados, mórbidos. Solo con unas bragas de algodón, algo vacías, y los zapatones que llevaba, daba ligeros tumbos alrededor de la papelera, como si bailara, con los dedos de ambas manos metidos en su boca de labios rojos, babosos. Tenía una discapacidad, quizá síndrome de Down, algo que pude reconocer vagamente. Aquello me horrorizó, mi clara conciencia de superioridad, mi conciencia de pertenencia a otra fase vital se vio dañada. Me asusté, porque no encontraba a mi hermana y porque algo que de pronto me era por completo ajeno y a la vez por completo propio estallaba ante mis ojos: esas niñas estaban solas, completamente abandonadas, no podía ser de otra manera. ¿Cómo si no había tenido tiempo aquella de quitarse el vestido, ella sola, de dejarlo en una papelera, de bailar abotargada, casi desnuda, por el patio del colegio? ¿Dónde estaban las monjas que debían cuidarlas? ¿Dónde estaba mi hermana? ¿Sentiría miedo al ver aquello, al ver a esa niña de labios de molusco, que quizá estaría en su clase? ¿Le haría daño? Me hice mayor de repente y empecé a acumular el aceite de ricino de los prejuicios temerosos por la vida ajena, que siempre acaban siendo por la propia. Se me acababa el tiempo. ¿Dónde estaba mi hermana?

Mi hermana estaba allí en medio, enfrente de mí, mirándome fija. No estaba desnuda, no lloraba, iba peinada con su pelo recto y brillante y su delgadez, un hermoso insecto entre las flores perdidas. No estaba lejos de mí (¿había estado ahí todo el rato?), pero supongo que me acerqué a ella a zancadas, con los brazos abiertos y la cara de falsa empatía que las monjas nos habían enseñado a poner en los momentos especiales. De verdad estaba preocupada, pero ahora entiendo que mis movimientos pudieron resultar bruscos y exagerados. O quizá no, quizá simplemente yo estaba más asustada que ella y aquel patio lleno de seres recién encerrados era violencia o desolación a mis ojos de hermana mayor y quise acariciarla, protegerla, introducirla en el mundo, que no pasara sola la barrera. El caso era que no había más visitante que yo en aquel patio, no había ningún otro intruso. Estaban las monjas, que o no daban abasto o charlaban entre ellas al sol, distraídas y despreocupadas con sus hábitos marrones, y estaba yo. Entre las flores. Interrumpiéndolo todo. Porque mi hermana, ya de cerca lo comprobé, tenía el ceño fruncido y los ojos quietos, y la rigidez de sus piernas y sus brazos era pura impaciencia. Se moría de vergüenza. ¿Estás bien, cómo te lo estás pasando, necesitas algo de los estratos superiores de la cárcel, algo que solo yo pueda ofrecerte? Alguna cosa debí de balbucir. Quizá llegué a acariciarle el pelo. No me dio tiempo a agacharme para ponerme a su altura, a tocarle los hombros con condescendencia, a atraerla a mi regazo salvador. Mi hermana, desde su propia vida, me dijo: que te vayas.

Y yo me fui.

Muy temprano, mientras Sofía desayuna sola, de pie en la cocina, alguien llama a la puerta. Como es un día en el que la sangre le corre por las venas, sale a abrir, para evitar que pulsen el timbre de nuevo y despierten a Leo y a Rita. Un mensajero de pelo muy negro y cejas enormes, a quien apenas se le ve el rostro detrás de la caja que lleva en los brazos, dice su nombre. Sí, soy yo. Oiga, pues es la segunda vez que vengo, el otro día no había nadie y no sabía si la dirección estaba mal. Ah, no habría nadie, no. ¿Y no dejó una notificación? Sí, pero iba a volver de todos modos. No la hemos visto. ¿Me firma aquí? La caja ya está a los pies de Sofía, especialmente cuidados hoy; se ha cortado las uñas, se las ha pintado de granate, lleva puestas sus mejores sandalias, las que le dan una forma aceptable a sus huesos. Firma, da las gracias, avisa de que habrá más pedidos, sugiere que la llamen al móvil si no hay nadie cuando los entreguen. El móvil estaba apagado, señora. Y se va.

Hoy el móvil está encendido, reluciente sobre la mesa del salón. La batería al máximo y el cargador en el bolso, por si acaso. Las llaves, dinero en efectivo que fue a sacar ayer al centro, una botella de agua pequeña, una bolsa de plástico tan doblada y aplastada que parece una libreta o una agenda, pero donde hay unas bragas, una camiseta y los pantalones más finos que tiene, los que mejor pudiera plegar. Todo está preparado, y ahora además ha llegado por fin su cargamento de hidratos de carbono ecológicos. Arrastra la caja hasta la cocina y la abre, tiene el impulso de colocar cada cosa en su lugar (rellenar los botes de cristal que ha comprado expresamente y alinearlos en los muebles correspondientes), pero se da cuenta de que va a perder el autobús y decide escribir una nota a su hermana. Otra nota más, porque ya le ha dejado varias con instrucciones pegadas en el frigorífico, como si ella hubiera estado a pleno rendimiento los últimos días y como si su hermana fuera a obedecerla. «Rita, ha llegado el pedido. Es ecológico, por favor, usa esto para cocinarle a Leo. Pero no lo guardes, ya lo haré yo. Besos.» Luego va corriendo al baño y se maquilla. A pesar de los días de sol y esas mañanas de letargo en la playa, no está morena. Se ve los ojos más pequeños, encogidos por los párpados abultados. Se arregla un poco más de la cuenta, intenta definirse la mirada con lápiz negro, cargarse las pestañas de rímel. También colorete y lápiz de labios. Mete algunos utensilios en un neceser minúsculo que le cabe en el bolso y coge un libro de la estantería, el más fino; también al bolso. Una cazadora. Cierra la puerta tras ella, luego la verja. Una furgoneta blanca está aparcando justo en ese momento, al lado del coche de su hermana, frente a la casa de al lado. Es una furgoneta grande. Sofía la mira con decepción. Las casas de ambos lados están vacías; una en venta, la otra cerrada. Se sentía tan segura así, tan sola, sin testigos. Sabe qué vecinos son, los conoce desde siempre. Típica gente amable que pretende ayudar para no perderse nada. Corre hacia la estación, le queda un trecho. Siente un poco de frío en los pies, hay humedad a esa hora, en ese lugar.

Qué rápido el viaje, ha llegado sin poder cerrar los ojos. El autobús era directo y estaba lleno de gente del pueblo que va a trabajar a la ciudad o a buscar trabajo más bien o a alguna consulta con los especialistas del hospital, o a hacer compras en las calles del centro en las tiendas de ropa barata y homogénea, gente del pueblo rubicunda, mujeres de ropa apretada, algunos hombres con boina, jóvenes escapistas e inmigrantes altos y de piel suave y taciturna que quizá hagan este viaje varias veces a la semana o que sea quizá lo único que hagan, ir de un lado a otro, de la costa al río. Ella no ha podido cerrar los ojos y ha mirado los campos y las naves de las circunvalaciones y los terrenos baldíos y ya por fin la ciudad luminosa a pesar de las nubes. Buscó el libro en su bolso y qué pesadez al ver que eran relatos de Katherine Mansfield, una edición de su padre, muy antigua, revisó: 1982, el primer relato lo leyó hace años y la aburrió, «En la bahía», y además larguísimo, buscó uno más corto, el más corto que hubiera, «Garden-Party», y se empeñó en leerlo: «Y después de todo, el tiempo era ideal. Si lo hubieran hecho por encargo no habría resultado un día más perfecto para el *garden-party*. Sin viento, cálido, el cielo sin una nube. Como pasa al principio del verano, una neblina de oro pálido velaba apenas el azul. El jardinero estaba en pie desde el alba, segando el prado y barriéndolo, hasta que el césped y los rosetones chatos y oscuros donde habían estado las margaritas parecieron brillar». No había pasado de ese párrafo. Un estremecimiento, algo ajeno por completo a ella pero que desearía atesorar: delicadeza. La visión de su arriate muerto y ridículo le mordió en el cuello. Quizá eso era lo único que necesitaba ahora, un *garden-party* y alguien que podara las rosas al amanecer. No pudo cerrar los ojos y abrió tanto el libro por la página 155 que el lomo hizo clac y las tripas se despegaron, y tuvo tanta pena de romper el libro antiguo, de no querer en realidad leerlo, temió tanto que las páginas se desmigajaran y se perdiesen que lo cerró y entonces ya había llegado.

Espera con paciencia, condensando la inseguridad. Se atreve con lo más improbable: pide una cerveza (ya ha entrado en el baño, ya se ha perfilado los ojos de nuevo, ha coloreado los labios), ordena las cosas encima de la mesa de la terraza, no quiere mirar al fondo de la calle, se concentra en lo propio, su teléfono móvil, el libro de Mansfield en una esquina, como si alguien fuera a creer que lo está leyendo, pero de pronto eso la agarra un poco al pasado, a la imagen de su pasado, de esa época en la que ella leía libros en terrazas de bar, y el toque final, la revolución, se hace un cigarro, utensilios recién comprados, tabaco de liar, si se concentra puede proyectar una Sofía de apenas cinco años atrás, quizá de tres años atrás, solo de tres, cuando su pequeño estaba empezando a hablar, ella todavía se sentaba en terrazas y fumaba, ya no leía en terrazas pero sí fumaba con placer, ella todavía. Ahora tiene mucho miedo de que todo sea inservible. Pero antes las cosas eran así, bastaba con hacerlas. Ahora es diferente porque el alprazolam, recién recetado por su médico de cabecera, ya legal, la sensación de estómago desgarrado, el temblor de las manos al liar el cigarro, la cerveza que le sabe a saliva de gato. No quiere mirar de nuevo el teléfono para comprobar la hora, no debe demostrar impaciencia porque quizá esté llegando, al encender el cigarro y chupar saborea por un instante, ínfimo, la libertad, lo que podría resultar libertad simple y llana, pero su corazón se mueve a trompicones y las palpitaciones la asustan y sabe que aún no puede tomar otra pequeña dosis de ansiolítico, sabe que tiene que esperar y eso hace, abre el libro, busca la hendidura del lomo, página 155, y, después de todo, el tiempo era ideal, si lo hubieran hecho por encargo no habría resultado un día más perfecto para el *garden-party*, qué pena que sea todo mentira, qué pena más grande, si al menos no hubiera escatimado en autenticidad y se hubiera traído las *Confesiones* de Tsvietáieva, ese libro gordo y duro que se ha propuesto leer aunque ya no entienda nada de los libros, si no le hubiera importado el peso en el bolso, qué rápido está bajando la cerveza, el frío en el estómago es plomizo, sugerente, el cigarro se le apaga, lo vuelve a encender, chupa, chupa como si sintiera alivio, pero qué jodida es esta ciudad, qué hermosa es, esta esquina colorida cerca del ayuntamiento, soleada hasta en los días grises, es lo único que le sirve ahora, amar la ciudad perdida, creerse ese amor para sentirse alguien, mira el reloj del móvil y solo han pasado quince minutos de la hora de la cita, sabe con certeza que está a punto de llegar y precisamente por ahí llega, al fondo de la calle, está hablando por teléfono, lleva el pelo más corto, se ha abierto la camisa seguramente al salir del trabajo y el vello asoma, puede verlo claramente, está más delgado, los muslos más fibrosos dentro de esos vaqueros elegantes que a veces se pone para ir a la oficina, y su cara es la misma de siempre, ahora que ha guardado el teléfono en el bolsillo, la misma que un día fue, despreocupación, soltura, novedad, despreocupación, dos de la tarde, está nublado pero hace calor, te recojo y tomamos cervezas hasta que nos mareemos, los demás deben de estar por El Salvador, ahora vamos, pero espera, espera que no has terminado de contarme eso bien, los dos aquí solos, tenemos toda la tarde por delante, creo que no voy a volver al trabajo, pide otra, no me mires así tan fijamente que me mareo, pide otra, qué estás buscando, esa cara de despreocupación, de comienzo.

Hola, Sofía. Sabía que te encontraría fumando. Y Sofía se echa a llorar, del mar al río.

Qué te voy a contar, Rita. No sé cómo empezar. Llegué, fui al médico, le dije todo, me recetó pastillas y me sugirió psiquiatra o psicólogo o algo, en fin, lo de la glotis del otro día fue lo que le preocupó más, yo le he dicho que no creo que haga falta pero es verdad que para estar automedicándome mejor seguir un patrón, en fin, no sé. Luego crucé el centro, había una manifestación, sí, por toda la avenida de la catedral, era una marea blanca, estoy tan lejos de todo, me sentí una hipócrita, mientras me hacía hueco entre ellos les sonreía, como dándoles mi aprobación, había mucha gente joven pero también de mediana edad e incluso viejos, me hizo ilusión, ya ves, ni siquiera sé exactamente por qué se manifestaban pero ahí estaba yo caminando entre ellos, orgullosa de mi especie desde la barrera, desde mi agujero, soy una imbécil. Vi la manifestación y dije, ay, voy a comprarme el periódico, que hace siglos que no lo leo, y menos en papel, pero en cuanto crucé la esquina y dejé de oír los pitidos lo olvidé. Habíamos quedado en el de siempre, cerca de su oficina, me senté en la terraza. Tardó un poco, se hizo esperar, pero llegó.

Todo solucionado con Leo. Voy a dejarte esto claro para que no haya más reproches. Ay, por favor, no pongas esa cara, no empecemos, lo único que te he pedido es paciencia y que me escuches. Sí, no he hecho las cosas bien, bla bla, pero, ¿ves?, él no estaba preocupado por esto, lo tiene todo bajo control, acojonante, lleva tejiendo esta madeja quizá meses y es como si ninguno de mis pasos le sorprendiera... No, ya sé que no es eso. Sobre Leo todo está hablado. Me ha dicho que en estas semanas lo único que quiere es hablar con él cada día por teléfono, me ha dicho que debo tener el teléfono encendido siempre por si a él le apetece llamarlo en cualquier momento. Y luego se lo va a llevar al norte, cuando coja sus vacaciones, a ver a sus padres. Un par de semanas, quizá un poco más. No sabe aún exactamente cuándo, pero, joder, es todo tan razonable. La normalidad de la separación entra en mi vida. El reparto. Y ya está, así vamos a pasar el verano. Luego por supuesto él espera que yo regrese y siga viviendo en nuestra casa, él ya está buscando un apartamento nuevo, lo veo tan claro ahora, él tenía tantas ganas de tener un apartamento en el centro, uno grande, luminoso, diáfano, con terraza, eso es justo lo que va a conseguir, siempre quiso tener algo así, ahora es un hacedor de sueños, un serio y práctico convertidor de vidas: tú ten la vida que puedas permitirte y yo tendré la que siempre deseé. No sé, no es eso, en realidad no es eso. Yo no he podido rebatirle nada, pero ahora no soy capaz de pensar en el regreso, no puedo imaginarme mi vida allí, otra vez, como si nada hubiera pasado; no hemos hablado de custodia compartida ni nada, por ahora es solo así, quiere estar con su hijo unas semanas en sus vacaciones, llevarlo a su tierra, hablar con él cada día, lo normal, supongo. Y yo tengo esta tregua. Para saber si acepto las condiciones del futuro: seguir viviendo en la misma ciudad, planear a qué voy a dedicar mis días, cómo voy a ganar dinero, ya, es cierto que no necesito mucho, el cabrón me ha dicho otra vez que me quede la casa, que además está pagada, que no pasa nada, pero supongo que tengo que buscar un abogado que establezca las realidades, los derechos, los deberes, que me asegure que no puede quitarme la casa de pronto, o que si yo decido no volver… No estoy ironizando. No, no he pensado nada, no sé nada, no sé qué quiero hacer. Sí, esa es mi ciudad también ya. Es nuestra ciudad, es la ciudad de Leo. Pero necesito saber que no estoy obligada a rehacer un contexto, que puedo comenzar. O no.

Fue un horror, Rita. No paré de llorar, durante mucho rato. O a intervalos. Lloré antes y después de cada cosa. Lloré cuando llegó; me había preparado tan cuidadosamente, había estudiado todo, mi discurso, mi aspecto, mi postura en el bar, pero llegó, me habló y me eché a llorar. Su voz me hablaba desde otro lado, fue un ladrillo, yo me esperaba la desidia, la frialdad, la renqueante figura con la que uno se acostumbra a vivir al paso de los años de convivencia pero de pronto me habló y había esa cosa nueva y el rasguño se hizo socavón, qué imbécil, qué imbécil comenzar así, por eso ya no pude parar, porque ya todo daba igual, el retablo estaba deshecho. Después de demostrarle que estoy hecha una mierda qué más me daba todo. Es una puerilidad, Rita, pero está tan guapo. Está como justo antes de que dejara de… Como en el punto de inflexión, como cuando en realidad, a lo mejor, todo podría haber sido posible.

Me miras con curiosidad, ¿no? Dame de fumar. Pastillas y porros, mal, ¿verdad? Pastillas, alcohol y porros. Muy mal. Es muy pequeña la dosis, venga. Dame un poco. Tengo que contarte algo. Estoy un poco mareada ya, ojalá no se despierte Leo.

No generalices así, yo sé que hubo un punto de inflexión. En todas las relaciones lo hay, es verdad que el deterioro es algo como el moho, la humedad aguanta y de pronto sale la mancha, quién lo habría dicho, claro, es verdad, el deterioro es algo silencioso y eficaz como la vida, pero el punto de inflexión es otra cosa, yo estoy hablando del punto de inflexión en el que lo ves todo descascarillado y decides hacer algo, moverte en un sentido, aunque sea metafórico, normalmente en el fondo no se hace nada, se espera a que de verdad la pared ya esté caída, todo el muro desconchado y con grandes grietas. Bueno, lo que sea, Rita. En nuestra relación hubo un punto de inflexión muy claro, como una cruz en el calendario. ¿Te acuerdas, al principio de Leo, cuando ya tenía unos meses, esa crisis que pasé? Tuvimos que hablarlo, Leo ya no mamaba, creo que coincidió con todo eso, con mi empeño en destetarlo. Podría haber estado más meses con el pecho, en realidad yo por esa época daba clases particulares y también lengua en la academia aquella, era libre, podría haber seguido con la lactancia. Era libre, cómo lo veo ahora de claro. Pero yo me sentía tan atada, tan manipulada. No por él, mi niño, no era eso, nunca he sentido un reproche hacia él, aunque, quién sabe, quizá él se los haya tragado todos… No sé, yo estaba convencida de que algo se había acabado para siempre. Algo dentro de mi cuerpo. Y también fuera. Creo que tú y yo tuvimos un par de conversaciones sobre esto, estoy segura. Una por teléfono, bien larga, lo recuerdo ahora perfectamente, me reñiste por avariciosa primero y luego me consolaste porque quizá me duraba la depresión posparto, o la depresión metamorfosis, como la llamábamos. Con Julio me sentía igual o peor. Algo ya fuera. Algo escapado. Él no me rechazaba, no. Pero algo tan lejos. Es que en realidad yo tenía pánico a que nunca más.

¿Tenemos que cambiar de sitio ahora? ¿Tanto frío tienes? Yo los pies helados, sí, pero es que estoy en medio del cuento este. Solo te puede hacer esto una hermana, cortarte de esta forma. Bueno, no te he contado nada todavía, nada de lo importante, pero necesito que entiendas bien el contexto. Venga, sí, nos metemos para adentro. El sofá es una mierda, tendríamos que comprar otro, se te clava todo. Acerca la silla y apoyamos el cenicero y las copas, ¿no? ¿Ahora vas al baño? Bueno, vale, te espero. No me vas a decir que tienes sueño, ¿verdad? Venga, que sí, ve.

Sí, punto de inflexión, miedo. Que sí, que me dio por pensar que mi vida se había acabado y que ya no era la misma de antes pero de una forma irrecuperable.

Una noche que salimos lo convencí para que fuéramos a un hotel, unas horas. La canguro de los fines de semana se quedaba hasta las tres. Le dimos tanto trabajo por esa época. Habíamos cenado en un italiano nuevo, yo me había puesto guapa, él estaba recién afeitado pero yo angustiada, comí angustiada, compartimos botella de vino, yo angustiada y él, supongo, tranquilo o aburrido, lo que debe ser normal e incluso agradable en una salida de viernes con tu mujer, que acaba de destetar a su bebé. Pero el hotel sería nuestra salvación. Julio tiene arrojo, ya sabes. Solo hay que provocarlo un poco. Entonces quizá sí me quería todavía, porque accedió tan rápido. O a lo mejor yo lo deseaba como una mujer debe desear a su hombre justo después de destetar a su bebé, en la proporción exacta y natural, pero qué más da, porque para mí todo era una pared desmoronada. Fuimos al hotel. A uno, además, en el que ya habíamos estado unos años atrás. Nos desnudamos. Follamos. Ya está. No fue suficiente. En mi estómago el agujero era negro como la boca de un muerto.

Estuve varios días rumiando, y me dije: el secreto está en la osadía. Y le dije a él, ambos sentados en el sofá, con el bebé dormido a nuestro lado: Julio, creo que podríamos ir a una sala de esas de intercambios de parejas. Si hubo un poco de desprecio en su mirada, un leve toque de desaprobación, no lo noté. En realidad a Julio le encanta que lo provoquen. ¿Yo propuse aquello porque tenía miedo de que alguna otra lo provocase por la calle, en el trabajo, en el gimnasio, ahora que su mujercita era una madre con cicatrices en la vagina y pecho vacío? ¿O era yo quien necesitaba escapar? ¿Creerme valiente, perturbadora, como lo era antes, unos años antes, como lo fui otras veces para otros hombres? Necesitaba romper algo, que algo nos pasara, pero no quería serle infiel ni que me fuera infiel, mejor hacerlo todo desde dentro, destrozarlo desde dentro, cómplices y cobardes. Soy consciente de mi culpa, sé que yo empecé con esto, pero da lo mismo. Julio me cogió la mano (debía de olerme a toallitas húmedas para culo de lactante) y se la llevó a los labios. Lo recuerdo bien, me besó, quizá intentaba aplacarme, aliviarme de mi locura. ¿Has estado alguna vez?, me preguntó. Sabes que no, le contesté. No tengo ni idea, en realidad, de lo que se hace allí dentro. Vale. Iremos a descubrirlo, me dijo.

No me crees, Rita. Me ves aquí y no me crees, tú, que siempre has sido mucho más libre que yo, aunque más reservada también. Pero recuerda que tuve mi época de oro. Me he divertido mucho en la vida y en ese momento estaba segura de que o hacía algo así o jamás iba a volver a divertirme. Y además siempre había envidiado todo eso, cuando me enteraba de las vidas de otros, cuando oía historias. Esa dejadez en el amor que algunas parejas son capaces de llevar, esa dejadez que no es más que todo lo contrario, un empeño monstruoso por que el amor no se acabe, en cualquiera de sus facetas. Te sorprenderías si supieras cuán normal es esto que te cuento. Yo me sorprendí mucho al principio, pero luego, aunque siempre lo llevamos en riguroso secreto, incluso lo tuve estandarizado, oficializado. No estábamos haciendo nada fuera de lo normal. Lo que pasa es que nadie sabe lo que es normal. ¿Qué es lo normal, joder? Lo normal: la puta calavera. El miasma.

Al principio tuve una vergüenza horrible y fui solo una espectadora. Me escondía detrás de Julio, que intentaba abrazarme, reírse de todo aquello. A él se le veía tan tranquilo, como si poseyera un gen específico para el más allá del sexo, como si llevara años asistiendo a aquellos lugares a mis espaldas. El club era siempre el mismo. Una especie de discoteca en un barrio de las afueras, de camino al aeropuerto. Hortera, exótica, limpia. Bien organizada. ¿Nunca has ido a uno de esos, Rita? Claro que te estoy hablando en serio. Mira, podías hacer lo que quisieras dentro de unos códigos internos. Códigos imprevisibles. Yo nunca conseguí aprenderlos del todo porque no duramos mucho en esa aventura. Allí lo que más hicimos fue mirar. Al segundo o tercer día dejé que Julio mantuviese sexo oral con otras mujeres, que se la chuparan, sí, eso, porque él entraba empalmado y salía empalmado, y yo, aunque seguía aterrada, entendía que si íbamos allí era para algo más que para mirar y luego escondernos en un reservado donde no hubiera nadie y follar rápido entre nosotros. Follar, como mucho, con público, porque siempre te acaban encontrando. Alguna pareja que te ha echado el ojo desde el principio, o aquellos que no consiguen la atención de los líderes, de los copuladores de éxito. Estás a punto de correrte y de pronto abres los ojos y hay más gente, está el hombre pequeñito de la polla gorda y su acompañante la cuarentona fibrosa, ahí al acecho, muy cerca, porque quieren participar, debe de ser eso porque eso es lo que allí se hace pero no soy capaz, Julio tiene una sonrisa en la cara y yo intento detener el orgasmo pero no puedo evitarlo y exploto. Al tercer o cuarto día dejé que me tocaran a mí también. Por favor, Rita, no me mires así. Venga, hemos hablado de sexo quinientas veces en nuestra vida. No te pongas mojigata. Lo de las tías no era tan difícil. Solo había que relajarse. Déjate llevar, me dijo una. Era rubia, muy teñida, tenía los ojos azules y las paletas un poco separadas. Más joven que yo, creo que la más joven de toda la sala. No le hacía caso a Julio, solo a mí, y Julio se puso tan contento. Ella me dio un beso y empezó a acariciarme el pelo, a peinarme con sus dedos. Y así comencé a hacer realidad toda la movida, no solo como concepto. No solo como estoy salvando mi matrimonio follando frente a desconocidos y viendo cómo unos desconocidos follan a nuestro lado, sino participando de verdad en el exterior, haciendo realidad una fantasía o yo qué sé, lanzándome al vacío. Claro, claro que era más lo segundo pero, ¿sabes?, el vacío fue reconfortante. Me rellenó el agujero del estómago, durante un tiempo viví contenta. Da igual, no hace falta que lo entiendas. ¿Detalles? Qué quieres que te cuente. Los orgasmos con la rubia parecía que no se iban a acabar nunca, la verdad. Sí, tápate la cara.

No, cuando llegábamos a casa no era raro, ni feo. Estábamos cansados, saciados, nos daba la risa, nos sentíamos tan infantiles con nuestro juguete nuevo: Julio estaba muy guapo allí, en aquel lugar de tortura, estaba fuerte, tenía aguante, era ligero y despreocupado, un poco dejado incluso, como si la cosa no fuera con él, pero también era intencionalmente metódico. Creo que lo mejor de esos días en el club fue exhibir a Julio. Ver cómo todos lo querían. Regeneró mi deseo hacia él, y esa es la clave, ¿no? Por eso va la gente a esos sitios, para regenerar su deseo. Bueno, entre otras cosas. Claro que algunos van porque lo han perdido todo. O porque nada les basta ya para saciarse. O porque tendrán acceso a cuerpos que de ninguna manera podrían mirar tan de cerca en el mundo real. O porque de verdad (ah, cómo se les nota a estos, qué envidia dan) su concepto del sexo pertenece a otra órbita. Un concepto de sexo liviano y profundo, como de bien natural, una energía que ni se crea ni se destruye. Los limpios de mente. Nosotros no éramos ni de unos ni de otros. Éramos unos principiantes sin aspiraciones, jóvenes todavía, maduros ya, años juntos, una pareja perfecta dentro de los cánones, con nuestro pequeño hijo en casa bien atendido, unos neoliberales practicantes del exotismo en una luna de miel cavernícola. Inocentes. Estúpidos. Fue bueno exhibir a Julio, reactivar mis coordenadas de posesión. Y yo me acosté con mujeres en la cama redonda de una habitación oscura. Pero no con todas las mujeres, muchas veces con la misma, a veces con otra, también guapa, nunca con una mayor que yo. Compartí a mi pareja con estas mujeres e hice la vista gorda cuando se iba con aquellas a las que yo jamás pondría la mano encima. Pero nunca fuimos unos buenos clientes. No entrábamos en el juego de verdad. No practicábamos el intercambio sin prejuicios. ¿Que cuántas veces fuimos? ¿Siete, ocho veces en un año? No más, luego cambiamos de táctica.

Fui yo quien demostró cansancio. Te parecerá mentira, pero aquello no desencadenó en nosotros un aluvión de confesiones, de análisis de pareja sobre los secretos y las múltiples posibilidades de vivir el sexo. Julio y yo nunca hablamos demasiado de aquello. Julio y yo nunca hablamos demasiado de nada, ahora que lo pienso. No es buen conversador. Tiene demasiados límites, se conforma con muy poco. Hubo algo que cambió para siempre, y fue el concepto de privacidad. Desde el primer día que fuimos allí me imaginé que Julio ya había estado en algún sitio por el estilo. No todo era nuevo para él. Cuando lo vi moverse entre los cuerpos supe que no era su primera vez en lo que signifique el carné de sexo polígamo. El acuerdo tácito de esa rebelión kamikaze era no hablar de más. Lo incorporé a mi nueva vida con la misma naturalidad que incorporas las primeras patas de gallo o las estrías. No hacía falta hurgar, solo comunicarse. Y nosotros nos comunicábamos otra vez, la corriente fluía, no solo a través de la piel sino a través de los ojos. Eso fue suficiente para transformar mi concepto de pareja. Ahora yo era madre, era esposa, y era lo suficientemente madura para experimentar sexualmente con mi pareja y conmigo misma, para huir de lo que me aterraba: el amor estancado, la ausencia de sexo, la destrucción. Estaba salvando el mundo. Pero realmente no me gustaban los locales de intercambios de pareja.

Decidimos ponernos en contacto, solo de vez en cuando, nos dijimos, con compañeros de cama. Solo de vez en cuando. Solo para nosotros. En un hotel precioso que hay en el centro. Una casa antigua regentada por un seudoartista gay que a veces preparaba cenas en la azotea para los elegidos. Pocas habitaciones, decoradas de forma distinta. Era más fácil sentirse glamuroso. Allí empezamos a quedar con gente, de vez en cuando; contactábamos por internet. La rubia de las paletas separadas vino una vez. Luego hubo otras dos, una fotógrafa catalana y una Erasmus, con quienes repetimos. Bastantes veces para mí significa dos veces con cada una. Julio y yo guardábamos la anquilosada vida matrimonial por encima de todo. Nuestro niño, nuestros amigos, el trabajo, la casa, los planes de fin de semana de familia estándar. Y a veces aquello. No sé si lo entiendes, pero fue bonito. Creo que lo hicimos bien. Era prolongar el sexo, creernos unidos más allá de nosotros. Lo hicimos limpio, nos cuidamos, me divertí. A veces alguna suciedad, pero rápido la tapábamos con el buen funcionamiento de nuestra cotidianeidad. ¿Por qué niegas con la cabeza? ¿No te lo crees? ¿No te crees que yo quisiera hacer todo eso? ¡Claro que era consentido! No eran las normas de él, eran *nuestras* normas… ¡Superioridad masculina? Por qué dices eso ahora. No, yo no *creía* disfrutarlo, yo lo estaba disfrutando. Ay, Rita, déjame acabar.

Al final Julio fue generoso y accedió a que llamáramos a otro hombre, solo una vez. Pero yo hice trampa. La primera de nuestras reglas, claramente expresada por mí en varias ocasiones, era que los otros tenían que ser desconocidos. No vínculos. A ser posible, de intereses alejados. No fomentar el vínculo. Solo nuestro amor y nuestra familia. Y esta guarrería ocasional. No te rías, no dejaba de ser eso, claro. Pero hice trampa. Supongo que ya había empezado a borrar los límites. Si podía tener sexo con otra gente, al lado de otra gente, con el consentimiento de mi pareja, ¿por qué no podía tener sexo con quien de verdad me apetecía tenerlo? ¿Tanta era la diferencia? Había un chico nuevo dando clases en la misma escuela que yo. Era chileno. A lo mejor te hablé de él cuando lo conocí, ¿no te acuerdas? Bueno, era alto, muy moreno, con las cejas súper negras y la mirada también. Habíamos tomado un par de cañas, me gustaba, él me había clavado los ojos durante el tiempo suficiente, decidí arriesgarme y le escribí contándole esta burrada. Y se apuntó. Le mentimos a Julio, porque le pedí que por favor disimulara, que fingiéramos que no nos conocíamos. Él se hizo un perfil donde le dije y todo cuadró. En realidad apenas nos conocíamos y podría haber salido fatal. En realidad estaba haciendo algo feísimo pero en ese momento no me di cuenta. No, no me parecía tan mal. Porque, bueno, en esto sí tienes tú razón, siempre hay desequilibrios. Es verdad que Julio había tenido más sexo con otras mujeres que yo en toda esta historia. Yo había tenido sexo con mujeres, algo nuevo para mí, claro, pero él siempre había participado. Yo no había tenido sexo con ningún hombre, no sexo real. Pero yo había visto a Julio follar con varias tías en el último año y medio. Claro, Julio era generoso, y como siempre me recordó, todo esto fue idea mía. Da igual. Lo traicioné. No fue una traición grande, no fui una cínica. Solo fui egoísta.

Yo creo que la cita con el chileno lo cambió todo. No, claro que no, ellos no se tocaron, ellos tan respetuosos. Deja de poner esa cara de tengo razón. Yo intenté incitarlos a que fueran un poco más allá, pero no dio resultado, no los iba a obligar. Debería haberme llevado drogas esa noche. Qué va, no lo hice porque no estábamos acostumbrados a hacerlo así, también eso era una norma, ¿no te lo crees? Nada, solo alcohol, Leo era pequeño y nosotros siempre volvíamos a casa, a la hora que fuera, pero volvíamos, y al día siguiente teníamos que estar lúcidos y en fin, no, no nos drogábamos para tener sexo con otros. Pero cuando estuvimos con el chileno me apeteció mucho estar colocada. Cuando empezó a tocarme, cuando me la metió y sentí como si estuviéramos solos. Para mí fue intenso, muy triste al volver a casa. No sé para Julio, pero algo no funcionó. Supongo que era el final del tobogán, sin más. El final de la farsa. Quise volver a verlo, al poco tiempo, quizá demasiado poco tiempo, pero Julio no accedió. No me dijo nada especial. ¿Ya ahí hablábamos tan poco? ¿Hace tanto tiempo que Julio dejó de hablarme? ¿Casi dos años? No me demostró celos, no estaba enfadado, sencillamente no le dio importancia. No le apetecía. A lo mejor era la venganza a mi traición. Una venganza inconsciente. O no. Se vació el globo. Cayó la lluvia. Se lo tragó la tierra. No sé qué pasó.

No volvimos al hotel. Nunca más hicimos aquello. Yo qué sé por qué no te lo conté entonces. Pasaron los meses con la normalidad comiéndonos la conciencia. Empezó a parecer un sueño, la rebelión de otro. Hubo una noche, en una de las pocas fiestas a las que Julio y yo fuimos juntos en esa época, en que tuvimos un momento de complicidad y pensé que llegaríamos a algo más con una chica que acabábamos de conocer. Nos miramos Julio y yo, pero no me atreví. Ahora que lo pienso, quizá Julio no pretendía irse con ambas, a lo mejor solo quería irse con ella. Quizá su mirada no fue de incitación, sino de molestia, de incomodo. No lo sé. Por qué no lo hablamos, por qué no diseccionamos nuestro cadáver. Para ti el pulmón izquierdo, para mí el hígado. Cada uno tenía su víscera podrida, su parte asesina. Y se acabó.

Yo vi al chileno, varias veces más. Qué previsible te está sonando todo esto, ¿verdad? A mí me aterraba que Julio pudiese estar haciendo lo mismo, pero no lo parecía, al menos entonces no lo parecía. Fui una inconsciente. A mí el chileno me volvía loca y me acosté con él (yo sola, tan libre, tan como de antes, como de enamorarse otra vez) durante un par de meses. Pero él no estaba interesado en nada más, mucho menos en una madre de familia. Apagué la hoguera, me aferré a Julio, intenté olvidarlo, lo conseguí. El chileno era lo de menos. En cada orgasmo posterior, cada vez más separados en el tiempo, se me vino a la boca toda la pena, la melancolía, las ganas de llorar, no de gusto, sino de vacío. Lo habíamos roto. O nos había roto a nosotros.

Recuerdo perfectamente aquella cuesta de arena que bordeaba el acantilado hasta la playa, desde el bosque de pinos de arriba. En invierno íbamos allí muchos fines de semana, comíamos en el campo. Todos, abuelos, tíos, primos, algunos amigos. Los días se hacían largos. A pesar de estar al aire libre, rodeados de árboles, a pesar de nuestra imaginación, a veces esos días a mí se me hacían largos. Había algo que me separaba del mundo. Los adultos por un lado, sus roles familiares, sus bromas, su vino, su café en termo. Y nosotros. Los niños. Algunos no lo eran tanto. Estar allí no era como estar en el pueblo, en verano, donde las horas de playa formaban parte de nuestra realidad como una única coordenada. El mar, la arena, punto. Aquí, en los días en el campo, había algo salvaje que no terminaba de creerme. Nosotros teníamos que interactuar con la naturaleza, pero estábamos arrojados, empeñados en sacar partido de aquella oportunidad: corteza de árbol, aguja de pino, maleza en ese bosque de arena que acababa en acantilado. ¿Debíamos construir cabañas, excavar buscando tesoros escondidos, subirnos a los árboles? Lo físico siempre me aterró, de algún modo. El exhibicionismo de las habilidades selváticas. Y además estaban ellos: fuertes, ágiles, brutos, dolorosos. El jaleo. A mí se me hacían largos los días. Mi hermana parecía vivirlo con alevosía, porque, como ya he dicho, ella era distinta. Ella era un animal, y yo no.

Pero estaba la cuesta. La cuesta era el delirio. Todos los niños quieren volar (yo pensaba que no, por miedosa, pero claro que quería). Todos los niños quieren alzar los pies del suelo y gravitar, porque los pájaros lo hacen porque los insectos lo hacen porque hay algo dentro de nuestro pecho que nos tortura con la suspensión, qué tendremos de distinto los humanos, qué alojaremos ahí dentro, chatarra convulsionada, despojito milagro, qué especie de bicho alimentamos entre el tórax y la columna vertebral, que nos hace únicos, nos hace sedientos, corruptibles, niños eternos en pos del vuelo. La cuesta era el delirio de los voladores. Desde arriba del bosque de pinos bajaba, en una curva empinada, hasta la playa, entre la tierra roja del acantilado corría esta pista de arena blanca, un poco prodigio de la naturaleza, como un llanto de sílice que baja de los árboles hasta el suelo, una pared blanda, suave, caliente. Es el mejor recuerdo de los días de campo. Porque además, yo, cobarde, ahí era capaz de explotar, de correr el riesgo, de ser feliz. La felicidad, ese arañazo instantáneo, consistía en eso los domingos: ir bajando la cuesta a toda velocidad, juntos, pero solos, porque aquello era una experiencia absolutamente personal. A los pocos metros, la cuesta misma te levantaba del suelo; era muy empinada. Entonces las zancadas eran más grandes, entonces gravitábamos, nuestras piernas delgadas (las mías y las de mi hermana, por ejemplo) dentro de los chándales tornasolados, de los chándales de algodón grueso comprados en grandes almacenes, de pronto eran alambres de funambulista, plumas, y el salto crecía cada vez, y el vértigo, y el contacto con la arena era cada vez menor, como si fuera una cama elástica vertical, como si tuviésemos muelles en los pies. Creo que no hay ninguna foto de esos momentos. Pero yo recuerdo nuestras caras, las sonrisas del aire, las sonrisas de los pájaros, los brazos, huesos de manos extendidas simulando tristes alas. Volábamos. La arena formaba nubes a nuestros pies y cuando llegábamos abajo todo estaba lleno de ella: la ropa interior, las orejas, el pelo, las zapatillas. Volvíamos a subir. Esto era más difícil, claro, y sudábamos, pero merecía la pena. Subir de nuevo para volar de nuevo. Y luego, ya cansados, ya saciados como solo los niños pueden estarlo, tras varios vuelos, corríamos hacia la playa. Porque ahí, a la vuelta de la piedra roja, esperándonos, estaba el mar del invierno.

La cuesta nos hacía volar. Hacía también que no importasen los demás, que no molestasen sus gritos, sus bravuconerías, sus imposiciones, su violencia. En el aire todos éramos iguales. En el aire, en realidad, ellos no existían.

En la mesa de fuera los platos parecen de juguete, encima del mantel. Que haya un mantel sobre la mesa de plástico de fuera solo puede significar una cosa. El mantel es nuevo, los platos también son nuevos y por eso parecen de juguete: tienen colores pastel, son de cerámica, con motivos geométricos y florales desleídos, ordenados sobre la tela blanca con bordados, hay un desequilibrio entre la elegancia del nuevo menaje y las patas de la mesa de plástico quemado por el sol.

Rita ordena otra vez los platos, dobla cuidadosamente las servilletas y las pone debajo de los cubiertos para que no se las lleve el viento. Olor a comida en la cocina, fuegos, azulejos empañados. Ella no habría comprado platos ni un mantel, en la casa hay platos, hay manteles, aunque viejos y con manchas imposibles de quitar, pero ahora que todo está colocado se siente más liviana, la adormece el confort del blanco recién estrenado, los puntos de color redondos y brillantes. Cuando tiene la mesa del todo preparada vuelve a poner en el centro el jarrón con flores que había dejado en el suelo. Por la mañana fue al pueblo a buscar los ingredientes que hacían falta para el almuerzo y decidió comprar también flores en la floristería de la calle principal. No entraba desde que era una niña. La corona de claveles que llevaron al tanatorio cuando su padre murió la habían encargado allí pero algún familiar se ocupó de eso, solo hubo una corona, no te olvidaremos, decía, y no estaba firmada. No te olvidaremos, en general. Compró margaritas, las preferidas de su madre. Margaritas malva, porque había acabado hartándose de las blancas muchos años atrás, cuando su madre las obligaba cada semana a reponer el florero que había encima de la cómoda de su dormitorio, cuando las incitaba a que estuvieran pendientes de si había que cambiar el agua o cortar un poco los tallos para que las margaritas durasen más. Durante mucho tiempo su madre tuvo flores frescas en su cuarto, un ramo nuevo cada quince días, siempre en el mismo jarrón de cristal. Durante mucho tiempo las aleccionó a ambas para amar esas flores, como si representaran otra vida que por derecho deberían estar disfrutando y sin embargo no existía: una vida de parterres y hortensias, una vida de jardines. Rita raramente tenía flores en casa, sí muchos cactus.

Sofía y su madre se encuentran en el patio. Sofía llega acalorada con Leo de la playa y cruza la verja, el pelo mojado lleno de sal. Leo se muere de hambre, abuela, tengo muchísima hambre, abuela, y suelta la bolsa de red con los juguetes, todos llenos de arena, en el suelo, y nadie le riñe. La madre ha salido al patio justo cuando ellos llegaban de la playa. En sus manos lleva un gran bol de picadillo. Para colocar el bol en la mesa, ha de mover un poco el jarrón con flores de Rita, y mientras lo hace mira a su hija menor con aprobación, satisfecha: no tanto por las margaritas sino por el gusto por los parterres y las hortensias. Las dos sonríen. Qué bien huele, dice Sofía. Luego manda a Leo al baño a que se lave las manos antes de comer. ¿Arroz caldoso o paella? La madre de Sofía y de Rita es más baja que las hermanas, tiene las piernas regordetas pero fuertes y unos michelines apretados que cubre con blusones en verano y camisas largas en invierno. Ahora lleva el pelo muy corto, teñido de un naranja que a veces es rojo, y su cara está llena de arrugas pequeñas, como pinceladas de una mano con prisa. Sus ojos oscuros son vivos, están siempre alerta, aumentados por una sombra brillante, a veces gris plata, a veces violeta oscuro, sin la que no sale jamás de casa. El esqueleto de sus hijas es mejor que el de ella, sus hijas son más guapas, más esbeltas, más proporcionadas. Pero ella es elegante a su manera, tiene presencia; en el mirar, en la forma de abotonarse las camisas y cubrirlas con americanas de tejidos suaves, en la elección de sus zapatos, en la sonrisa. Desde hace un par de años, de todos modos, sus movimientos y sus emociones desprenden una alegría que la hace perder su estudiado equilibrio. Es ese tipo de alegría que brota de las personas que llevan demasiados años desacostumbradas a la felicidad, y cuando les llega, por fin, es como si les viniera grande, como si las afeara. Fue profesora, se jubiló anticipadamente y casi de inmediato conoció a un psiquiatra canario divorciado, atractivo, pueril pero muy amable, y se fue a vivir con él a su isla. En sus palabras, en su nueva manera de andar, hay una despreocupación quizá fingida, una conciencia de dicha que sus hijas no acaban de tolerar.

El día es veraniego, casi por primera vez desde que Sofía y Leo llegaron al pueblo. A Sofía le aterrorizaba encontrarse con su madre, enfrentarse a ese momento de gravedad familiar en el que el objetivo es dar cuenta de un derribo, de una batalla perdida, agarrar las cuerdas y levantar el cadáver. Por supuesto que su madre se echó las manos a la cabeza cuando le contó la verdad por teléfono, pero lo que siguió fue fácil, como si hubiera estado esperando aquello desde hace mucho o lo deseara: en dos días estoy allí, no os preocupéis por nada. Las hijas no pueden evitar sentirse extrañas con su madre de nuevo en esa casa. Se comporta como si el tiempo no hubiera pasado, como si el padre sencillamente hubiera salido a dar un paseo, a pescar, como si estuviera trabajando en la ciudad o como si nunca hubiera existido. La madre vuelve a la casa de su pasado con un exceso de autoridad. Ellas la dejan hacer, sin fuerzas para retarla o para ponerla en su lugar. De todos modos, ¿no es ese su lugar real? ¿Qué otro lugar podrían darle a su madre? Rita coloca un jarrón con margaritas en el centro de la mesa, Sofía se despreocupa de todo, deja de cocinar, de vigilar la procedencia de cada alimento. Ese es el resultado de la llegada de la madre. Una especie de sometimiento que por ahora las hace felices, las adormece a las tres. Solo el niño disfruta de una dicha real, sin reversos.

Antes de que la madre se fuera a vivir a la isla no sabía tanto de vinos. Ahora se supone que es una experta, o al menos una experta aficionada, porque el médico tiene una gran bodega en el sótano de su casa, y juntos organizan catas para grandes reuniones de amigos, y están siempre al tanto de nuevos viñedos, de nuevas marcas. A la madre le encanta contar esto a sus hijas, celebrando la llegada de la frivolidad. Liberarse del sacrificio al que estuvo siempre ligada. En la casa ha trabajado para demostrarles a sus hijas que siempre será su madre: ha limpiado, ha reordenado los armarios y la despensa, ha movido algún mueble de sitio y ha llenado el frigorífico. Ha cocinado durante toda la mañana, su cara enjugada de sudor fino, brillantes las arrugas diminutas. Le ha traído regalos a su nieto y lo ha estrujado, lo ha mimado, lo ha entretenido con juegos y canciones. Es una madre, pero es también una mujer liberada de su pasado. Intenta, generalmente sin éxito, arrastrar a las hijas hacia ese nuevo concepto de sí misma, hacerlas cómplices. Ellas la apoyan, pero se mantienen lejos de la nueva figura, de la leve sombra de lo excéntrico. La metamorfosis de una madre es algo deseado pero difícil de asumir.

La madre rellena las copas de vino de las hijas, y luego la suya: no está mal este vino, ¿no os parece? Es la segunda botella, la botella de los postres. Generalmente la madre acompañaría este último vino con quesos, pero hoy hace mucho calor y ha traído una bandeja de fruta cortada. Rita come y bebe con alegría, inmersa en su docilidad de hija pequeña. Sofía también está relajada, desinhibida, por qué no, por qué no esta fraternidad, esta alucinación. De pronto brindan, también Leo brinda con su vaso de agua, riéndose, empinado en su silla. Luego se va a ver la tele adentro, todo está permitido. La madre dice, Sofía, estaríais estupendamente conmigo en la isla, con nosotros. El niño se criaría allí de maravilla. Y yo estaría tan contenta. Haríamos muchas cosas, y seguro que encontrabas algún trabajo bueno, aunque de todos modos allí no os haría falta de nada. Sofía bebe un sorbo largo y paladea el vino. Coge una tajada de sandía y deja soñar a su madre un rato más. La casa es enorme, hay sitio para todos, aunque también está el apartamento del centro, que no está alquilado ahora y podría serviros si queréis más independencia. Rita, y tú así podrías visitarnos en vacaciones. Sofía decide que es suficiente pero conserva la dulzura, mamá, sabes que no podría irme tan lejos, Leo tiene un padre. Y bueno, tiene también una ciudad, un colegio, todo. Además… Pero la madre, mientras se retira una finísima pipa de melón pegada al labio inferior, ya asiente, arrepentida de su fantasía infantil, claro, claro, qué tontería, es que está lejísimos, y tenéis una vida, sería un despropósito. Pero, bueno, sabes que cualquier cosa… Claro, mamá. Rita se sirve más vino pero no come fruta. Se le cierran los ojos y estira más las piernas, calibrando la perfección del momento. La madre vuelve a la carga, quizá trastornada por el silencio, como si algo pudiera romperse, ¿sabes qué, Sofía? Vais a volver. Esto es algo momentáneo, es natural en las parejas. Un distanciamiento que sirve para revitalizar la cosa. Rita se mueve en la silla, hacen ruido las patas contra el suelo, pero no se levanta, sigue bebiendo. Sofía mira a su madre, intenta contener el hastío, agarrarse a su buena intención, dejarse aconsejar. Yo creo que vais a volver, e incluso quizá si tenéis otro hijo... Es como si viviera una realidad paralela, como si no la hubiera escuchado cuando le contó, como si ya nunca jamás su madre fuera a entender nada de su vida, pero no se enfada, Sofía mira a Rita de reojo, y entre las dos, en silencio, convienen que lo mejor es pasarlo por alto. Al fin y al cabo es normal, hablar sin pensar, desear en voz alta, decir tonterías. La comunicación entre las personas se basa en esto, generalmente. No pasa nada. No hay por qué alterarse. Cocinar, limpiar, jugar con el nieto, está todo bien. Sofía está borracha ya, come más sandía y busca en el bolso que ha traído de la playa, colgado de su silla. Saca el tabaco y un mechero. También ella se siente libre y renovada, ha vuelto a fumar y nada le importa, quién se va a atrever a reñirle ahora. Ni siquiera ella misma podrá juzgarse. Enciende un cigarro y nota cómo el placer ablanda rodillas y pómulos. Rita la mira fijamente pero no hay ningún mensaje en sus ojos velados. Está muerta de sueño. Mira su móvil, parpadeando sobre la mesa. Escribe un mensaje lentamente. Entonces la madre, de quien por un momento parecían haberse olvidado, dice te lo dije hace tiempo, deberías haber tenido otro niño, pero, hija, tú a tus cosas. Sofía se gira hacia ella sin reaccionar, se pregunta si en vez de haber pronunciado esas palabras su madre le ha dicho algo del tipo y encima has vuelto a fumar. Musita un qué dices, mamá, demasiado leve, humo de cigarro, y es Rita quien se ha despertado y erguida observa a su madre con sarcasmo. Sofía se incorpora a su vez en la silla, acercándose a la mesa, el cigarro tembloroso, imperceptible. La voz de Rita se impone por encima del susurro y del silencio, no habrás venido a dar lecciones de cómo conservar un matrimonio, ¿verdad, mamá? Sofía se revuelve, incómoda, ¿su hermana la está defendiendo? ¿De qué? La madre guarda el impulso y alarga el brazo para servirse más vino, aunque tiene los ojos empañados; ahora debería contraatacar, zanjar el reproche. En vez de eso bebe un sorbo de vino y baja los ojos. Sofía se toca suavemente los labios entreabiertos mientras mira a su hermana, ¿su madre está haciendo el mayor esfuerzo de su vida? Suficiente por hoy, Sofía hace ademán de levantarse de la mesa para recoger, pero Rita no ha acabado: ni tampoco vendrás a dar lecciones de cómo cuidar a un hijo, claro. La madre abre la boca ya quebrada: ¿para esto…?, y Rita la corta: venga, mamá. Sofía tiene ganas de gritarle a su hermana pero alcanza solo a ponerse de pie y el ruido de las patas de la silla de plástico en el suelo rompe por fin la sobremesa; la madre, levemente doblada, se mete en la casa, las dos hermanas oyen la puerta del baño cerrarse, en cualquier otro momento en estas circunstancias ellas habrían alzado las cejas y habrían entornado los ojos al percibir el llanto amortiguado de la madre, pero ahora Sofía busca los ojos de su hermana con miedo, el ceño fruncido, Rita no se los devuelve, acaba su vino y se marcha también a su habitación.

Sofía había predicho una tormenta, una como las de hace años, tres fieras enjauladas, dos contra una, siempre, nunca los mismos grupos, organización variable. Se había rendido a ello incluso, después de la sobremesa, pero nada había ocurrido. No hay siesta larga de verano que no agüe los venenos. Luego, Leo y sus coordenadas, pegamento antigrietas. La comunión establecida alrededor de un niño solo, de un consentido. El baile de las amas, danzar de escobas, pequeños diálogos irrelevantes, el andar de una casa con sus normas. Habían estado a punto y una vez más lo lograron, la madre escudada tras la fuerza del disimulo y del amor. Pero no retrasaría su vuelo, la madre se iría en el día establecido.

Una tarde, Sofía se hincha de energía, camina por la terraza. El esfuerzo por mantener el clima de bienestar la ha iluminado. Desea inaugurar una nueva etapa. Desaparece por la esquina de la casa, se acerca a la otra parte de la terraza, hacia el muro abandonado, mira con escepticismo el pequeño trozo de tierra seca, sonríe, vuelve a la casa y dicta su sentencia, su solución: voy a convertir el patio en un jardín. Voy a levantar las baldosas y a poner tierra abonada y plantaré flores y algún árbol. La madre la mira intentando comprender, abre la boca pero de pronto no tiene nada que decir. Rita le habla sin dejar de darle cucharadas de helado a su sobrino, que mira la tele embobado, qué tonterías dices, le espeta. No es ninguna tontería, esta casa sería mucho más bonita con un jardín. Rita masculla algo, la madre intenta controlar la situación, se ríe nerviosa, a lo mejor es una buena idea, acaba diciendo, pero muy flojito, como asumiendo que su palabra no tiene voto. Sofía aún conserva su halo de confianza. Rita la mira, despótica, no vas a hacer nada de eso. Esta casa está en venta. Vamos a vender esta casa, a ver si te enteras. Dice esto y se pone de pie y su figura espigada, en medio del calor de la tarde, es como una sombra hiriente. Yo no quiero, empieza a decir a Sofía, con la cara desfigurada por fin. Y la violencia acaba de una vez con la escena, la desbarata, lo que tú quieras me da igual, otra vez los batallones se deshacen y se reajustan, Rita pasa por delante de su hermana sin mirarla a la cara, solo sus palabras de pájaro quedan suspendidas en la calima, se mete en su cuarto, cierra con fuerza, se acabó. La madre recoge diligente la mesa, en una bandeja coloca el recipiente del helado, las cucharas, los vasos. Sofía busca un lugar donde agarrarse, pero no lo encuentra.

Sofía ha alquilado una bicicleta. Hace años que no monta en bici pero se lo había prometido a Leo. En la ciudad, Julio el deportista suele llevar al niño a dar paseos en bici por el río. Al principio lo llevaba en una sillita detrás, cuando era un bebé. Ahora que Leo ya tiene su propia bici van juntos, muy lentamente. Sofía casi nunca los acompaña, el esfuerzo físico le da pereza, pero Leo lleva insistiendo varios días, mamá, por qué no me compras una bici, por qué no vamos a casa y traemos mi bici, mamá, le he dicho a papá por teléfono que me traiga mi bici. Es el lugar ideal para una bici, la verdad, hijo, acaba diciendo. Una especie de rubor la arrastra hacia el verano. Hijo, es muy buena idea lo de la bici, tienes razón. Pero tu padre va a tardar aún unos días en venir, así que he pensado que podemos alquilar una. Qué te parece. Leo la abraza con fuerza, pega la frente en su ombligo, a veces es como si la embistiera; cuando era más pequeño le daba con la cabeza en el pubis y le hacía daño, ahora ya no, ahora la cabeza del niño queda alojada en un lugar blando y esponjoso y el niño parece querer hundirse, solo durante unos segundos, y la madre lo aprieta y lo acaricia detrás de las orejas, esa piel tan suave como de debajo del caparazón.

Muy temprano, obviamente demasiado temprano, se han acercado al local de alquiler de bicicletas. Está cerca de la casa, pero ya en el pueblo, en la avenida que lleva al centro. Los dos primeros edificios de esa avenida, los que están junto a la rotonda de los troncos pintados de colores, son feos, desasosegantes. Pasando la segunda manzana está el local de alquiler de bicicletas, cerrado todavía. Sofía busca entre los carteles pegados en la puerta algo que indique el horario de apertura, pero no encuentra nada, solo anuncios de mujeres que se ofrecen para limpiar, dar clases, cuidar viejos. Leo está impaciente y ella empieza a impacientarse también. Casi se siente ridícula con su hijo de la mano, sus sudaderas y sus pantalones cortos, su mochila a la espalda llena de víveres, las gorras con visera. Una mujer gorda, vestida con camiseta blanca de propaganda de supermercado y mallas fucsia que realzan la cara interna de sus muslos rozándose al andar, su culo plano y cuadrado, pasa por delante de los dos, mascando chicle, sin mirarlos, y se mete en una cafetería. Sofía resopla y decide seguirla, pueden tomar algo mientras abre la tienda. La televisión está encendida, mezcla de noticias y programa de sucesos. Dentro, una quietud, como si los pocos clientes estuvieran aún dormidos, como si no se hubieran acostado. La máquina de café ensordece. El camarero masca un palillo y no sonríe. Sofía tampoco sonríe. Pide dos zumos de naranja, natural, por favor. Cuando se los sirven, retira los sobres de azúcar de sendos platos y también las cucharas. Si los bebemos rápido entrarán todas las vitaminas contentas en nuestro cuerpo, ¡vamos! Pero Leo solo se moja los labios, el zumo le parece infinito en ese vaso de tubo, hay mucha pulpa, mucho grumo, si por lo menos estuviese colado. Al contacto con los labios la pulpa de la naranja resulta dura, insectos flotando en el líquido. Cuándo abren las bicis, mamá. Cuando te bebas el zumo.

Al salir a la calle de nuevo, el cielo está nublado y el impacto de tristeza es más fuerte. En el local de alquiler de bicicletas un tipo alto y joven los atiende. Los tatuajes le suben desde el cuello de la camiseta, hacen caracoles en su nuca rasurada, también sus brazos delgados y fibrosos están pintados. Leo lo mira fascinado. Ella no es capaz de hablar sin ser consciente de sus muslos desnudos, más redondos desde que llegó al pueblo, dibujados también con venas telas de araña, demasiado blancos pero ya un poco menos blancos. Se quita la gorra y se la vuelve a poner porque se da cuenta de que el pelo se le ha pegado a la frente. El tipo sí sonríe y habla directamente con el niño, qué pasa, tío, quieres una bici. No resulta fácil la decisión. Leo quiere una bici sin ruedines porque ya sabe montar en bici, pero Sofía tiene mucho miedo de que muera aplastado por un coche o de que se salga de la calzada y se rompa el cráneo y se empeña en coger una con ruedines traseros. Leo protesta y dice que su padre, pero ella se enerva y le advierte que no cogerán ninguna bici si empieza a quejarse. El tipo intenta mediar entre ellos pero Sofía es terca y finalmente no solo coge una bici con ruedines para Leo sino una bici doble, es decir, una especie de palo remolque atará la bici del niño a la suya, como si fueran dos bicis en una sola. Ella tendrá que pedalear más fuerte para tirar de los dos pero el pedaleo del niño también ayudará en la marcha. Sofía rellena los papeles y entrega una señal y se deja ayudar, como una morsa torpe, en la puerta del local, a ajustarle el casco a Leo y a subirse ella en la bici. Las manos nervudas del chico prueban, con ella ya montada, las marchas y el freno. Sofía y Leo pedalean, se alejan entre tambaleos, hacen eses por la acera que va al polideportivo, que al menos es muy ancha, ella reza para que el tipo se meta dentro del local otra vez, pero está fumándose un cigarro en la puerta y sigue sonriendo con sus dientes anchos y sus encías de presidiario. Al final de la calle, Sofía no gira hacia el camino de la playa, sino que da la vuelta y se mete por detrás de la gasolinera, hacia el río. ¿Adónde vamos, mamá?, grita Leo. No hace falta que grites tanto, te oigo bien. No vamos a la playa, quiero enseñarte otro lugar. ¿Dónde, mamá? Ya lo verás.

Les cuesta coger el ritmo de la bicicleta de dos cabezas. Sofía no está en forma, las rodillas, su mecanismo interior, minúsculos cristales rotos. Por ahora el camino es fácil, hay una especie de carril junto a la avenida y no necesitan ir por la carretera a su izquierda, ni pegados al arcén, con ese tráfico intenso. Pedalean por una avenida muy estrecha que funciona de entrada y de salida del pueblo, lo rodea desde el puerto hasta la playa, hasta el cementerio. A la derecha la marisma, con la hierba a ras de agua, verde fosforito, las barcas muertas, esperando algo, la basura que flota, la pátina que cubre la superficie. Sofía pedalea. Mira las barcas, Leo. Mira, mamá, ¡un parque!, grita él. Hay un parque a la puerta de un supermercado gigante, ¡podemos venir un día, mamá! No hace falta que grites tanto, hijo, te oigo.

¡Leo, Leo, no te pierdas esto! ¡Es el mejor paisaje, vamos a cruzar el puente! Y se hace el milagro. Consiguen cruzar, torcer a la derecha y subirse al puente al compás de los coches, sin poner en peligro la vida de nadie: el muelle se abre a un lado del puente, las maderas chocan frente a las conserveras, los colores vivos de los pesqueros, meciendo sus barrigas casi en tierra, casi al unísono. Al final del puente, tras la gasolinera, alcanza la línea recta de la pequeña carretera de las salinas, paisaje de nuevo renovador, cuadriláteros de agua estancada a un lado y a otro, en una extensión marciana de pequeñas montañas de sal, bandadas de pájaros recortan el cielo ya azul, abierto de pronto en dos mitades, el sol proyectando una sombra en el asfalto, en las piernas blancas de Sofía que pedalean hacia delante hasta encontrar un desvío en ángulo recto que acomete con destreza, doblando ampliamente para que ambas bicicletas guarden el equilibrio al torcer, y ya están en el camino perpendicular a la carretera que cruza las salinas.

Girando de nuevo a la derecha, el estrecho camino finaliza en un pequeño espigón donde hay una caseta con unos carteles en la puerta. Sofía decide continuar hasta allí. Ha calculado mal y ahora hace demasiado calor, ni una sombra interrumpe las marismas, delimitadas y cuadriculadas por resistentes muros de piedra y barro y aguantados por las saperas, donde el agua estancada va mudando de lugar, cristalizándose. Por fin llegan a la caseta blanca del final del camino, donde en el cartel se lee: se vende flor de sal, extracción artesanal. Vamos, Leo, baja, a descansar. ¿Qué vamos a hacer aquí, mamá? Aquí no hay nada. Pero es un lugar especial y quería que lo vieras. Pero yo quiero montar más en bici, lo vemos y nos vamos, ¿vale, mamá? Venga, baja. De la caseta, que es en realidad una sólida construcción de techos altos, sale un hombre y los saluda. Lleva una lata de cerveza en una mano y un cigarro en la otra. Sofía se fija en sus manos de dedos cuadrados antes que en su cara, y luego repara en su cara oscura, ojos negros debajo de las cejas grises, marcas en la piel quemada y labios anchos. Los pantalones vaqueros esconden unas piernas robustas y la camiseta blanca disimula una incipiente barriga que Sofía imagina abultada de vello recio. En la camiseta también pone flor de sal, como en el cartel. Aparca las bicis a la sombra de la caseta y saca agua y un táper con melón cortado. El hombre fuma al lado de ellos, callado, demasiado cerca quizá. A Leo le chorrea el líquido del melón por las manos, le pringa hasta los codos. Sofía está paralizada, se imagina que el hombre lleva bebiendo desde por la mañana y ahora ellos allí, tan cerca, espera un gruñido, un fuera de aquí. Pero no se mueve, y tampoco habla. Es Leo quien le pregunta al hombre si vive ahí en las salinas, con la boca llena de melón, sin miedo. Entonces él tira la colilla al suelo y apura la cerveza antes de estrujar la lata entre sus dedos anchos. En vez de dirigirse al niño mira a la madre, rostro sudoroso y lívido, y le dice que aquello es un negocio de flor de sal. Están demasiado cerca, a la sombra de la caseta, porque Sofía puede oler el aliento a cerveza. ¿Y qué es la flor de sal?, pregunta Leo, y de nuevo el hombre le responde sin mirarlo, las palabras lanzadas hacia la madre, que ha bajado los ojos al suelo y que de pronto no aguanta más las ganas de ir al baño. Es la primera cristalización, la que se queda en la superficie del agua. Como si fuera hielo, dice Leo. Hielo desmenuzado, sí, también la llamamos sal de hielo, es la sal que no toca el agua, dice el hombre y bosteza, y los dientes están blancos, única cosa de verdad blanca, dientes bravíos de buen animal. Venid dentro, si queréis. Y Leo entra, diligente, ajeno a la inmovilidad de su madre. Sin decir nada más, el hombre espera a que Sofía se ponga en marcha, y va detrás de ella; sin tocarla pareciera que la está empujando.

A la madre y al hijo los absorbe el frescor de la tienda por dentro: estanterías llenas de botes de cristal y de plástico de distintos tamaños, flor de sal, escamas de sal, sal marina virgen, sal especiada, con pétalos de rosa, con tomillo, con alhucema; al fondo, un pequeño mostrador con una caja registradora, papel de envolver y tijeras. Sofía quiere llevárselo todo, para poder irse rápido de allí, ¿aquello es cortesía o es una encerrona? Rebusca en la mochila y se da cuenta de que trajo poco dinero. Pero el hombre de las salinas la apacigua, no te preocupes, llévate lo que quieras, otro día me traes el dinero, le dice, todavía detrás de ella, con aliento de cerveza. Sofía está roja, la vejiga a punto de explotar. Mamá, tengo más hambre, dice Leo, y ella acierta a sacar unas galletas de arroz de la mochila y se las da para que se calle. Claro que no me voy a llevar nada sin pagarlo, volveré otro día. No, insiste el hombre, mira, te regalo este surtido. Venga, tenemos que irnos, Leo, acábate eso. Ya volveremos otro día a comprar, y el hombre insiste, llévatelo, hablo en serio. Y llévate también mi tarjeta. Me llamo Tomás, el hombre le extiende la mano antes de que ella se escape, yo me llamo Sofía, y su mano sudada y enrojecida, un sapito vibrante, se hace minúscula entre los dedos cuadrados.

El camino de vuelta es largo, pedalear es incómodo con esas ganas desesperadas de ir al baño, pero Sofía no se detiene, decidida a terminar con aquello, devuelve las bicicletas y arrastra a Leo hacia casa; cuando ya está a punto de llegar, tiene que pararse, plena luz del día, a orinar entre dos coches, medio escondida por el tronco de un árbol. Leo no puede creérselo, observa hipnotizado el chorro de orín de su madre, caudal que empapa el suelo, que se extiende, y sin pensárselo se baja los pantalones y también él se vacía, salpicando los pies de su madre, un poco flexionadas las rodillas, su madre que mea en el suelo, en plena calle a plena luz, con los ojos entrecerrados.

En medio del patio, bajo la sombrilla nueva, Sofía coloca la mesa con los patrones: traza, mide, recorta. Mueve las manos con agilidad. En la tienda del paseo se ha vendido una camisa suya, probablemente la compró una guiri, y le han pedido otra. A sus pies, Leo juega con piezas de colores, construye una grúa, una muralla. Ninguno de los dos se da cuenta de que Rita ha salido de la casa, vestida solo con un bañador negro de tiro alto que le aprieta en las ingles, y los está mirando. Cuando habla, Sofía se sobresalta y Leo ni se inmuta. ¿Vamos a ir a la playa? Con la tiza en la mano, Sofía sonríe, a salvo desde su conquistado binomio madre hijo. Luego vamos, cuando no haga tanto calor. ¿Tú no tenías que trabajar? Y Rita se da la vuelta y se mete otra vez en la casa, en su habitación, casi a oscuras.

Luego se arrastran hacia la playa, ya muy tarde, cuando el sol se está poniendo. En la playa solo quedan unas cuantas sombrillas. El calor de la mañana se ha convertido en una humedad fría al atardecer. Ellos tres llegan en silencio, con los pies pesados por el largo día, y se sientan en la orilla. Tres figuras calladas, sentadas en ese tramo de arena semiseca que precede a la lengua del mar, donde es fácil encontrar conchenas, algas, cangrejos o medusas. Leo no tiene ganas de bañarse aunque es el único que se moja los pies, mientras hace castillos con sus herramientas de plástico. Sofía mira el horizonte con plenitud, como si solo bastara con trazar unas líneas en una tela, recortar, hincar la aguja, vigilar para no hacerse daño, ponerse el dedal. Todavía no se da cuenta de que a su lado, su hermana tiene los ojos achicados y frunce el ceño. ¿Damos un paseo?, le dice, pero Rita no contesta. Oye, insiste, y entonces se vuelve a mirarla y le pone la mano en la rodilla. Sofía casi nunca toca a su hermana, igual que casi nunca su hermana la toca a ella, y de pronto el tacto de su mano sobre la rodilla picuda le hace daño. Rita aparta muy levemente la pierna, y quedan solo dos dedos de Sofía sobre su piel, unos dedos con uñas pintadas de rosa palo, es raro que Sofía se haya pintado las uñas, es raro tener sus dedos tan cerca. Prefiero quedarme aquí, id vosotros dos, dice. No, no, me quedo contigo. Pero no hace falta. Leo, sentado un poco más adelante, las mira pero no les dice nada. Está a punto de pedirles alguna cosa, de ofrecerles una pala o un rastrillo para que jueguen con él, pero se da la vuelta y continúa su excavación en silencio. Sofía se remueve entonces y saca de su bolso el tabaco, enciende un cigarro. Mañana vienen a lo del patio, por cierto, a primera hora. Van a hacer ruido y no sé si vas a poder trabajar bien. Chupa el cigarro, lo agarra con los dedos húmedos, le ofrece a Rita el paquete. Rita niega con un movimiento de barbilla y cambia de postura. ¿Cómo? ¿Lo del patio? Ya sabes, van a quitar las losas del patio, para hacer el arriate y plantar. Todavía estás con eso. Cómo que si todavía estoy con eso, es en lo que habíamos quedado, no empieces otra vez. Van a ser solo unas horas y luego habrá que poner tierra nueva y remover y demás. Creo que va a quedar muy bien y Leo está muy contento de tener un jardín. Leo tendrá menos sitio para jugar cuando quites las baldosas. Sofía apaga el cigarrillo a medio fumar en la arena y guarda la colilla en una bolsa de plástico. Mira, no sé qué te pasa, pero cuando te pones negativa y reaccionaria como se ponía papá no te aguanto. Reaccionaria, repite Rita con burla. Las dos tienen los pies fríos, enterrados en la arena. ¿Y quién va a venir? Unos albañiles con los que he contactado. ¿De qué los conoces? ¿Le has preguntado a algún vecino? No, me ha pasado el teléfono un amigo. ¿Un amigo? Ahora Rita parece divertida. ¿Tú tienes amigos aquí? Es un tipo que conocí hace unos días, cuando fui con Leo en bici a las salinas. Rita se estira, hace crujir la espalda extendiendo los brazos. Bueno, eso cambia las cosas, ahora lo entiendo todo mucho mejor. ¿Qué tienes que entender? Sofía ha decidido enfrentarse a su hermana, mirarla a los ojos; desde la calma recién adquirida, es capaz de atisbar el punto negro de la colisión. Rita también la mira, con los ojos de bufa. Pues las uñas pintadas, los patrones, todo el día con el niño al lado sin pelear, ahora lo entiendo, es que hay un tipo. Cuando te pones así eres lo peor, Rita, ya me extrañaba que fueras amable tantos días seguidos. No sé qué te pasa pero no te hemos hecho nada para que nos ataques de esa manera. Rita vuelve a reírse. Oye, no metas a Leo en esto. No estoy atacando a Leo. Sofía no sabe qué decir. Un frente frío de pronto la embiste, así son los enfrentamientos familiares: del sinsentido se pasa a la angustia, a la tristeza, sin preámbulos. Pero Sofía aguanta, y Rita aguanta. Sofía no quiere que se le rompa la voz ni tampoco quiere comportarse de forma dramática. Coger a Leo de la mano y llevarlo hacia la casa, encerrarse en alguna habitación no tendría sentido. Ha de sostener esta fragilidad, hacerla avanzar por el tiempo, destruirla. Leo se ha levantado y no las oye, porque está en el agua, llenando y vaciando el cubo, rompiendo la superficie oscura del mar. Bueno, supongo que lo que me pasa es que necesito salir de aquí. Me siento en una jaula. No hago nada. La voz de Rita al menos es una rendición. Sofía suspira; la han liberado. Bueno, pues si quieres vuelve a tu casa. El mar no hace apenas ruido. Ellas no pueden oírlo, están dentro del ruido del mar, no sirve el efecto sanador. No, no es eso, no es para tanto, contesta Rita, alzando un poco la barbilla, conquistando algo. Y ya se callan.

Poco a poco se hace de noche, las tres figuras solas en la orilla, del mismo color que el agua, algún corredor tiene que esquivarlas al pasar, alguna pareja de guiris jubilados que se dirigen a su hotel a beber cava, a desayunar cava mañana, a tumbarse en hamacas de mimbre. El mar también se va alejando de ellos, retrayéndose, descubriendo una arena plana de marea baja.

El ruido es espantoso. Un ruido como de derribar edificios o el cráneo de un dinosaurio gigante, el cráneo duro de un titanosaurio viejo, muerto de hambre, el cuello infinito de vértebras del animal más grande del mundo. Leo entra y sale de la casa excitado, tapándose los oídos con las manos y dando saltos, como si el sonido le quemara en los pies. Se está divirtiendo. El desastre de cemento agujereado de la terraza es un exceso de vida, una celebración. Grita y se ríe y se pone las manos a los lados de la cabeza y se las quita, para que el ruido entre y salga. Lo amortigua y luego lo deja explotar. También, cuando la máquina no está funcionando y hay unos segundos de reposo, observa al hombre y lo imita: los brazos de la misma forma, sujetando entre sus piernas el martillo demoledor. Cuando sea mayor quiero trabajar en eso, mamá. Y a su mamá se le quedan en blanco los ojos.

Por la mañana muy temprano han llamado a la puerta dos hombres, un nativo de poca estatura y cabeza cuadrada que no sabía estirar los labios para sonreír y otro más joven y extranjero. El de la cabeza cuadrada era el patrón y no venía a trabajar sino a traer al joven, encargado de perforar el suelo, de destrozarlo con su martillo demoledor, una especie de batidora del infierno, un punzón sideral para matar gigantes. Sofía los ha recibido nerviosa, con todo preparado, igual que si fuera a empezar unas obras de palacio, como si fuera a derribar los muros y echar la casa abajo. Ha madrugado y ha preparado limonada, un par de jarras, y unos pequeños canapés de queso blanco de untar, que guarda en el frigorífico para el final de la jornada; aunque sabe que el pan se reblandecerá, no puede arriesgarse a que se los coman las hormigas. La noche anterior luchó contra ellas, cuerpo a cuerpo, mientras los demás dormían. Se levantó, inquieta por la obra del día siguiente, en plena noche para beber agua e ir al baño, y se encontró en la cocina el típico mapa distorsionado, en movimiento, de patas y antenas negras. Rita había dejado un plato con restos de comida sobre la encimera. Se había acostado la última. La maldijo, quiso despertarla para reñirle. Por todo eso, Sofía ha dormido poco. Al levantarse tenía bolsas bajo los ojos y dos marcas que le bajaban desde la nariz a las comisuras de la boca. Su cara empieza a tener relieves, recorridos, traiciones. Por primera vez desde que llegó a la playa, se lamenta por estar tan pálida. Incluso se ha planteado cambiar su crema protectora del cincuenta por una del treinta. Quizá así sus mejillas aparenten sangre o latido.

El extranjero trabaja sin descanso, sin mirar al cielo, sin oír los ofrecimientos de su cliente, ¿una limonada?, ¿un vaso de agua fría?, sin molestarse por el niño que salta a su alrededor, solo se inmuta, a veces, cuando una mosca se le posa en la cara, cerca de los concentrados ojos verdes, un poco fosforescentes en medio de esa piel de tierra, o en las aletas de la nariz, con un sudor cristalizado que seguramente sabe a líquido de cocer gambas. El extranjero hace ruido de demonios, ruido de tormenta, y en poco tiempo destroza con su martillo perforador las baldosas de la terraza, el rectángulo que Sofía le ha señalado a primera hora y que él ha marcado con un grueso lápiz. A su alrededor explota la cerámica en ruina, volando, esquirlas del pasado, es tan fácil hacerlas desaparecer, como si fuese cristal de vajilla fina. Bajo las losas, una delgada capa de hormigón se desvanece a su vez. El extranjero agarra con destreza el martillo, esa especie de arma galáctica, y le da duro al suelo y sus brazos se inflan. Pero en su cara hay paz, parece que no le cueste más esfuerzo que la concentración de sus ojos y ese sudor que poco a poco lo baña; un pañuelo blanco de madre, recién planchado, impregnado en lavanda o en tomillo, recogería con amor esa agua marisco que le brilla al extranjero en la frente, en la barbilla rajada, en la punta de su recta nariz, párpados gruesos, pestañas abanico.

El extranjero no se inmuta cuando de la casa sale otra mujer, con el ceño fruncido y una mochila al hombro. Esa otra mujer tiene pinta de no haber dormido bien porque sus ojos están abultados, tiene toda la pinta de haberse despertado con el ruido de los brazos destructores del extranjero y haber saltado de la cama, haberle gritado a alguien, tiene pinta de estar escapando. Sale de la casa y cruza el patio sin saludarlo, en la calle abre con torpeza un coche aparcado en la puerta y se mete dentro, y arranca, y se va. El extranjero de todos modos no la ha mirado, porque sus ojos están fijos en la tierra gris que va apareciendo bajo sus pies, en la sangre saltada de la baldosa, que se deja perforar sin resistencia, se desmorona, como cristal de copa de vino caro, como pupila.

A media mañana el extranjero ya casi ha levantado el rectángulo. La terraza ahora es un desastre de desperdicios, un cometa ha caído junto a la casa. El espacio levantado ocupa el lateral de la vivienda, desde aquella esquina trasera donde ya había un pequeño cuadrilátero de tierra hasta casi la mitad de la terraza del frente. Unos metros antes de la verja de entrada se para, ahí Sofía quiere conservar el suelo y poner un columpio de plástico para Leo. La mesa y las sillas, con la sombrilla nueva, quedarán junto a la puerta, en el sitio de siempre. Sofía observa el resultado con desconcierto. Todavía no puede hacerse a la idea de lo que vendrá, esa especie de jardín que imagina frondoso, esa parte del fondo destinada a un pequeño huerto donde plantar tomates y lechugas. Por toda la terraza se esparcen los trozos de baldosas destruidas y el polvo cenizo. Ha salido con una bandeja donde lleva una jarra de limonada, tres vasos y un plato con los canapés reblandecidos. Leo tiene la cara llena de polvo blanco y aunque su madre ha insistido varias veces en que se meta dentro, en que ponga la tele, si no se oye, mamá, en que lea un cuento o juegue a las construcciones, me aburro aquí dentro, mamá, él se ha empeñado en supervisar de cerca al extranjero. Ponte una gorra por lo menos, hoy hace mucho calor. El extranjero no lleva gorra, ni pañuelo, ni nada, su pelo crespo y casi rubio brilla a la luz distorsionada del mediodía. Su nuca es una piedra oscura. El extranjero apenas habla español, ¿quieres una limonada?, por favor, descansa un poco, ya casi has terminado, y por fin acepta. Sobre la mesa Sofía dispone los víveres y despliega el buen hacer de las señoras de casa, aliviando la sed de los trabajadores. ¿Quieres sentarte? Pero claro que no quiere sentarse el extranjero, se limita a beberse de un golpe el líquido, entre sus labios se pega como un insecto la hoja verde de la hierbabuena, con los dientes la arrastra hacia el medio de su boca, la mastica y la traga. ¿De dónde eres? Sofía lo mira un poco embobada, como si nunca hubiera tratado con un obrero, como si nunca hubiera aliviado la sed de un hombre joven.

Está nerviosa porque de pronto la asusta que todo ese desastre nuclear tenga que arreglarlo ella sola, que el tipo, cuando destroce la

última línea de baldosas, recoja su arma de fuego y se vaya por donde ha venido. Le llena otra vez el vaso de limonada y anima a Leo a
que también él la beba, pero no me gusta, mamá, está picante, yo
quiero zumo o mejor batido de chocolate. ¿De dónde eres?, repite,
y teme que el extranjero sea mudo, que no vaya a hablarle jamás. El
tipo abre la boca y con una voz de flauta, una voz extraña para un
obrero, contesta: Rumanía. ¿Y no hablas español todavía? Un poco
sí. Sofía espera que ese poco sea suficiente para que entienda que
debe ayudarla a recoger toda la porquería, ahora piensa en que Leo
puede cortarse los pies descalzos con las esquinas punzantes de las
baldosas. Levanta el plato con los canapés y se lo acerca al extranjero,
que primero lo rechaza y luego, temeroso quizá por la mirada ansio-
sa de la mujer, lo coge entre sus manos duras y sucias como si todo
fuera para él solo. ¿Puedes prestarme la máquina? Leo le repite esta
pregunta tres veces a su héroe, muy rápido, con la cara levantada
hacia lo alto, con las pupilas brillantes, ¿puedes prestarme la máquina? El extranjero lo mira sin entender, con el plato entre las manos,
y es Sofía la que disuade al niño y le riñe, ¡Leo, es su herramienta de
trabajo, eso no es para jugar! Pero si no la voy a romper, mamá, si él
me enseña yo puedo hacer ese ruido un ratito. Leo, la máquina es
casi tan grande como tú, cariño, le dice Sofía más suave, impaciente
por acabar con la situación, con la obra, con los desperdicios, impaciente por ver crecer el limonero y las margaritas y los geranios. El
extranjero deja el plato en la mesa y no coge ningún canapé. ¿Puedo
el baño?, pregunta. Sofía lo lleva hasta el cuarto de baño y lo ve desaparecer, cerrar la puerta, y se queda ahí parada, imaginando cómo
el hombre levanta la tapa del váter, se la saca y mea, pero no hay
ningún ruido, no oye el golpe de la tapa al chocar, ni el chorro
de orina, solo silencio, durante demasiado tiempo, y está a punto de

poner la mano en el pomo de la puerta, está a punto de hacer algo, ni siquiera se da cuenta de que mientras tanto Leo se ha acercado al martillo, lo mira con deseo, llega a tocarlo, el martillo hirviendo por el trabajo duro de toda la mañana, acaricia su manillar de motocicleta, no se atreve a tocar la punta afilada destructora de cráneos de titanosaurios, pero en ese momento se oye a través de la puerta del baño el ruido del agua del lavabo, el extranjero debe de estar lavándose las manos antes de mear y Sofía se relaja, ahora sí, ya oye la tapa del váter, ya el mundo es previsible de nuevo, un potente chorro cae con ruido de manjar, líquido benévolo con sabor a limonada, a fatiga. Leo pone un dedo en el metal hirviente, en la punta del martillo, y se quema. El martillo está vivo y es de fuego. Se guarda el grito y envuelve el dedo chamuscado en la tela de su camiseta. Se esconde. Cuando el extranjero sale del baño, casi se choca con Sofía, que sigue ahí, los brazos caídos, la carne leche de sus hombros, la cara enrojecida de vergüenza, sin bolsas, sin costuras.

Leo está hablando por teléfono con su padre, apoyado en la reja, mirando hacia la calle. Agarra el móvil con las dos manos y lo aprisiona además con la cabeza ladeada, juntándola con el hombro, sosteniendo el teléfono casi con todo el cuerpo. Le está contando que ha visto un martillo demoledor y que le encantaría tener uno. Luego comienzan los monosílabos distraídos, que suelen corresponderse con la hilera de preguntas sobre su bienestar: ¿te encuentras bien?, ¿cómo está mamá?, ¿estás comiendo bien?, ¿duermes bien?, ¿duermes solo?, ¿estás haciendo ejercicio, bañándote en la playa?, ¿tienes ganas de que nos veamos?, cuando llevan hablando cinco minutos más o menos, uno de los dos se aburre o se pone triste, y cuelgan sin remordimientos. Leo le devuelve el teléfono a su madre,

que está sentada en los escalones de la entrada, fumándose un cigarro y tomándose el último vaso de limonada. ¿Puedo ver la tele
ahora? Venga, ponla un rato. Ahora cenaremos. Leo corre hacia dentro y ella grita: ¡hay que bañarse! Tienes todo el pelo lleno de polvo… Pero en realidad le gustaría que no hubiera que hacer nada más
ese día, que el niño se durmiese en el sofá viendo la tele y sin cenar,
que ella pudiera acostarse también así, con los dedos de los pies
blancos de cemento molido, con el sudor pegado a las axilas, al
cuello. Observa el resultado del trabajo del extranjero y siente alivio.
En cuanto hubo terminado de machacar las baldosas y la capa de
hormigón correspondiente, con cuidado de no romper lo que no
tenía que romper, el extranjero había sacado de entre sus materia-
les una pala y unos sacos para echar desperdicios, y con habilidad
había ido recogiendo los destrozos, separándolos de la tierra dura
y grisácea que ahora recibía la luz. Después había pedido una escoba y había barrido. Justo cuando estaba acabando, llegó el patrón con la furgoneta, recogieron y se fueron. Ha sido todo tan
rápido. Al día siguiente el chico levantará un pequeño bordillo que
delimite el terreno y removerá la tierra para poder empezar a plantar. Todo muy fácil. En poco tiempo tendrá algo de lo que ocupar-
se de verdad.

Entre sus manos está el móvil que su hijo le ha devuelto antes
de salir corriendo a encender la tele. Ella también lo mira buscando algo con vida allá adentro. Tiene que ponerse a hacer la cena y
a preparar el baño, pero enciende otro cigarro, busca un número
en la agenda y llama. Le contesta de inmediato esa voz oscura y
acogedora. Se pone roja nada más notarla en su oído. Te llamaba
para decirte que ha ido muy bien. Para darte las gracias por el
contacto. El hombre habla y ella sonríe, en realidad no sabe qué

más contarle. Él le pregunta que cuándo van a volver a verse y ella se muestra indecisa. Al final no quedan en nada. Ya hablaremos, se despide ella. Ya hablaremos, repite él. Típica conversación absurda que la hace feliz, típica nada conmovedora. Luego llama a su hermana, que no contesta a la primera. Por inercia, repite la llamada, dos veces más, y a la tercera Rita coge por fin el teléfono. ¿Dónde estás, vienes a cenar? Estoy en casa, Sofía. ¿En tu casa? ¿Te has vuelto a tu casa? Rita se calla. A Sofía le arde de pronto la oreja donde tiene el teléfono pegado, se lo cambia. El cigarro se acaba como por arte de magia, también le arde la garganta. ¿Pero qué te pasa? ¿Por qué te has ido? ¿No vas a volver? Sube un poco la voz, el tono entre la súplica y el ansia. Rita habla desde muy lejos: estoy harta de estar allí. ¿Es por el jardín? Claro, el jardín, sus patrones, el hombre que vende sal, la casa del padre, la separación, en realidad nada está en su lugar y además tiene los pies hinchados. Rita se ríe al cabo de unos segundos, quizá puede oír la respiración volcánica de su hermana. No es por el jardín, joder. Es por todo. ¿Desde cuándo se nos da bien vivir juntas? Pero es que ahora… Leo… Leo qué, Leo es tu hijo y lo sabes cuidar perfectamente. Es la voz endurecida de su hermana pequeña, el pájaro violento que a veces vuela a ras, el pico afilado contra la roca, plumas apelmazadas, acaba de pasarle rozándole la sien. Nos vas a dejar solos. Joder, eres tan tremendista, no te aguanto. Sofía no quiere llorar porque sabe que empeorará las cosas pero al final llora, esperando que Rita cuelgue el teléfono o le grite, pero no ocurre eso. A lo mejor está colocada y por eso suena tan desde lejos, hablando tan lentamente. A lo mejor está con alguien y se está haciendo la dura. Sofía, ya te llamaré. Y no llores, joder, que no es para tanto.

Enciende otro cigarro. Tiene que preparar la cena, tiene que llenar la bañera, cantar una canción, frotar la espalda de su hijo, limpiar la arenilla detrás de las orejas. A sus pies hay un par de moscas muertas, vencidas por el largo aleteo del día.

Fue una tarde de verano, más allá de la hora de la siesta. ¿Quizá ya era de noche? Estábamos los cuatro en el salón de la casa de los abuelos, en el pueblo. Esa era nuestra casa en verano, lo fue durante muchos años. Pero no era nuestra por propiedad, sino porque era la casa de los abuelos, y ellos eran el eje fundamental alrededor del cual giraba nuestra vida. Los abuelos tenían ese algo irradiador, mitad fiesta mitad obligación, mitad amor mitad logística doméstica, que hacía que la tribu se condensara, se proyectara a través de ellos. Los abuelos maternos, el símbolo más potente y natural del amor fraternal. Estábamos los cuatro en el salón de la casa, repartidos por los sillones y los sofás tapizados de falso raso que resbalaba constantemente. No había adultos; ni abuelos, ni tíos, ni padres. Solo ellos dos y nosotras dos. Eso de que no había ningún adulto es un decir, porque el mayor de ellos era ya bastante grande. No recuerdo su edad, aunque podría echar cuentas. Pero da lo mismo. Era grande, alto, muy alto, oscuro de piel, un poco con cara de negro, alargada y bulbosa. Un adolescente crecidito. No sé a qué jugábamos, probablemente a nada. ¿Era la última hora de la tarde, era de noche? Había una especie de paz, la condescendencia que se daba siempre que ellos compartían el tiempo y el espacio por vocación. El otro hermano, el menor, también mayor que nosotras, creo que estaba sentado en el suelo y apoyado en la mesa baja, con una postura como de barra de bar, la misma dejadez, la misma tensión acechante. Esa media sonrisa en su cara de rasgos duros, rectos. Su piel más blanca y su pelo más negro. Y supongo que yo andaba ahí parada, en cualquier lugar, conmovida por ese tiempo de tregua. Esperando también acometer la siguiente acción, dejándome llevar por ellos, que eran quienes llevaban las riendas. Ahora les tocaba querernos. Teníamos que dejar que nos quisieran, que jugaran con nosotras. Estábamos allí los cuatro y todo era normal. Son nuestra familia, nos protegerán, nos enseñarán la vida. Ahora que no gritan y no se burlan. El mayor, tan alto, tan casi adulto, cogió a mi hermana en brazos. Mi hermana, ese animal delgado y de pelo lacio negro, pelo como cortina de agua, pelo seda. Mi hermana, que pesaría apenas unos quince kilos. ¿Qué son quince kilos para un adolescente? ¿Cuántos años tendría ella, tres, cuatro? El mayor la cogió en brazos, su prima más pequeña, su juguete. Yo los veía desde abajo. Mi hermana era una muñeca en los brazos del gigante, que la aupaba con cariño. El otro hermano, el menor, parecía observarlo todo desde su lugar de francotirador. Podría haber tenido un palillo en la comisura de los labios, un sombrero de vaquero. Él era mucho de destrozar palillos con sus dientes afilados. Los bracitos y las piernecitas de mi hermana, ¿lo he dicho ya?, eran muy delgados. Debía de pesar tan poco. ¿Confiaban sus ojos? ¿Estaba sonriendo? Claro que confiaban, claro que sonreía, porque el mayor, tras hacerle un par de arrumacos, empezó a levantarla en el aire, y eso les gusta a todos los niños. Todos los niños se ríen cuando los lanzan al aire y los recogen para lanzarlos de nuevo. Así que mi hermana volaba, empujada por los brazos de nuestro primo mayor, el primero en nacer, el primer nieto, el primer sobrino, nuestro primo mayor que ahora estaba de buen humor y se reía con la boca abierta mientras mi hermana subía y bajaba, la tela de su ropa ondeando en el aire cargado del salón de la casa de verano, ¿iba de morado, de verde agua?, ¿qué llevaba puesto?, ¿un vestidito, unos pantalones cortos y una camisa alegre y noventera?, mi hermana volaba como todos los niños pequeños vuelan en los brazos del más fuerte, allá arriba, cada vez más arriba, y se reía, y quizá en algún momento sintió que ya era hora de parar, que ya estaba bien, quizá incluso se estaba mareando, no lo sé, no recuerdo su cara bajando y subiendo en el aire, sí recuerdo perfectamente su cuerpo, su liviana animalidad, allá arriba, dejada de todos, subiendo, rítmicamente, el forzudo no se cansaba, creo que a su hermano le entró la risa floja, un poco canalla, supongo que todos reíamos, nosotros dos desde abajo, mirando la escena, mi hermana volando, volando, hasta que su cabecita subió tan alto que dio contra el techo, pum, fuerte, con violencia, pum, el cráneo de mi hermana de tres, cuatro años chocando contra el techo, de tan arriba que la había lanzado, y entonces la escena se para, se interrumpe, y ella llora, pero llora con estupor, no con drama, llora de susto, sin entender, y él la recoge abruptamente en los brazos, con una risa sin nervio, la risa del qué te creías, la risa del así es más divertido aún, y su hermano desde debajo de pronto agarra el testigo, de pronto lo divertido es que mi hermana se haya estrellado contra el techo, de pronto todo lo anterior ha sido construido para llegar a ese fin, todo el juego, el cariño, las horas de los primos, nada tendría sentido sin este premio de cabeza de cuatro años chocando contra un techo, pum, a que duele, y se ríe más alto el hermano menor, y se ríe más alto el hermano mayor, con el soniquete del no llores que no ha sido para tanto, y deja a mi hermana en el suelo, como un despojo, sus bracitos y sus piernas, las manos en la cabeza, las lágrimas que imagino en su cara, y ellos siguen riendo, y yo río también, porque así es la vida, porque no pasa nada, río con miedo pero río con ellos, nerviosa, falsa, y no abrazo a mi hermana, y ya no sé qué más pasó, solo que yo también reí, como una tonta, yo, la traidora, yo.

Julio. Lo siento, es un poco tarde. No, el niño está bien, está dormido. ¿Estás con alguien ahora mismo? No, no, solo es por saber si puedes hablar. ¿Tienes sueño? ¿Qué película estás viendo? Déjalo, está bien. Hablamos mañana. Tienes la voz… Bueno. No sé. No, no estoy bien. Mi hermana se fue hace unos días. ¿Cómo que ya lo sabes? ¿Has hablado con ella? ¿Te ha llamado ella? La has llamado tú… Ay, no sé. Se ha ido porque no estábamos bien, bueno, ella no estaba bien, pero yo pensaba que sí, empezó con sus rarezas, se puso ostra, no sé, creo que hacíamos mucho ruido y no podía trabajar, pero no era para tanto, solo el día que vinieron a quitar las baldosas, ese día se fue, pero yo creía que estábamos bien, llevaba unos días muy callada y no se iba con el niño a la playa ni al pueblo… No, no quería que estuviera aquí para eso, pero no habíamos discutido… Pero ¿qué te ha dicho? ¿Tú sabes por qué se ha ido? ¿Por qué has hablado con ella? No, Julio, no estoy intentando controlar tu vida ni la de mi hermana. Sí, tendría ganas de volver a su casa, yo no soy el alma de la fiesta ahora pero… en realidad no quiero estar sola con Leo. Claro que yo me fui, qué iba a hacer, ¿quedarme allí, en casa, mientras tú te follabas a gente en ese hotel de mierda? No, no tengo problemas de dinero, no te llamo por eso. Julio, el niño sí está bien, te lo he dicho antes. Ya, la familia no me sentó nunca bien, ni a ella tampoco. Es que hay como una plaga de moscas. Sí, y de hormigas también. No estoy exagerando, joder, por el día es asqueroso, hay muchas. No puedo estar en la playa todo el día, el sol me hace daño. Es una tontería, claro, todo lo que digo es una tontería. Tienes sueño y te importa un carajo todo, ¿verdad? No, no quiero que vengas antes a llevarte al niño, quiero que vengas cuando hemos acordado. Solo es que mi hermana se ha ido y estoy preocupada por ella, por ella y por mí y por Leo. No te estoy reprochando nada ahora. Bueno, claro que puedo hacerlo, en el fondo debería hacerlo en vez de contarte mis penas. No he vuelto a llamarla, porque ella tampoco me ha llamado a mí. Julio, no sé. A lo mejor podías venir a vernos. Ya, no te parece una buena idea. Muy liado, claro. ¿No quieres ver a tu hijo? Hace semanas que no ves a Leo. Yo me lo llevé porque te fuiste de casa. De puta madre. Ah, no quieres verme a mí, claro, porque te he jodido la vida, ahora soy yo quien te ha jodido la vida. ¿Qué te ha dicho mi hermana? ¿Por qué te ha llamado? ¿O por qué la has llamado tú? No tienes que hablar con ella de Leo, tienes que hablar conmigo de Leo, o con él. ¿En este estado? ¿En qué estado? No tomo demasiadas pastillas, vete al carajo, estas pastillas no hacen nada. Vete a la mierda, no quiero que vengas, no sé por qué te he llamado. Ah, es normal que me sienta sola, como si me lo tuviera merecido, ni siquiera sé estar sola con mi hijo, claro, eso es lo que me pasa. Que no sé estar sola con mi hijo. No, yo no he dicho eso. Que no he dicho eso. Eres un mierda, Julio. Un hijo de puta.

Leo sale del agua temblando, los labios finos color morado, su cuerpo cubierto por esa película brillante del mar, corre hacia su madre y la abraza, los brazos alrededor de sus caderas, la madre sostiene estoica la postura y lucha para no rechazar al niño mojado, frío, que la rodea y la moja y la enfría, la piel de ella embadurnada de crema, abultadas las ingles por el elástico del bikini, pone sus manos secas sobre los omoplatos del niño que tiembla y refriega, luego lo conduce bajo la sombrilla, lo envuelve en una toalla, lo obliga a sentarse en la silla de plástico para que no se llene de arena otra vez, saca de la bolsa un recipiente lleno de picotas, le ofrece al niño, se las mete en la boca, cuidado con el hueso, la carne de las picotas se destiñe en sus dedos, los manchan, parece que para siempre, la boca del niño ya no está morada de frío sino de picotas, el niño escupe el hueso que la madre recoge, tibio y jironado de fruta, quiero patatas fritas, pero la madre le mete otra picota en la boca, patatas fritas, mamá, y cae una saliva púrpura desde el labio a la barbilla, y es el niño quien saca una de sus manos de debajo de la toalla y se limpia con el dorso, mira, sangre. En la sombrilla de al lado hay una pareja de abuelos haciendo crucigramas, sentados en sus sillas a la sombra. Son los vecinos de la casa de al lado, ya están morenos como cocos, con esa piel de cuarteo que recuerda el sol del inicio del mundo. El viejo los mira y sonríe, está buena el agua hoy, ¿verdad?, y su dentadura postiza se mueve un poco hacia los bordes de la boca. Aunque está bajo la sombrilla, lleva puesta la gorra. La señora mantiene su pelo cardado intacto, dormirá seguro con redecilla, jamás se moja la cabeza en el mar. Leo les sonríe también porque los vecinos tienen una pequeña piscina en el jardín y a él le encantaría que lo dejaran bañarse en ella por las tardes, cuando tiene calor y su madre hace patrones y cocina semillas y verduras al vapor y no quiere que salgan, no lo lleva a la playa y él no tiene bici ni nada y solo se entretiene con ese pedazo de tierra preparada que hay ahora en la terraza, los surcos, los plantones, todo lo que no debe tocar, no debe destrozar la siembra. Busca gusanos. Pone trampas para moscas, que caen fácil, luego cuando están muertas las mete en un bote, querría bañarse en la piscina de los vecinos, porque los vecinos casi no la usan, solo el viejo a veces hace unos largos, escurriéndose luego en el borde, secándose la cara y la calva con la toalla con energía, sus tetas caídas moviéndose al compás de los brazos.

Sofía no quiere socializar con los vecinos. Le ha dicho a Leo que los conoce desde que era niña y que son unos cotillas. Contesta con monosílabos y en vez de sonreír estira la boca y alza el cuello, se ocupa con ahínco de su hijo, no tengo patatas fritas. Y esto lo dice flojito, pero muy seria, para que los vecinos no se enteren de que el niño quiere patatas fritas y ella no se las da, porque entonces en cuanto pase el hombre con el carrito cantando las patatas fritas y los camarones, el viejo se levantará y le comprará al niño dos paquetes con una sola moneda. Pero el viejo no dice nada de las patatas: ¿vas a ir a la feria hoy, Leo? ¿Te vas a montar en los cacharritos? Entonces Leo mira a su madre muy intensamente, con los ojos abiertos de susto, de por favor, de mamá, mamá, mamá, y Sofía gira la cabeza hacia los viejos y ahora sí les sonríe con toda la boca, ensanchando los labios secos por el calor, los dientes manchados de sangre de picota, los ojos picantes por la crema y el sudor, el asco de la playa al mediodía ahora que las temperaturas han subido, la vieja levanta la vista del crucigrama que no puede ser otra cosa que una sopa de letras y con su voz quebrada de abuela solitaria dice las fiestas ya no son lo que eran, pero los niños siempre se divierten, a los niños hay que llevarlos a la feria, y mira ahora al mar, quizá a un punto de la orilla, borroso por el esfuerzo de encontrar las palabras alineadas en el papel gris, sucio, los niños son los únicos que se divierten, bueno, y los borrachos, y regresa a su mutismo, y el viejo asiente, con la cabeza como elástica, todo el tiempo ha estado asintiendo, mamá, dice Leo, mamá, primero flojito y luego un poco más fuerte, mamá, y el viejo repite qué, machote, ¿vas a ir a la feria hoy?

Las calles engalanadas no son las mismas que en su infancia. Ahora el recinto ferial se ha extendido hacia un parque gigante y desarbolado que hay junto a la playa, detrás del centro. Sofía camina por entre las casetas, los puestos de juego y las atracciones como por un pasillo de espejos deformantes. Las luces estroboscópicas, el completo escándalo de altavoces, la aglomeración, el gentío displicente y orgulloso. Cuando ella era una niña, las fiestas se hacían solo en un par de calles, en la avenida que había detrás del ayuntamiento, donde en un antiguo y comedido parque se colocaban los coches de choque, el barco vikingo, la pequeña noria. Algodón dulce, churros con chocolate, camiones que se convertían en bingos de feria y pregonaban los perritos piloto, ¿no era todo mucho más accesible? Pero ella ha cambiado tanto desde entonces. No es un ser fraternal, no es un ser con una conciencia social permisiva, no sabe divertirse. Agarra a Leo de la mano como si se aferrara a una cruz, en el fondo es una especie de penitencia lo que está haciendo. ¿Cuándo llevó a Leo a una feria por última vez? ¿Es posible que nunca lo haya hecho? ¿Qué opina Julio de esta algarabía que a ella le repugna, de esta chabacanería orgullosa, dispuesta por la municipalidad para el placer del pueblo llano? ¿Qué hay tan simple como celebrar las fiestas de tu pueblo, vestirse de gala en verano, gastar dinero con arrojo, adorar a una virgen que navega por el mar, subir a un palo engrasado y cazar el premio entre los jalones de la muchedumbre? Es un instinto como otro cualquiera. Al pueblo hay que divertirlo, hay que engordarlo de vez en cuando, ponerlo ebrio, enfangarlo con sus mejores ropas. Leo lo observa todo con el mismo entusiasmo radical con el que miraba el martillo demoledor. A su niño tranquilo, su niño pacífico y educado, no le molesta el ruido, por lo que se ve. Genera en él una especie de hiperactividad, un frenetismo atávico. Ella se apena, no es capaz de naturalizar el sentimiento: su hijo es un niño normal al que le gustan los follones. Como a todos los niños.

Ella camina por entre la gente, mirando a un lado y a otro con los ojos más abiertos de la cuenta, con la nariz congestionada por el azúcar quemado del ambiente, por el humo de las bombillas a punto de explotar, el calor de los generadores. ¿En qué momento se perdió el romanticismo de la feria de un pueblo? Recuerda algunos bailes adolescentes en la plaza, al compás de una orquesta sencilla. Pero esto de ahora le parece la construcción histérica del ansia de la provincia. Las familias pasean como en otra dimensión, distinta a la de ellos, otro tiempo, otra sensación gravitacional: son gallos de feria sacando a su tribu. En los cuellos brillan las joyas gruesas, en las orejas los zarcillos gigantes, las rayas que delimitan los ojos suben hasta las sienes y el blanco es el color predominante (con tachuelas, con encajes, con flecos) para las ropas recién estrenadas, contrastando con las pieles amadas del sol, con las duras carnes, con las blandas carnes. Y el ruido. Y las caras oscuras que se carcajean, los hombres bebiendo en las casetas, las mujeres bebiendo en las casetas, los niños bebiendo en las casetas, la homogeneización de la diversión, del esparcimiento, platos de plástico llenos de trozos de adobo, gambas blancas amontonadas en bandejas, grupos que devoran aquella fritanga. Todo el mundo se ríe alrededor. Abuchean. Se saludan como si jamás se hubieran visto. Como si hubieran vivido encerrados en una cueva hasta el día de hoy, el día de la patrona, la santa fiesta obligada del rico y del pobre.

Leo señala las luces intermitentes del fondo, los colores zigza-
gueantes de los cacharritos. Coches de choque, mamá, ¿puedo? ¿Vas
a montarme? Y Sofía tira más aún de la mano del niño y lo pega a su
costado, está a punto de reñirle, ¿por qué habría de reñirle?, ¿por ser
un hedonista más?, ya llegamos, le dice, ya se acaba su vía crucis, y en
ese momento un par de adolescentes de metal pasan corriendo a su
lado y uno de ellos choca contra su hombro derecho, y la empuja, y
ella pierde el equilibrio y estúpidamente cae al suelo y como tiene
agarrado a su hijo con demasiada intensidad, con una postura rara
apretando no ya la mano sino el brazo de Leo contra su regazo, cae
también el niño, ella se raspa la rodilla contra el bordillo, se hace
daño, pero Leo no se lastima, golpea sus huesecillos contra el pavi-
mento pero es apenas un segundo, un resorte le hace separarse de su
madre y saltar y al momento estar otra vez en vertical pero no dice,
como siempre que se cae él solo, por cualquier imprudencia, no dice
no me ha pasado nada, mamá, no me he hecho daño, no dice nada,
mira a su madre con recelo, parece que se separara de ella unos pasos,
hacia atrás, para observarla con distancia objetiva, con una mínima
repulsión sentimental, su madre, enrojecidas las mejillas, los labios
fruncidos, su madre, un poco más gorda, más robusta, abrazándose
la rodilla dolorida, la otra rodilla aún hincada en el suelo, mirando
alrededor con los ojos tan abiertos, buscando a alguien o cercorán-
dose de que nadie la está mirando. Pasa a su lado la gente, las mujeres empujan los carritos, los hombres empujan los carritos por un día,
niños demasiado grandes en ellos, con lazos en la cabeza también
demasiado grandes, con encajes, con tachuelas, con flecos, niños
adormilados por la feria, saciados ya de vueltas y de pringue, Sofía
desde el suelo ve muchísimos de ellos, de pronto le parece que todos
son carritos de bebé, carritos y niños, y alguna que otra pareja joven,

ella con un vestido rojo, ajustado, marcando pistoleras y pechos, un vestido que sube hasta casi la ingle, él con el pelo pincho, con la camisa blanca que cincela sus bíceps y sus dorsales, pantalones largos y unas sandalias de suela demasiado gruesa, la pareja joven, deslizándose entre el gentío, con la cara de desidia de haber follado un rato antes, con rostro retador, Leo mira a su madre desde un lugar prudente, y detrás de su madre está el puesto de tiro, salón de tiro deportivo se llama, aunque él no puede leerlo, pero puede ver cómo un padre abraza a su hijo dirigiéndole la punta del rifle hacia la diana, sobre sus cabezas cuelgan ahorcados una hilera de muñecos de peluche de colores fosforescentes, el dueño del puesto es un señor gordísimo que viste una camiseta inmensa de algodón mil veces lavado y tiene la mirada puesta en algún lugar más allá del mundo, Leo querría ser ahora ese niño que dispara y que tiembla con el impacto, chocando con el cuerpo de su padre que lo protege. Sofía se levanta por fin, se tambalea, recupera el control, el reguetón abominable la ensordece, agarra de nuevo a Leo, lo arrastra sin oír sus súplicas, mamá, quiero disparar, en lo más profundo siente que ese niño no es suyo, no, vamos a comer algo, me muero de sed, vamos, y lo dirige, envalentonada, hacia la explanada donde están dispuestas las casetas para comer y beber, en medio de ellas un gran escenario donde un hombre con una camisa rosa y pantalones blancos canta testarudo un pasodoble, así que todavía se bailan pasodobles en las ferias, cuatro o cinco parejas de viejos se abrazan en la pista, algunos niños dan vueltas, Sofía se sienta en la primera mesa libre, Leo llora muy enfadado a su lado, pero sin hacer ruido, solo los ojos encharcados, pellejitos de atún, cazón en adobo, albóndigas de choco, hamburguesas.

Sofía se apacigua con el tinto de verano, consigue calmar a Leo con una fanta de naranja, azúcar refinado reactivando la serotonina.

Ha estado a punto de doblarse la dosis de ansiolítico después de la caída pero finalmente decide aguantar, no pasa nada, se repite. Por si acaso, mientras Leo mastica feroz un perrito caliente y ella marea unas patatas fritas, escribe un mensaje, estoy en la feria, y ya está, nada más, eso debe de ser suficiente, puede interpretarse como una llamada de socorro o una simple sugerencia, eh, hombre de las salinas, estoy en la feria, he venido a pasármelo bien, estoy muerta de miedo, muerta de asco, por favor, ven, sácame de aquí. Después de eso le resulta muy difícil no mirar el móvil cada cinco minutos. Accede a montar a Leo en los cacharritos, sabe que no puede sacarlo de allí sin darle algo a cambio. Se decide por una especie de parque de bolas vertical, instalado, como casi todo, en un tráiler. No da vueltas y su hijo tiene menos posibilidades de salir despedido por los aires o de electrocutarse. Leo se lo pasa en grande allí dentro, sube, se desliza, se tropieza, cae, se ríe, olvida el salón deportivo de tiro. Al lado está el tren de la bruja y Sofía se cubre de gloria maternal montándose con Leo. Cuando están en movimiento, ella tiesa y acobardada por los escobazos y la repentina oscuridad, avergonzada, al salir al exterior busca con la mirada al hombre de las salinas, quizá, quién sabe, la está esperando por ahí, ha acudido en su búsqueda, sin que se lo haya dicho sabe que ellos están ahí, en el tren de la bruja, Leo se agarra a la cintura de su madre gritando de alegría, se suelta y levanta las manos para defenderse de los escobazos, no puede parar de reír. Sofía, durante unos segundos, consigue olvidarse de todo, y al ver la cara sonriente de Leo, los ojos rasgados de dicha, sus dientecitos blancos brillando en medio de los labios mojados, la maravilla de la cara de un niño de cinco años cuando no puede parar de reírse, cuando no existe nada más que la risa, ese agradecimiento natural que desprenden los niños al reírse, al ser felices, esa especie de entrega del material inflamable de la alegría, al mirarlo, durante unos segundos, y estrecharlo junto a su cuerpo, le parece que el mundo encaja bruscamente de nuevo, que ella ha recuperado la normalidad, que no pasa nada, no está sola, no va a morirse, no va a sufrir un ictus justo en este momento, dejando a su hijo traumatizado, no se ha ido su hermana, ni su marido se ha ido de casa, o no pasa nada si eso es precisamente lo que pasa, no importa, durante un segundo es capaz de apresar la alegría simple y palpitante de su hijo y tragársela, como antídoto contra la desazón, como única recompensa a la maternidad.

Al regresar a casa atraviesan el recinto ferial y vuelven por la carretera del parque hacia la playa. Justo al final de todo, cuando ya va desapareciendo la gente, Sofía lo reconoce. Está de espaldas, se aleja hacia la feria, no la ha visto. Es él, su cuello ancho, una camisa oscura remangada y los brazos fuertes, el vello oscuro de los brazos, y uno de ellos, el izquierdo, rodeando la cintura de una mujer. Una mujer pequeña con un sencillo vestido verde de flores y el pelo teñido de rubio. Una mujer delgada y frágil, que conserva un andar adolescente. Su mujer, supone Sofía, la mujer del hombre de las salinas. Una mujer de la que ella no sabía nada, porque a lo mejor nada tenía que saber, porque nada interrumpe la colisión entre dos personas cuando sucede, sobre todo, y lo entiende en ese momento, cuando esa colisión no tiene más importancia que el sudor, que el tembloroso calor de una boca al atardecer, que el movimiento torpe de una pelvis, nada importa en la carne cuando la carne choca, lo demás es una entelequia. A Sofía se le revuelve el estómago. Sube por el esófago la quemazón, casi le llega a la boca, intenta tragarla de nuevo, bajar el fuego.

Caminan por donde ya no hay nadie y a lo lejos sigue oyéndose la feria y su tambor. Pero ese sonido se empieza a mezclar con otro, porque enfrente de ellos, en la gran explanada vacía de ese parque de cemento que hay junto a las dunas, se abre una nueva realidad. Medio centenar de coches aparcados toman la noche. Es otra fiesta, otra devastación. Los maleteros están abiertos, las puertas, los chavales dentro y fuera, sentados en los asientos, apoyados en los capós, desperdigados por las aceras donde también se desperdigan las bolsas de plástico llenas de hielo, las botellas de cristal, los refrescos de dos litros. Cabezas bien rasuradas, miradas henchidas de vida, de espinas, retadoras. Y los coches no son meros vehículos de transporte. Son máquinas de otra galaxia, naves espaciales al gusto del consumidor, potentes altavoces, terremotos de sonido, los compases electrónicos, la ralladura, la distopía musical. Sofía no es ajena a la electrónica, a las drogas de diseño. Pero esto la inquieta. ¿No tienen todos esos chavales menos de veinte años? ¿No tienen esas chicas dieciséis, quince, cuántos años tienen? ¿Tanta gente, tantos coches, tanta explosión? ¿Cuánto dinero vale tunear esas ruedas, esos maleteros, todo? Leo está cansado pero abre los ojos porque el espectáculo es digno de ver. Sofía, por esta vez, no siente miedo. Decide atravesar aquel bosque, cruzar con su hijo el futuro. No sabe quién de ellos es más zombi, si los de las pupilas como lunas o ellos dos, arrastrando los pies hacia la casa del padre.

Mi niño está solo jugando en un patio asolado desde que sale el sol. Yo leo algunos libros y leo poco porque mi mente está alta y desdibujada allá en el cielo alto y desdibujado del verano. Mi hijo me pregunta quieres jugar conmigo y le digo siempre espérate un momento, espérate que estoy haciendo cosas, espérate una infancia porque ahora no puedo, ahora. Yo quisiera poder pero no puedo. De pronto me erijo como una madre, solo me levanto de la tierra cada mañana como una madre y durante un día entero busco la manera de distraerme de eso: el abandono de mi pareja, el abandono de mi hermana, la muerte de mi padre, la huida de mi madre, mi propio abandono. ¿Qué puedo ofrecerle a él, el único que siempre me acompaña, el único que de verdad me necesita? ¿Qué hice todos estos años, qué tengo ahora para construir su mundo? ¿Qué puedo ofrecerle a él, niño aburrido, niño imaginación, niño? ¿Qué camino estoy trazando en su vida? No fui yo quien se fue de casa pero ahora todo es mi responsabilidad. Porque no importa al final quien clavó la bandera en qué levantamiento del terreno, quién apretó el cuchillo en la carne con ese movimiento final de valentía, quién dio la vuelta a la carta que llevaba posada media vida sobre la mesa, oscura como una promesa, un tesoro vacío: la verdad. Eso qué importa cuando durante años has arrastrado tu vida con suspicacia, sin el suficiente empeño, no basta con abrir las ventanas y ventilar cada mañana la casa donde te asfixias. Miro a mi niño jugar solo y me pesa el cuerpo. Estoy cocinando para él, limpiando el suelo de arena para él, para que sus pies no se manchen, estoy exterminando hormigas y poniendo veneno para moscas en cada rincón de este hogar de muerto, estoy todo el día ocupada en ser su madre y miro a mi niño jugar, mamá, quieres jugar conmigo, y no puedo, hijo, porque tengo que hacer cosas, y tengo que pensar, y recordar, y asumir que ya está, que ya he llegado a este momento, que la vida ya no es para mí, que no me queda suficiente tiempo, que hace siglos que destruí mi libertad por pereza, por melancolía aprendida en los libros, por cobardía sobre todo, esa cobardía de buena hija que llevé a gala desde pequeña, la incapacidad para el enfrentamiento, es mucho mejor el deterioro. Es mucho más sucio el deterioro. Es mucho más letal. Qué fácil era pensar que le daría un hermano a mi hijo, para que ese hermano me supliera, aliviara sus ratos de soledad, la carga mía que llevará siempre, para que ese hermano levantara junto a él un castillo en el que poder esconderse de mí, para que desde la torre más alta me lanzaran flechas y me las clavaran, no importa dónde. Qué fácil era pensar que las ruedas estaban bien asentadas en los raíles y que alguien empujaría el carro, a veces vagón de hierro, a veces estructura de madera sin techo y con una manta en el suelo. Qué fácil durante un tiempo olvidar la angustia y desechar ese sabor de rabia en el paladar, qué ajustado todo en su sitio, qué programado. Formar una familia es eso, convencerte de que ya solo queda empujar y escuchar el sonido metálico de las ruedas sin engrasar. A tu espalda, el mundo se va esfumando conforme avanzas. Cae el pasado al abismo, se desmorona la posibilidad de acción, la memoria de lo que un día pensaste que serías. Qué fácil pensar que no importa que juegue solo ahora, hoy no importa, mañana, porque tengo las manos ocupadas en la manutención de un hogar, en la limpieza de un hogar, en la destrucción de mi propio recuerdo. El palacio de la familia lo hará todo por mí, y llegará un hermano salvavidas, como si a ese hermano no hubiera también que salvarlo, como si ese hermano no pudiera también ser destruido por la desidia y el vacío. Ambos niños, el no nacido y el vivo, cayendo del carro, que ha perdido la puerta trasera en algún bache, el padre ya muy abajo, en el fondo del todo, y yo sola mirando al frente, ese lugar de la niebla, el futuro, sin querer escuchar el sonido de los cuerpos vaciándose, el aire rozando sus figuras estrechas, vaporosas ya, yo mirando al frente, sin querer darme cuenta de que nadie empuja nuestro tren, sin querer asumir que no hay raíles debajo, nada más que tierra seca, por eso sigue rodando el carro, porque no ha llovido, porque yo soy la única arena movediza. Mi niño juega en un patio de sol a sol mientras yo lo miro. Cuando se calla y durante un rato no me habla, no me cuenta lo que hace, no me pide que lo atienda y que viva la vida con él, yo abro el libro de Tsvietáieva que traje conmigo, pensando en que tras tantos años conseguiría volver a emocionarme por algo, volver a concentrarme en algo, y leo con espanto el pasaje en el que Marina cuenta cómo se deshizo de su niña pequeña, de esa niña a la que no quiso como se espera que una madre quiera a sus hijos. Le puso solo un vestido rosa y una sucia camisa blanca, y todo lo resistente y bonito lo llevaba la niña mayor encima cuando las llevó al hospicio donde les darían de comer mejor de lo que ella podía darles. Marina dijo con esta sopa de cebolla no puedo alimentar a ambas pero puedo alimentar a una. Marina dijo esa niña que no nació para que yo la recogiera en mi regazo, esa

niña. Y lo leo con horror y me escandalizo de que tuviera la osadía
de contarlo para que años después las demás madres podamos sen-
tirnos mejor, mucho mejor porque jamás haríamos eso, les daríamos
media sopa de cebolla a cada una, que se mueran las dos de hambre,
las demás madres que nunca confesaríamos un desamor semejante, las que no estamos viviendo en el Moscú de 1919, las que no tendremos jamás que escribir algo como esto: No puedo amar al mismo
tiempo a Irina y a Alia, para el amor necesito estar a solas, no lo
escribiremos porque ya estamos a solas, porque solo tenemos un
hijo, un hijo al que alimentamos con estruendo, con tesón, con
arroces ecológicos, pollo de corral, calabacines no transgénicos her-
vidos, pasitas dulces de vendimia responsable. Nosotras no tendremos que ir al orfanato a darnos cuenta de que la comida que allí les
ponen a las niñas es igual de parca que la que había en casa, de que
la desnutrición es la misma, de que se comen las lentejas una a una
para que así les duren más, no veremos sus cabezas rapadas y sus
ropas mugre, nosotras no sufriremos porque Alia tiene fiebre y pasa
frío, no veremos a Irina con los ojos duros paseando entre los camastros, como un nuevo animal rebelde y solo, uno al que ya hemos
abandonado, no tomaremos la decisión de sacar a Alia del hospicio
para salvarle la vida y dejar a Irina dentro y condenarla. No tendremos que escribir: La muerte de Irina es para mí tan irreal como su
vida. No tendremos que dejar constancia de esta frase: Ahora pienso
poco en ella, nunca la amé en realidad, siempre en la irrealidad.
Nunca seremos torturadoras de nuestras hijas pequeñas, esas hijas
que se mecen, que balancean su cabeza de corcho, nunca las aban-
donaremos y luego tras su muerte confesaremos en un cuaderno que
pasará a la historia que no las amamos. No tenemos esas hijas como
no tenemos revolución. No tenemos hospicio, no hay sopa de ce-

bolla. No somos tan valientes tan crueles como Marina, que escribió yo no tengo la culpa, yo no podía hacer otra cosa, aunque fuera mentira. No nos pasará eso. No a mí, que solo tengo un hijo al que amar. Nada más un hijo al que dejar solo jugando, solo uno al que vestir, al que alimentar, al que educar. Solo tengo un hijo. No habrá una Irina en mi vida. No volveré a ser madre y concentraré mis fuerzas en una sola destrucción.

Sofía está sentada en el váter. Mira hacia la puerta cerrada con pestillo, una puerta marrón un poco descascarillada ya por el borde inferior, hinchada por la humedad. Se concentra en un punto fijo de la madera, donde no ve nada, quizá un vacío, los ojos se le nublan. Ha terminado de mear y las piernas se le erizan, toda la carne de gallina. Se toca el clítoris, mojado por la orina, suavemente. Presta atención a los sonidos, Leo tiene puesta la televisión. Con dos dedos se frota, intentando agilizar la excitación, intentando volver a ese vacío del fondo de la madera, donde no ocurre nada. Piensa en sexo. Piensa en los brazos del hombre de las salinas, piensa en sus piernas velludas y en sus dientes. Piensa en su lengua asomando y en cómo su lengua podría estar ahora lamiendo el clítoris hinchado que ella se toca. Por un momento siente que puede correrse de inmediato, hacerlo muy rápido, salir ya al salón y hablar con su hijo. Pero se le escapa. Se levanta y los muslos, justo ahí debajo de las ingles, se empapan de líquido. Coge su cepillo de dientes del lavabo y moja el mango en el grifo. Vuelve al váter. Se toca otra vez, más suave, estira la espalda, echa la cabeza hacia atrás, cierra los ojos, introduce el mango del cepillo de dientes en la vagina, lo mueve en círculos con una mano y con la otra sigue estimulándose el clítoris. No consigue atrapar una imagen lo suficientemente potente en su cabeza, un recuerdo lo suficientemente poderoso, solamente la sensación de morbo y de rabia se concentra en su garganta, en sus ojos apretados. Se mete un poco más el cepillo, busca ese punto en la pared inferior de la vagina donde puede ocurrir el colapso, y lo encuentra. Sus muñecas se agitan ahora frenéticas, abre más las piernas sobre el váter, desea correrse dos veces, tres, quedarse ahí encerrada en el baño durante una hora, masturbarse sin parar, los pechos bajo la camiseta, sin sujetador, le escuecen, los pezones echan de menos una boca, un pellizco, el dolor previo a los orgasmos, frunce el ceño, un mínimo gemido sale de su garganta, un lamento, no querría estar sola ahora pero aprieta más el cepillo contra la vagina y desliza una y otra vez sus dedos alrededor del botón inflado y por fin llegan las contracciones, las piernas le queman, los muslos tiemblan, desde el tobillo se desliza un calor, ahí en su sexo todo se aprieta y se abre sin control, lleva una semana masturbándose un par de veces al día y esta es la primera en que le cae encima todo el dolor, el arrepentimiento, ese poco de asco de las corridas a solas cuando en realidad no se busca alivio sino salvación, esa nostalgia brutal del cuerpo lanzándose al vacío en un tiempo en que otras manos allá abajo lo retorcían, lo hacían polvo, sangre. Después del orgasmo es como si la televisión sonara más fuerte, quizá Leo ha subido el volumen, Sofía duda, ¿se le habrá escapado algo de la garganta? Se levanta, agitada, desvalida, abre el grifo del lavabo y enjuaga el cepillo de dientes antes de ponerlo de nuevo en su lugar, luego con el cuenco de una mano recoge agua y ahí mismo, de pie, se lava entre las piernas, algunas gotas caen al suelo, los muslos siguen pringosos cuando se sube las bragas y sale al salón.

Hola, mamá. Leo sonríe desde su mundo hipnótico. ¿Qué estás viendo? ¿No llevas ya mucho tiempo delante de la tele? Sofía se mete en la cocina, bebe agua, coge unas tortitas de arroz para el niño. Vamos a vestirnos, tenemos que ir al pueblo. No quiero ir al pueblo, mamá. Quiero ir a la playa. Sofía también se come una tortita. La mastica con pereza. Luego podemos ir a la playa, por la tarde. Tengo que llevar unas camisas a la tienda.

Arrastra a Leo hasta el pueblo, por el camino de eucaliptos primero, por la calle sucia después, pasan por delante de la tienda de bicis, cuándo vamos a alquilar otra vez unas bicis, pasan por delante de una heladería, cuándo vamos a comer un helado, mamá, pasan delante de un establecimiento de pollos asados, cuándo, mamá, un pollo asado con patatas fritas. Entran en la tienda de moda y complementos, la dependienta alaba las camisas, acaricia la tela como si fuera un gato, sí, qué buen corte, el acabado es perfecto, pero se queja del precio, ya no hay tantas guiris, ahora vienen los veraneantes de aquí, y no van a gastarse ese dinero, no es una marca conocida, por qué no las ponemos al precio de las otras prendas, Sofía se defiende, es que las otras que te traje eran mucho más sencillas, aquí hay más trabajo, he estado casi una semana con ellas, y la tela, claro, si yo te comprendo, pero no las vas a vender, y la dependienta arruga la nariz y mira al niño sonriendo, esa forma de zanjar asuntos, esa indolencia, ¿quieres un caramelo?, no, dice Sofía, sí, dice Leo, casi a la misma vez que su madre, tengo hambre, los caramelos no quitan el hambre, solo pican los dientes, la dependienta mira a Sofía alzando las cejas depiladas o quizá pintadas, quizá ya no le quede ni un solo pelo en las cejas de tanto arrancárselos, desde los catorce años arrancándose los pelos de las cejas y ahora ya solo le quedan cuatro o cinco en cada una y se los tiene que pintar con un lápiz de ojos marrón, si fuera original podría ponerse una expresión distinta en la cara cada día, hoy dulce mañana psicópata, todos los niños tienen que comer caramelos, para eso son niños, Sofía recoge sus camisas del mostrador y las mete de nuevo en la bolsa, arrugadas, con un gesto descarado de derrota, ¿te las llevas?, ¿no quieres que las ponga en venta?, no, voy a buscar otro sitio, otra vez las cejas de la dependienta en el aire, las cejas falsas subiendo por la frente con sarcasmo, ¿otro sitio aquí en el pueblo?, casi vuelve a sonreír, ya veré dónde, Sofía coge a Leo de la mano y se dirige hacia la puerta, Leo gira la cabeza hacia la mano de la dependienta, que extiende un caramelo de menta, o a lo mejor es de limón, no puede verlo porque su madre tira de él alejándolo del peligro, aguantándose las ganas de gritarle a la mujer, no se le ocurra, es mi hijo, yo educo a mi hijo, métase el caramelo por donde le quepa, vieja desgraciada, y sale por fin, sin decir nada, con las mejillas rojas, la boca apretada, los ojos hinchados. Podría llorar, ahí en la acera, otra vez, qué coño estoy haciendo en este pueblo de mierda, cada vez que vengo al pueblo me doy cuenta de que no pinto nada aquí, no tiene sentido, este sitio siempre fue cerrado, siempre hostil, antes estaba la familia, antes vivíamos en una burbuja de gente que viene a veranear, el ciclo de la vida en el calor, las sardinas asadas, las coquinas desenterradas de la orilla al atardecer, las horas largas de los veraneantes, papá, mamá, los abuelos, aquellas primas que venían del norte algunos años, el alboroto, los libros que leíamos sin parar en las literas, las cañas de pescar, las chanclas llenas de arena, la manguera que rociaba agua fría en nuestras espaldas. No pinto nada aquí, lloraría si pudiera, si no le diera vergüenza, si no supiera que tiene que ser fuerte delante de su hijo, siempre fuerte, estar siempre bien, algo que por supuesto no le sale, algo con lo que claudica día tras día, pero al menos no llorar en la calle, al menos que no la vea rendirse ante los extraños. Me apetece un caramelo, mamá, no sé por qué nunca me dejas comer caramelos. Las madres buenas dejan comer caramelos a sus hijos. Te tocó una madre mala, Leo, qué le vamos a hacer. Y los dos deshacen el camino hasta la casa, enfadados, molestos con la vida, andando muy juntos sin darse la mano.

Después de la siesta se han reconciliado. Leo nunca guarda un rencor, por algo es un niño, por suerte todavía lo es y no existe para él la distancia entre las emociones. Sofía ha intentado preparar una merienda divertida y le ha hecho el dibujo de una playa en un plato con los cereales. Leo se ha reído mucho y después ha hecho él otros dos dibujos y luego ha metido todos los cereales ya sobados en el cuenco de leche y ha añadido más, directamente del paquete. Sofía se ha tomado su tiempo en diseñar el paisaje con las bolitas de cereal, así que se siente en el lado positivo de la maternidad, el lado en el que no hay que reprocharse nada porque durante un rato se ha hecho lo debido. Además, va a llevarlo a la playa. Quizá incluso juegue con él a las palas en vez de sentarse a leer cerca de la orilla y observar cómo el niño hace castillos o se baña si la marea está baja, sin alejarse de ella. Y ahora nos vamos a la playa, le dice, y es como un premio. Un premio por no se sabe qué.

Ya de vuelta, casi con el sol puesto, los dedos de las manos húmedos y el transparente revoloteo de los mosquitos alrededor, Sofía le confiesa a Leo que ha tenido una idea. Va a vender las ropas que cose en un puesto ambulante en el paseo marítimo. Leo no lo entiende bien y su madre se lo explica. Pondrá una mesa y un burro con las ropas colgadas en perchas y venderá directamente a la gente que pasee por allí. El precio será más barato porque no habrá intermediarios. Lo dice con una voz especial, con la misma voz que le lee los cuentos. Está entusiasmada. Leo le pregunta, ¿es lo mismo

que los negros que van por la playa con las gafas de sol? ¿Vas a ser
una negra vendiendo ropa por la playa? Sofía abre la cancela con
energía, sin perder la sonrisa. No es lo mismo, Leo. ¿Por qué no es lo
mismo? Porque yo no voy a ir vendiendo por ahí, sino que me pondré en un lugar fijo y la gente puede pasar y mirar las ropas colgadas.
Es como una tienda al aire libre. Ambos se sacuden la arena de los
pies antes de entrar en la casa. Sofía ayuda a Leo a limpiarse entre los
dedos. Yo creo que es lo mismo, porque los negros llevan la tienda
como en una madera y la mueven donde quieren. ¡Lo de los negros
es mejor! No tienen que estar parados en un sitio, porque eso es
aburrido. Tú también podrías vender gafas, mamá. Yo te ayudaría,
por ejemplo diciéndole a la gente cuánto vale cada cosa. Sofía no le
contesta, entra en el salón con la sonrisa cada vez más deshecha,
dispuesta a hacer una cena nutritiva, a no rendirse todavía.

Entonces la noche ya está encima de la casa y es asfixiante. A pesar de la frescura que entra por la puerta abierta, del olor a sal que a
veces impregna el salón, la cocina, el dormitorio de Sofía, la sal que
lo envuelve todo, el ambiente cargado del mar. Leo no se duerme y
su madre le lee otra vez el mismo cuento, uno que él está a punto de
aprenderse de memoria, de tanto como se lo han leído, a veces con
el dedo recorre las líneas y repite algunas palabras. Sofía le levanta
un poco la voz al niño, amenazando con apagarle la luz. A dormir
ya, venga. Es muy tarde. Estás cansado. Leo se desprende del reproche ignorándolo: no estoy cansado, no me apetece dormir. ¿Por qué
no salimos a ver las estrellas como ayer? Es muy tarde, estás cansado,
la voz seca, cuarteada por la tensión. No estoy cansado, mamá, tú
estás cansada. Sofía se levanta y sale de la habitación.

Intenta masturbarse en el sofá, con las ventanas abiertas, cerrada
la puerta del dormitorio del niño. Esta vez ya no le sale, no consigue

excitarse. Coge el teléfono y está a punto de enviar un mensaje a alguien. Alguien del pasado también serviría, alguien que le dijera alguna cosa, una palabra llave o una palabra alivio. Se escupe en la mano y se toca, se mete los dedos en la vagina, dos primero y luego tres. Pero no pasa nada. A lo mejor se ha secado ya, ha agotado los orgasmos. El peso del aburrimiento le duele. Sobre la mesa el libro de Tsvietáieva, una libreta en blanco, el mando de la tele. Es muy temprano aún. No se puede dormir. ¿Qué día es, es fin de semana, es jueves? Se imagina que tiene doscientos años menos y está en esa misma casa, y sus padres cenan, tarde, y mezclan el vino con gaseosa, y de vez en cuando se rozan las manos oscuras por el sol sobre la mesa, al pinchar el picadillo, al volcar las cáscaras de almejas en el plato central, y su hermana pequeña está en el suelo, creciendo sin parar, se imagina que puede ver cómo sus piernas se estiran, pero aunque crezca sin parar no es libre como ella, y ella se ve claramente en el espejo del baño, lleva un top azul y la barriga al aire, una barriga que no es plana como la de sus amigas porque abulta un poco alrededor del ombligo, pero en su defensa ella tiene los hombros más robustos, redondos como huesos de mamut, y ahora brillan tanto, está tan morena, el top azul deja que se vean, su pelo largo y mojado los roza, los acaricia, se pinta los labios con brillo rosa, se ajusta bien los vaqueros blancos a la cintura, todo está como tiene que estar, es la hora de salir, la única hora de la verdad, el resto del día solo tiene sentido para esto, para apagar la luz del baño y coger el bolso pequeño de la silla junto a la puerta y ojalá deslizarse sin despedirse, sin que nadie le pregunte nada, ojalá esa familia tipo que está ahí sentada a la mesa, la hermana en el suelo mirando la tele, estirándose sin parar, ojalá fueran de cartón, que nadie le hablara, a qué hora vas a llegar, las caras de reprobación, la madre disimulando, el padre aguantando la resignación, ella a punto de huir, a punto de atravesar quemándose el camino de eucaliptos, a punto de ser alguien, afuera todo es perfecto, nuevo, todo irradia dolor, todo sirve.

Se imagina que Leo no estuviese en su habitación dormido y ella pudiese vestirse, cerrar la puerta de la casa, salir de noche, ejecutar algún baile, buscar un hombre. Fue intenso y divertido acostarse con el hombre de las salinas. Debería poder acostarse con alguien más. La vida le debería estar permitida. Suena el teléfono. Se asusta, pero no será tan tarde si su teléfono suena. Es su madre. Está a punto de silenciarlo y al final contesta. Hola, mamá, qué haces. La madre le pregunta lo mismo. Le pregunta cómo estás. Tiene una voz parduzca, como si le ocurriera algo malo. Pero Sofía sabe que no le pasa nada, solo que hace mucho que no hablan. Se incorpora en el sofá para no parecer deprimida. Tiene que parecer contenta, entretenida, pero es absurdo, es una piel de serpiente abandonada en un sofá. Está dormido el niño, claro. Sí, ya pronto vendrá Julio a recogerlo, no sé, en unos días. Se levanta, las piernas le crujen. Huele levemente a flujo vaginal, alrededor de su cara ese olor, claro, se metió los dedos que ahora sostienen el teléfono. En el frigorífico hay una lata de cerveza. La abre. Mamá, que estoy bien. No, no hace falta que vengas, si el niño se va a ir ya. No, mamá, no ya, en unos días, no sé cuántos; Julio está esperando no sé qué de sus padres. Además, ¿vosotros no ibais a hacer un viaje ahora? ¿Por qué no bebe cerveza más a menudo? ¿Por qué en vez de masturbarse varias veces al día no prueba a emborracharse? Pues no sé, mamá, cuando el niño se vaya podré hacer algo, y me iré a ver a mis amigos, claro, sí, iré a la ciudad, o yo qué sé, quizá venga alguien a verme. No ha venido nadie todavía porque no he invitado a nadie. ¿Crees que me apetece mucho ver a gente? ¿Crees que necesito que venga gente porque no puedo estar sola? ¿Qué crees, que no puedo estar sola con mi hijo? En realidad sabe que su madre no piensa eso pero se siente en la obligación de preguntárselo, de pronunciarlo, de reprocharle algo a alguien, especialmente a su madre, por qué no, a quién mejor que a ella. Vale, mamá, ya está. No me saques el tema de Rita, por favor, hoy no. ¿Qué dices de que no puedes hablar conmigo de nada, mamá? ¡Claro que puedes hablar conmigo! ¿Para qué me has llamado? La lata de cerveza se acaba, como por arte de magia. Busca en la despensa por si hay más, aunque estén calientes; puede meterlas en el congelador envueltas en una servilleta mojada y en un santiamén estarán frías, pero no, no hay nada. Casi nunca compra alcohol, como si no le gustara. Como si ella no hubiese bebido nunca. Es que no tengo nada nuevo que contarte. Cuéntame tú, en vez de enfadarte por todo. Vale, que ya sé que no te estás enfadando. Sí, yo sí me estoy enfadando. Yo siempre me enfado, mamá, ya lo sabes. Venga, ¿estás bien? Mamá, cambio de tema porque no nos estamos comunicando con los temas anteriores. Que no me estoy riendo de ti, joder. Venga, mamá. Que sí. Mañana hablamos. Suelta el teléfono encima de la mesa del salón, haciendo ruido, confirmando que la llamada ha sido cancelada por irrigación descontrolada de veneno. La lata de cerveza vacía. La nada.

Afuera suena un coche, un coche que frena, que aparca. Le parece reconocer el motor pero ¿desde cuándo ella ha reconocido el sonido de un motor? Pero diría que. Y la verja se abre. Ese sonido sí es un sonido real, algo que está ocurriendo en ese momento. Y además se están riendo. Hay gente entrando en su casa, y se ríen, y hablan. Algo detrás de la puerta existe, sucede, gente que aparca un coche, que vuelve a casa entre risas, que atraviesa un patio sin ni

siquiera fijarse en el arriate gigante, recién regado, sin prestar atención a la dama de noche que sí, que huele, porque ella es ya toda una
mujer y tiene una dama de noche, comprada en un vivero ya creci-
da, ya con las flores abiertas derramadas, vomitando esas flores el
olor del verano, el olor que su hijo ha de reconocer como el olor del
verano de la infancia, ahí está, la dama de noche, agarrada a su palo,
junto al muro, pero esa gente demasiado real que hay detrás de la
puerta ni se ha fijado, ellos meten la llave en la cerradura, y empujan
la puerta mientras siguen riéndose, no puede haber nada tan gracioso en este mundo y sin embargo lo hay, hay algo gracioso, hay algo
sobrenatural que hace que esos dos extraños entren en la casa de
Sofía, la casa del padre muerto de Sofía, porque también es la casa
del padre muerto de Rita, la hermana pequeña de Sofía que ya es-
tiró lo suficiente, ya se hizo grande, se convirtió en una mujer también, toda ella huesos y músculos finos, toda ella voluble, el pelo
desordenado y sucio en las sienes como lo trae, los ojos enormemen-
te abiertos, las pupilas gigantes codiciando toda la luz del salón, los
labios resecos a lo mejor de tanto reírse a lo mejor deshidratados sin
más. La acompaña un tipo alto, desgarbado, con el pelo más sucio
que ella, barbilampiño y de piel blanca, nada más una sombra bajo
los ojos cueva, unos ojos distraídos que miran alrededor, pasando
por Sofía como si no estuviese, es un mueble más de ese lugar al que
lo han traído para seguir, para continuar lo que quiera que estuvieran haciendo, los ojos son azules y sonríen, al final de su brazo
largo y delgado, de su mano larga y delgada, hay un pack de seis
latas de cerveza, y Sofía está inmóvil, pero Rita se abalanza hacia
ella, como si volara, porque al fin y al cabo es un pájaro, es inútil
pretender que no existen las alas en su espalda, qué bien que estés
despierta, qué bien, qué alegría más grande, cómo estás, hermanita,

le dice en medio de ese abrazo con olor a tabaco, a múltiples abrazos, Sofía se bambolea a pesar de su innata rigidez, concentrada en el absurdo, en su voluntad inmóvil, no puede dejar de mirar los brazos eternos de él, ese desconocido que cierra la puerta a sus espaldas y todavía con la risa fofa en la garganta posa sobre la mesa las seis latas, el único bastión de la victoria.

Los pasillos de la casa de verano de mis abuelos eran estrechos y blancos. Era un piso grande, con esas estancias intermedias que no sirven para nada, pero que quedan suspendidas en el centro de las viviendas, guardando el frío, la soledad, quizá la posibilidad de alojar a una familia entera poniendo colchones en el suelo o camas supletorias de muelles de hierro. La casa de mis abuelos, en verano, casi nunca estaba vacía, y sin embargo ahora, cuando pienso en ese día, la recuerdo sin nadie, muy quieta. No sé adónde habíamos ido mi familia y yo, pero nos habíamos ausentado varias horas. Ellos sí se habían quedado en casa y otra vez el juego de ausencias: sé que nosotras dos no estuvimos, sé que ellos sí estuvieron mientras nosotras no estábamos, sé que cuando regresamos, eran ellos los que no estaban. Así que solo queda la casa como escenario, como juez, por supuesto sin parte. La casa del amor y del veneno. La casa donde fuimos infancia y donde siempre lo seremos, a pesar de todo. En el fondo la casa eran los adultos, esos ojos cargados que eran nuestros ojos, que velaban por nosotros, casi siempre sin vernos.

Mi hermana y yo (¿venía mi madre detrás de nosotras, fue también primer testigo del mensaje?) entramos en la casa y, quizá por tener que cambiarnos de ropa, fuimos directamente a la parte del fondo, a las habitaciones. Algo tendríamos que hacer allí porque si no nos habríamos quedado en el salón de la entrada o en el balcón. En la infancia, uno no entra en casa y va directamente a su cuarto. Eso es más propio de la adolescencia, cuando al volver de la calle (la calle, la gloria, única zona verdadera de confort) sientes la necesidad de esconderte durante un rato, el rato que te dejen. Pero antes eso no pasaba, y menos en verano, en la casa de los abuelos, donde a veces te tocaba un cuarto y al año siguiente el otro, o incluso a la semana siguiente otro. Todos los cuartos eran nuestros, en cierto modo. Guardábamos la ropa en uno o en otro, según dispusiéramos cada año, pero raramente teníamos una cueva donde guarecernos. Entramos en la casa y nos dirigimos al fondo, cruzamos el recibidor, encaramos el pasillo largo adornado con cuadros en movimiento, aquellos que mostraban una cosa u otra según el ángulo desde el que los miraras, por ejemplo un loro con el pico abierto y luego cerrado, atravesamos esa estancia detenida para nada, amplia, vacía, y nos metimos en el siguiente pasillo, el de los dormitorios. Ese año el nuestro era el cuarto de las literas, pero no había literas, solo dos camas de noventa, una junto a otra, con una pequeña mesita en medio; no cabía nada más. La ventana, que daba al patio de la casa, era enorme y llenaba el cuarto de luz. La habitación tenía también un armario empotrado de puertas flacas, huecas, donde podían tocarse los goterones de las diversas manos de pintura. Supongo que la habitación estaba cerrada, aunque en esa casa nunca se cerraba la puerta de una habitación vacía. Supongo que justo ahí, ya en la puerta cerrada del que era nuestro cuarto ese año, pudimos oler perfectamente el jabón que mi abuela guardaba en los cajones de la cómoda de su dormitorio, que estaba justo enfrente; el jabón, la lavanda, la colonia fresca que mi abuelo se rociaba sin mesura, el perfume que mi abuela se ponía con delicadeza detrás de las orejas, en los pliegues de su cuello suave, impregnando la cadena de oro, todo aquel despliegue de expuesta intimidad, la narcótica dulzura de los patriarcas. Si la puerta no estaba cerrada, debería haberlo estado. Allí, delante de nosotras, delante primero de mi hermana, porque iba la primera, de eso estoy segura, apoyado en la almohada de una de las camas, estaba aquello, y aquello nos miraba, desde sus ojos huecos, desde el hueco ahora ya negro de sus ojos, ojos borde goma, borde plástico, ojos sin canica celeste de falsa pupila, sin pestañas peinadas, ojos arrancados.

Hoy lo habríamos llamado construcción, performance o artilugio, pero en realidad era una salvajada. Una de las muñecas de mi hermana, de plástico, gordita y rosa, con los brazos y las piernas móviles en la juntura de los hombros y las ingles, nos estaba esperando sentada en la orilla de la almohada. Tenía los ojos arrancados y el pelo rubio y crespo recortado casi a la raíz. De lo que antes era su boca, una boca falsa de media sonrisa de bebé, estáticamente dispuesta para el llanto, la risa o la succión, ahora salía una pierna, ¿salía o entraba?, la pierna arrancada de otra muñeca más pequeña, una nancy quizá, su pie en alto, el muslo encajado en las ensanchadas comisuras de la boca de goma, mofletes rosáceos rodeando la violencia de una pierna sin cuerpo. De las sienes de esta muñeca rusa torturada salían a su vez las piernas largas, duras y estilizadas de una barbie, una de las muchas barbies que guardábamos en el armario de esa habitación, a las que les hacíamos vestidos de fiesta, minifaldas cosidas con tela de servilletas portuguesas, pañuelos hechos jirones con los que les recogíamos el pelo largo. Las piernas estiradas de una barbie, sus pies en puntas, servían ahora para perforar el cerebro hueco del bebé de plástico ultrajado, tornillos frankenstein color carne, la muñeca sin dolor y sin ojos, la boca aguantando la hinchazón del muslo, el agujero de la mirada y la negrura. No era lo único; del vientre redondo, de la raja que lo cruzaba de parte a parte, asomaba la mitad de otra barbie sin cabeza, los brazos extendidos pidiendo auxilio, barbie nacida en los intestinos de un bebé de plástico, expulsada por fin de esa placenta de cloruro de polivinilo, fecundación in vitro vespertina, secreta y malhadada, feto de barbie sin cabeza que como alien es arrojada del paraíso y queda encajada en el vientre redondo de una muñeca, una a la que le han arrancado los ojos, a la que le han clavado dos fémures en las sienes, a la que han intentado meterle una pierna hasta la garganta, una muñeca que puede sentarse aún, mantenerse erguida en su idiosincrasia de polipropileno, su trasero invicto bien apoyado en la colcha fina de verano, su espalda rígida contra la almohada, un hueco ahora donde antes estaba su brazo derecho, ¿no es pelo sintético eso que asoma?, muñeca rusa venida de la guerra, sucia muñeca profanada, juguete terror.

Claro que lloramos, claro que ella lloró, mi hermana pequeña, porque nos habían destrozado los juguetes. Las muñecas que tanto queríamos, aunque se pasaran la mayor parte del año arrumbadas en un armario. Nuestros utensilios para el ocio. Habría sido suficiente con arrancarles las piernas, los brazos y las cabezas a todas y haberlas dejado sobre la cama, pero no habría sido lo mismo. No tendría el mensaje la huella necesaria, su función domesticadora, la vuelta de tuerca de la crueldad. Romperlas, cortarles el pelo y tirar de sus extremidades hasta la rotura habría sido una travesura sin importancia, la maldad de todos los niños. Sin embargo, esto era mucho más, aunque supongo que nadie aparte de nosotras dos lo entendió así. Alguien había gozado con la construcción de una macabrada. La metáfora del daño, la representación del dolor ajeno, la aplicación celebrada de la perversión, un juego de simulación llevado más allá de la pantalla, el miembro más pequeño de la familia recogiendo el testigo, abalanzándose contra el game over, jamás saliendo indemne de su particular survival horror.

Aquel símbolo ardiente de tarde de verano tenía un indiscutible autor. Nunca supimos cuántos de ellos habían participado en la carnicería, pero no dudamos de quién fue la cabeza pensante, la sonrisa que más brillaba entre los miembros arrancados, el cerebro pragmático de aquella operación. Solo podía ser uno. El menor de los dos, mucho mayor que ella, bastante mayor que yo. El primo carismático, el de las mandíbulas de fibra. Era él, y no otro, quien había conseguido en el puesto de tiro de la feria un machete, uno de verdad, un premio gordo, con una hoja afiladísima capaz de sajar plástico como si fuera mantequilla. Era él, y el mensaje era claro, pues de nada sirve una vida desprovista de daño. Mi empatía y mi espanto dieron la talla aquella tarde, pero estoy segura de que me perdí lo mejor. Aquellos ojos vacíos, borde de plástico quemado, no me hablaban a mí.

Hubo revuelo en casa, el típico revuelo tras las travesuras, con la misma condescendencia blanda. No es relevante el dolor cuando nadie tiene conciencia de su marca, de su silenciosa procesión. Qué intención sórdida y cruel, obediente muñeca sin pupilas, la de arrancar a alguien de su propia infancia.

Igual que las tristes lechugas plantadas en el ancho arriate, creciendo con la ingenuidad de quien piensa que va a llegar a puerto, igual que los plantones de fresas alineados en el borde del rectángulo, fresas en una tierra de fresas importadas, fresas al aire, sin invernadero que las proteja, igual que los matojos de margaritas y de geranios, con las primeras flores ya muertas, así transcurre de pronto la vida en la casa del pueblo. Cuando el sol no está alto y la luz se hace más hipnótica, esa escueta vegetación tiene el aspecto del forzado bienestar, la impresión de un cristal soplado con demasiado ahínco: frágil, precioso, pero antinatural.

El chico que ha llegado con Rita se llama Paul y es mitad español mitad francés. Es un poco mayor que Rita y un poco menor que Sofía, pero todo en su cuerpo lleva a la primera juventud: la ausencia de vello en los brazos y en las piernas, sobre el pecho plano y el flaco esternón crecen unos pelos débiles, pareciera que están a punto de caerse, que no tienen raíz, que se le han posado encima de la piel, como una pestaña pegada en la mejilla, el cabello oscuro y brillante de grasa, sedoso las primeras horas tras la ducha, pelusa fina y recta cubriendo un cráneo redondo, incluso la recia manufactura de la mandíbula y los pómulos, cortantes bajo la piel amarillenta, incluso la carnosa boca en desafío, la frente delineada por la agitada expresión de su rostro, los ojos hundidos en su lugar oscuro, pupilas azul cielo abandonadas en las cuencas malva. Parece tan joven y tan inofensivo. Tiene una voz grave que no va con su aspecto. ¿Dónde lo has conocido?, le pregunta Sofía al día siguiente, mientras las dos recogen la cocina, en una improvisada cotidianeidad. Lo conozco desde hace bastante, alguna vez te habré hablado de él. No lo recuerdo, contesta Sofía secando enérgicamente una escurridiza tapadera de olla exprés, ¿estás segura? No me suena de nada. Pues no sé. Tú tampoco me habías hablado de toda la gente con la que te has acostado en los últimos años. Sofía recoge el guijarro y se lo traga, porque es cierto que a veces no hay posibilidad para el combate. Decide reírse con nervio mientras coloca los cacharros ya secos en los muebles. Pero ¿tenéis algo serio? Rita alza las cejas con ironía, sobreactuando su respuesta, los ojos algo desviados por la falta de sueño y el desgaste del amor y de la fiesta. ¡Algo serio!, dice, engolando la voz, ¿qué es algo serio a estas alturas? No, no debe de ser serio lo nuestro porque nos descojonamos todo el rato. La hermana mayor resopla. Yo qué sé, Sofía, nos vemos de vez en cuando y nos lo pasamos bien. Entonces la hermana mayor ya ha acabado de recogerlo todo y solo queda que la menor barra el suelo para eliminar cualquier resto de comida que pueda atraer a las hormigas, y no sabe contestar, porque la humillación la calla; tantas veces ha intentado Sofía entablar conversaciones con Rita, charlas de hermanas, naderías que pretenden ir siempre más allá porque se presupone una confianza innata, obligada, cordón umbilical de siamesas, tantas veces sin éxito, porque Rita nunca habla de nada cuando las preguntas son directas. Al fin y al cabo tampoco ella había sido muy sincera en los últimos años. ¿Cuándo habían dejado de contárselo todo? ¿Lo hicieron alguna vez?

Esa primera mañana de la nueva etapa, la primera mañana después del regreso de su hermana, Sofía deja a una Rita resacosa barriendo el suelo de la cocina y se asoma a la terraza, arrastrando las chanclas por el suelo cubierto de fina arena, para mirar afuera, a través de la claridad, y ve a su hijo jugando a la pelota con el desconocido, allí en medio, la mesa y las sillas apartadas para que haya más espacio, Leo sudando porque hace calor y está corriendo de un lado a otro, chutando el balón con fuerza, en la cara la expresión de la dicha sin fisuras, tenía que haber jugado con él a la pelota en algún momento de estas semanas, se lamenta Sofía durante un segundo, no sé cómo no he caído, y se fija entonces en el adversario de su hijo, ese desconocido que aún debe de rezumar noche bajo la fina camiseta de algodón, los vaqueros largos y sucios, espantapájaros, deshollinador, que le ofrece de un descalzo puntapié el balón a Leo, que se mueve bajo la luz con un ritmo desajustado, y hay algo en las figuras de los dos jugando, en esa estampa de la normalidad, los gritos de Leo cada vez que el balón se escapa hacia la calle saltando a través de la valla, y aunque en esos momentos es Paul quien, contra todo pronóstico, va a por él, apartando con su mano huesuda de uñas comidas al niño para que no cruce la calle y se ponga en peligro, a pesar de eso hay algo en la situación que asusta a Sofía, algo que la molesta por dentro y que se impone obviar, porque a estas alturas siente como si hubiera estado asustada desde su nacimiento y sabe que no es así, sobre todo intuye que no debe ser así, que ha de estar limpia de miedo si quiere que Leo crezca sano y fuerte, sin rémora, así que en vez de alterarse o sacar tarjeta roja decide acercarse a la mesa y, aprovechando que ahora su hijo está en el otro extremo del patio, lo suficientemente lejos de ella, coger el porro de hierba que hay en el cenicero, el que primorosamente se ha liado

Paul antes de empezar a jugar con el crío y al que solo le ha dado tiempo a darle tres caladas, y ella, la madre, con el porro en la mano mira al desconocido enseñar a su hijo a darle toques al balón con el pie, muchos seguidos, uno dos tres cuatro cinco seis siete ocho, venga, inténtalo tú ahora, primero tres, luego cuatro, y lo enciende, humo espeso, blanco, y fuma, chupa dos veces cortas, porque es por la mañana y está su hijo delante, y rápido se arrepiente, mucho antes de que la marihuana le haga efecto, porque huele mucho, aunque estén al aire libre huele, y su hijo está jugando con un desconocido colocado, y ella misma está fumando delante de él, con lo pequeño que es, aunque precisamente por eso, no se va a dar cuenta de nada, pero si también viene ahora su hermana y fuma, o se hace otro, ¿no habrá fumado ya?, se pregunta, ¿antes incluso de salir del dormitorio para desayunar? Si entre los tres se fumaran ese porro cargado allí, al sol, y solo quedara uno lúcido, con el cerebro al cien por cien, y ese uno fuera Leo, justo a quien ella debe cuidar todo el tiempo, sin descanso, aunque solo sea porque es un niño indefenso, débil, ¿o es ella la indefensa, la débil, y no su hijo?, si eso ocurriera, pero eso no debe ocurrir, y Sofía deja el porro de nuevo en el cenicero, y ya con la cabeza cargada de espesura y melancolía se mete para adentro, un poco desorientada, porque sería tan limpio en realidad dejarse llevar, relajarse al fin, jugar a que no pasa nada, porque no tiene por qué pasar nada, porque una madre indulgente no tiene por qué ser castigada, podría sumarse a esa marea narcótica que parecen traer Paul y Rita, esas vacaciones reales, la laxitud, si el desconocido al final va a resultar que ha venido para entretener a Leo, si su hermana ha accedido a barrer el suelo de la cocina a pesar de la resaca, si ella no debe ser tan paranoica, tan controladora, pero no puede evitar lamentarse, fustigarse lo justo frente al espejo, con los ojos de pronto caídos, por qué ha fumado, con lo temprano que es, con Leo despierto, delante de él, a su lado, por qué ha hecho eso, qué pretende, tendrá que vigilarse, vigilarlos a ellos, abre el grifo y se moja la cara, intentando borrar la letanía de sus párpados, se moja también la nuca y el cuello, y cuando las gotas frías le bajan por la espalda y por la clavícula, cuando una de ellas se cuela por el escote de la camiseta ancha de tirantes y recorre el canalillo entre sus pechos, siente un placer, uno barato, de los que solo son alivio.

Va a ser verdad que se ríen mucho juntos porque a través de la puerta del dormitorio salen unas voces plenas, acompasadas, que sin el histerismo del cuchicheo se hablan la una a la otra, y de pronto, sin que el tono utilizado en ese momento sea intencionadamente cómico, las voces se tornan risas y lo inundan todo, no solo la habitación donde se encuentran, donde seguro que ya no se puede ni respirar, sino el salón donde está parada Sofía, centinela renegada, desde debajo de la puerta y desde las junturas sale también esa risa única, compacta, extensible, igual que la bomba Little Boy, la misma devastación de Hiroshima ahí en ese salón de casa baja, la misma en esa mujer, metida en un camisón intencionadamente grande, los pechos con su blandura moviéndose al compás de un corazón. Va a ser verdad y qué pasa, no pasa nada.

Ha transcurrido el día de forma fácil, Paul fumado desde por la mañana y Rita actuando desde otra dimensión, acometiendo las maniobras cotidianas con una premeditada ligereza, aunque quizá es que de pronto de verdad pesa menos, quizá hay un poco de holgura entre sus pies y el suelo, porque si no fuera así no podría explicarse la pesadez que arrastra a Sofía. Pero qué pasa, no pasa nada. A Leo le brilla la cara como si se la hubieran untado con aceite. Dice

todo el rato eso de no pasa nada, mamá, cada vez que se cae un mendrugo de pan al suelo o se resbala un tenedor al echar los restos de
comida a la basura directamente desde el plato, o cuando en la ducha Sofía se equivoca y abre demasiado el agua caliente al intentar
regular la temperatura para el enjuague, y quema dos segundos la
espalda del niño, o cuando este le pide un vaso de leche estando ya
en la cama, uno con cola cao, y ella le trae de la cocina un zumo de
melocotón porque no se ha dado cuenta, pero no pasa nada, mamá,
tiras este y me traes la leche, bueno, mejor me lo bebo yo si no lo
quieres, antes que tirarlo, Leo, y el niño vuelve a decir, no pasa nada,
mamá. Así que no debe de pasar nada, porque además Rita acaricia
la cabeza de Leo con tanta dulzura, puede estar minutos enteros
pasando la mano por encima de su sobrino, los dedos se le entierran
a veces entre el pelo y el niño se está muy quieto porque eso le hace
cosquillas y le encanta que su tía le haga cosquillas, aunque desde
esta postura que tiene no ve demasiado bien la tele, pero no pasará
nada si se está quieto y su tía le acaricia la cabeza, y por eso no se
mueve.

Paul a veces consigue tener un discurso interesante, un poco
lunático en algunos momentos, ya que habla de ovnis y de espionaje, pero entretiene. Parece que todos los reunidos están manteniendo una conversación y en realidad es solo él quien habla, y lo hace
bien, mantiene la atención, y Sofía se da cuenta de que ella tiene
mucha necesidad de escuchar a gente hablar, y por momentos se
queda sentada en cualquier sitio donde Paul esté sentado fumando,
y agarrada a la taza de té verde frío finge despreocupación, paz, y
asiente. No debe de ser esto tan malo, esto que está pasando, de
repente no es capaz de discernir si su hermana se ha drogado después del almuerzo, con lo que sea, se ha colocado un poco, porque

hay una preciosa sombra bajo sus ojos, como si la yema de un dedo sucio acabara de pasar por ahí, trazando un camino, y se ríe de forma sibilante, pero en realidad no puede distinguirlo, ¿tiene que admitir que no la conoce tanto, que no conoce a su propia hermana, o que ya no es capaz de adivinar cuándo alguien se está drogando?, para colmo Rita está locuaz, cuando el niño ya se ha dormido, tras la cena, y Sofía vuelve al salón quebrando esa unidad inquebrantable que parecen ser Paul y Rita. Interpone su presencia entre ellos y vacía así la burbuja un instante, por el mero hecho de sentarse de nuevo en el sitio que ocupó en la cena, a la mesa donde todavía están ellos dos, en una sobremesa interminable, tomando a sorbitos el vodka que han traído hoy del pueblo, y cuando se sienta y se limita a mirarlos y a liarse un cigarro con los dedos húmedos como si hiciera frío, Rita le devuelve la mirada a lo mejor incluso con dulzura y le pregunta ¿cuándo viene Julio a por el niño?, y es una pregunta resbaladiza que tiene varios caminos, y Sofía no sabe por cuál coger, porque otra vez se cuestiona si no está siendo demasiado desconfiada o ruin, que su hermana a lo mejor no se está yendo por las ramas y solo quiere saber, a título informativo, cuándo viene Julio a por el niño, que a lo mejor está contando los días que le quedan para pasar tiempo con él porque ya se ha acostumbrado a su presencia, a su limpia fragilidad, a su cháchara despierta y generosa, a lo mejor lo pregunta por eso, así que Sofía vuelve a tragar guijarros y le dice en una semana, me parece. Una semana aún. Paul asiente con sus ojos penetrantes, una semana aún, como si para él eso significase algo. ¿Es mucho una semana?, dice Sofía encendiendo un cigarro, sonriendo sin enseñar los dientes. Es poco tiempo para disfrutarlo pero ya hace demasiado que no te separas de él. Ah, que se está preocupando por ella. Bueno, sí, es verdad, pero estoy acostumbrada, contesta con falsedad, ya que no hay costumbre que alivie la necesidad de ausencia de responsabilidad, de absoluta libertad de actos e incluso de pensamientos, pero contesta así, con lo que se debe contestar, porque su hermana le ha dado una réplica lúcida, empática, y en ese momento incluso puede que tenga cara de ángel, así que por qué no evadir la armadura, ¿no tienes ganas de pasar un par de noches sola, de irte a algún sitio? Sofía ya está entregada a la pantomima, nota un regustillo en las plantas de los pies, qué suerte tiene, son una familia unida que se compadece a sí misma, hasta el chico desconocido de ojos rojos que parece estar bailando levemente con el cuello en todo momento, en su cerebro música constante, hasta ese flaco franchute es ahora su familia, un guapo con aspecto de yonqui ilustrado, moderno, qué suerte tiene, ya, y qué puedo hacer, oye, me voy a poner un poco de ese vodka, ¿vale?, Paul se mueve para traer un vaso limpio de la cocina y servirle un chupito, luego vuelve a sentarse junto a su otro yo, y pone su gran mano transparente en la rodilla de Rita, la hermana zen, toda su rodilla cabe en el cuenco de la mano del hombre, Sofía puede sentir la suavidad de ambas pieles recogidas una sobre la otra desde ese articulado círculo de carne y hueso, la hermana menor debe de sentirlo mucho más, pero aun así la observa con atención, porque están conversando amablemente, bueno, a lo mejor podrías irte un par de días y nosotros nos quedamos con él, suelta desde su ligerísima boca de algodón, Sofía bebe todo el vodka de un golpe, así que era eso, el premio gordo de la lotería, niñeros gratis, y un escozor le recorre el paladar, otra vez la preocupación, la alerta, pero no, no se deja vencer, sabe que salirse ahora de ese momento sería un error, y decide sonreír con la sonrisa que pone a veces en las victorias, para cambiar de tema, y cambia de tema, llamé a mamá esta mañana y le dije que estabas

aquí, ¿ah, sí?, y ¿cómo está ella?, pues creo que bien, como siempre
cuando está bien, ya sabes, no quiso hablar mucho conmigo porque
se iban a una excursión a no sé dónde, pues qué bien, que se divier-
ta, yo ya le dije de todos modos que venía, y Paul se levanta y pide
permiso para poner música, y coloca su teléfono móvil en el centro
de la mesa, dejándolo apoyado en el tapón del vodka, para que los
altavoces tengan más alcance, y desde ahí busca y pone un tema
electrónico, discreto, y baila con su cuello y con su mandíbula, en
la que ahora Sofía puede distinguir una sombra de vello que crece,
y entonces ella lucha por dejarse llevar por la música en vez de pre-
guntarse por qué su madre fingió esta mañana no saber nada, por
qué ha de quedar a un lado, qué está haciendo mal, pero antes de que
la lucha tenga lugar Paul comienza con uno de sus discursos, en el
que esta vez mezcla una anécdota de un festival con la última peli
de no sé quién donde ocurre una anécdota parecida y no se sabe
cómo pero el discurso tiene sentido, y las dos hermanas lo miran,
una desde tan cerca, respirando casi el mismo aire, la otra de presta-
do, y lo que podría haber durado hasta la madrugada, porque en
realidad qué más tiene que hacer Sofía en el mundo que estar ahí,
con un desconocido y con su hermana, tomando vodka y charlando
de naderías, lo que podría haberse alargado de pronto se ve cercena-
do por una chispa del diablo, la chispa que como un resorte los levanta a ellos dos de la mesa, casi a la vez, deben de estar usando el
mismo canal de energía, deben sus corazones de latir acompasados,
y se despiden así, con una especie de cariño, y sin recoger nada de
lo que hay encima de la mesa, ni siquiera el teléfono, se encierran en
la habitación de Rita, y apenas hacen ruido pero murmullan, y Sofía
queda paralizada en su asiento, interrumpida, y aún sale Rita del
cuarto una vez para llevarse algunas cosas adentro, el cenicero, el

tabaco, un vasito con ron, y le sonríe al pasar, y antes de que vuelva a entrar en la habitación Sofía quema el último cartucho y sin pensarlo demasiado le dice, oye, lo que me has dicho antes: que dos días me parece mucho, pero a lo mejor uno sí que me lo pienso, ya te digo lo que sea, y Rita sonríe otra vez, con las manos llenas de los utensilios de continuar la fiesta, y le dice vale, y cierra la puerta. Ya desde dentro un ¡buenas noches! al que Sofía no contesta, porque en realidad no puede moverse de la silla, extática en esa sobremesa que hace cinco minutos estaba viva y ahora es fantasmal, y luego de eso las voces acompasadas, plenas, que no cuchichean, y luego las risas que lo inundan todo y la bomba cayendo sobre Hiroshima.

¡Mañana es el eclipse, mamá! Leo da saltos alrededor de Sofía y luego se sube en el sofá para saltar en medio del salón, ten cuidado, Leo, te he dicho que no saltes desde ahí, no me hago daño, mamá, ¡mira!, y vuelve a saltar, es una rana, y Sofía, que está sentada a la mesa frente a unos patrones, fingiendo medir unas telas floreadas, trazando líneas de color rosa pálido con la tiza, observa al niño con reprobación pero también con paciencia. El día ha amanecido nublado otra vez y una capa fresca cubre el cielo, así que no hay obligación de ir a la playa a mojarse en el agua de petróleo de los días nublados, irán más tarde al pueblo a hacer compras, a pasear. Mamá, ayer me dijo Paul que el eclipse es mañana, eso es que había que dormir dos veces hasta el eclipse y ya hemos dormido una, ¿a que sí? El eclipse. Sofía supone que si estuviera llevando su vida normal, con sus conexiones normales con el mundo, sus redes sociales, su periódico digital, el telediario sonando de fondo mientras prepara el almuerzo, mientras cena, si estuviera dentro del mundo quizá se habría preocupado por saber algo del eclipse. Aunque, pensándolo bien, a lo mejor también le traería sin cuidado, como ahora, solo que si estuviera de verdad llevando su vida normal, Julio habría hablado durante días del eclipse, y le habría explicado al niño absolutamente todo lo referente a ese fenómeno, y le habría hecho dibujos que Leo habría colgado en la cabecera de su cama, y habría buscado un lugar especial en la ciudad, uno digno de tal acontecimiento, para ir los tres juntos a verlo. A lo mejor habría salido antes del trabajo, lo habría organizado todo y ella solo tendría que fingir entusiasmo y dejarlo en sus manos; cuando el asunto en sí ocurriera, en ese momento, sería capaz de disfrutar de forma auténtica, no de que la luna tapase al sol durante unos segundos, sino del júbilo de su hijo, efímera sustancia verdadera, pura, alimenticia. Pero nada de esto es como debiera. ¿Puedo llamar a papá para contárselo, mamá? Sofía se levanta de la silla y alcanza su teléfono, que duerme en la estantería junto a los pocos libros. Busca, pulsa y le da el teléfono al niño. Ya está llamando, toma. Leo sale corriendo afuera con el teléfono, ha cogido la costumbre de hablar con su padre mirando a la calle, agarrado a la verja, como si allí hubiese mejor cobertura o como si pudiera verlo venir con su coche, girar desde la avenida de los eucaliptos y acercarse a la casa. Cuando el niño se va, ella no vuelve a sentarse a la mesa, en realidad no tiene ninguna gana de coser, las telas estiradas, el bombín con los alfileres pinchados le dan muchísima pereza. Se queda mirando los libros. No entiende por qué no lee. Si no hace ninguna otra cosa, por qué no lee. Ha intentado sumergirse un par de días en las *Confesiones* de Marina Tsvietáieva, luego nada. Extiende la mano y acaricia los lomos. Saca de su lugar *Decreación*, de Anne Carson, ese libro gordo y blanco que se había comprado por recomendación de una amiga, otra ex profesora de la academia donde antes trabajaba. Cuando compró aquel libro, como le pasaba con tantos otros, empezó a leerlo enseguida. Había cogido incluso un lápiz para subrayar los fragmentos que le interesaran, pero lo abandonó a las pocas páginas. Ahora abre el libro y busca la marca de su lápiz. No tiene que ir muy lejos, el primer poema ya está subrayado, navegamos madre en un océano sin barcos, pasa el dedo por encima, escalofriante relectura, piedad por nosotros, piedad por el océano, navegamos. Con el libro en las manos da unos pasos atrás y atina a sentarse de nuevo en la silla, coloca el libro encima de los patrones y sigue buscando, qué cuchillo desolló esa hora, lee, hundió las boyas. Sopla sobre lo que fue nuestra casa. Nada que hacer solo rema.

Rita sale de su dormitorio, desde donde se oye roncar a Paul todavía. En la cocina, Sofía prepara un sofrito para el almuerzo mientras el niño practica afuera con el balón. ¿Estás cocinando? ¿No íbamos a comer en el pueblo? Pues no sé, es muy tarde, Leo seguramente tenga hambre ya, y yo también. En la sartén empieza a crepitar el aceite y Sofía echa todo el contenido del plato que tiene preparado al lado: pimientos cortados muy finos, trozos grandes de tomate, aros de cebolla. Cuando va a bajar el fuego siente los dedos fríos de su hermana encima de los suyos y aparta la mano rápida. Su hermana la ha tocado con suavidad. Gira el mando de la hornilla y apaga el fuego. Venga, nos duchamos y nos vamos corriendo, a Leo le damos algo para el camino, y tú puedes aguantarte un rato, ¿no? Y así sucede. ¿En qué momento han tomado ellos el mando? ¿En qué momento se han hecho con el pulso de la casa, a pesar de su aspecto ingenuo, casi desesperado, a pesar de la indolencia con la que parecen transitar las horas? Y sin saber por qué, Sofía les deja mandar. No lo hace con alegría, pero sí con cierto alivio no exento de vértigo.

Tras haber paseado por el muelle, viendo los barcos atracados, el movimiento de los pescadores y los rederos, agua salada encharcando el suelo de piedra, las escamas brillando como neones, se han sentado en una esquina de la plaza, donde hoy no tienen abiertas las sombrillas porque está nublado. Sofía piensa que deben de parecer veraneantes, una pequeña familia disfrutando de las vacaciones. Les han servido unas cervezas frías y a Leo un zumo de piña. Paul se encapricha con unas coquinas y Rita aplaude. También quiere acedías, cazón en adobo y chocos fritos. Sofía preferiría un pescado grande, hecho al horno, que no hubiera crepitado en aceite mil veces calentado. Cuando traen los chocos, ella aparta el rebozado con el tenedor, disimuladamente, antes de metérselos en la boca. Leo mastica el cazón con la boca abierta y ella le reprende. Eso es, compadre, no seas guarro, le dice Paul tras la advertencia de la madre. Por un segundo Sofía levanta la mirada, alterada por la intrusión, pero se da cuenta de que Paul está riéndose y el niño a su vez suelta una carcajada que deja ver todo el pescado masticado encima de su lengua. Sofía no puede evitarlo, le escuece la sensación de pérdida de control.

Durante la comida hablan otra vez de la madre y luego Rita comienza a contarle a Paul cosas de su padre, a qué se dedicaba, cuándo compró la casa, se le quiebra la voz un par de veces, Sofía se pone triste al recordarlo; como Paul parece interesado, se aleja más en el tiempo y le hace un resumen de los veranos en casa de los abuelos. De vez en cuando Sofía interviene, llevándole la contraria en algún detalle borroso, yo soy la mayor, me acuerdo muy bien, no fue así. Rita se deja interrumpir, sin alejarse nunca de las pupilas del chico. Leo ya se ha levantado y está en medio de la plaza, se ha hecho un par de amigos y parece que están jugando a policías y ladro-

nes. Se esconden tras los bancos de hierro, siempre a la vista: los tres
críos saben que está prohibido salirse de la zona peatonal. Entonces
Paul pide un licor para bajar la comida y Rita se le suma, un pacharán, sí, por favor. ¿No quieres tú, Sofía? No, no me apetece, le doy
un sorbo al tuyo. Ellos son los que están de vacaciones, y no ella.
Rita, ahora sí, debe de haber cogido vacaciones, porque en todos
estos días no ha hablado nada de trabajo y Sofía no la ha visto abrir
el ordenador, pero no quiere preguntárselo. Tampoco Rita se ha
interesado por sus ventas de ropa ni por el estado de su cuenta ban-
caria. Sin embargo Sofía sí decide preguntarle a Paul a qué se dedica. ¿Y tú qué haces? ¿Para ganarme la vida, dices?, contesta él con
una sonrisa displicente, dando ya su primer sorbo al pacharán y
encendiendo un cigarro. Sí, que si estudias o trabajas, sonríe también Sofía. Rita en este momento se levanta para ir al baño, y a Sofía
le parece que ha ido hace muy poco y desconfía. Pues ahora mismo
estoy en el paro. A Sofía se le escapa una risa, como diciendo qué
suerte tienes, y le pregunta, ¿pero cobrándolo? Sí, claro, cobrándolo,
fui un ciudadano ejemplar y ahora ya ves, el Estado se ocupa de mi
indigencia. ¿Y antes? Rita no llega aún, Sofía se pregunta si no está
tardando mucho y mira una y otra vez hacia la puerta del bar. Antes trabajaba en una asesoría; en la asesoría de mi padre, de hecho.
A Sofía le sorprende de verdad. Se lo imaginaba trapicheando con
drogas desde que cumplió los quince o viviendo de trabajos inconsistentes, como por ejemplo pinchar discos en salas de barrio. Igual
de inconsistentes que los trabajos de ella, por otro lado. Una asesoría, anda. Coge el vaso de pacharán de su hermana y bebe un poco,
admirada. ¿Y qué pasó, cerró el negocio? No, me fui porque estaba
aburrido. En ese momento llega Rita y entonces, tras un ligero roce
de pieles, es Paul quien se levanta para ir al baño. ¿De qué hablabais?

Sofía se pone repentinamente de los nervios. Busca con la mirada a Leo, que está escondido en ese momento detrás de la fuente, a punto de ser descubierto por uno de sus nuevos amigos. Oye, ¿os estáis metiendo algo? Entonces la sonrisa de Rita se ensancha de forma increíble, ¿así de grande tiene la boca su hermana?, un buche de pacharán cae en medio de la lengua; después de tragar, Rita continúa con la carcajada, que a pesar de todo es frívola, llena de luz, qué imbécil eres, hermanita, qué tonta eres a veces, le responde.

Según el telediario, el eclipse parcial de sol empieza a las nueve y veinticinco minutos. Leo insistió muchísimo la noche anterior para que su madre pusiera el despertador a las ocho, para que por favor lo levantase. Él no decidió la hora, pero le preguntó a su madre cuánto tiempo necesitarían todos para levantarse y desayunar y llegar puntuales al eclipse. Así que cuando el despertador suena a las ocho, Sofía está en la cocina ya, vestida con unas bermudas color crema que le hacen las caderas más anchas y una camiseta de tirantes negra. Corre hacia el dormitorio a apagar la alarma y mira por un instante dormir a su hijo, con los rasgos perfectamente dibujados, ese rostro increíble de los niños durante el sueño. Han dormido juntos, muy pegados a pesar del calor. Sofía atrapó al crío durante la noche pasándole el brazo alrededor del cuerpo, enterrando su mano bajo las costillas de él, y cree que han estado así, sin moverse, varias horas, en una sintonía perfecta. No lo despierta aún y regresa a la cocina a terminar de preparar el desayuno para todos. Sin embargo el niño aparece de pronto, con los pasos lentos, y le riñe, mamá, te dije que me despertaras, por qué no me has despertado, te lo dije, me lo habías prometido, qué pasa si me quedo dormido y no llegamos a tiempo, y Sofía no contesta y se limita a ponerle entre las manos un tazón de leche donde flota una fina película de cacao en polvo. Ahora te llevo las galletas, pon esto en la mesa del salón y ve a despertar a Rita, pero sin entrar en el cuarto, ¿eh?, solo llama a la puerta. Dos segundos después ya parece que Leo lleva levantado mucho tiempo, porque su pulso es firme al golpear la madera de la puerta del cuarto de su tía y su voz es un escándalo de alegría: ¡vamos, vamos, a levantarse ya, que es el eclipse, venga, tita, Paul, arriba!

No han andado demasiado, tampoco tenían tiempo. Han cogido el camino de los eucaliptos y al llegar al paseo de la playa han girado hacia la izquierda, internándose en el bosque de pinos que hay antes de las primeras dunas. A la altura de un lugar sin camino trazado, comienzan a subir las dunas hasta llegar a la playa. Como imaginaban, es muy temprano y apenas hay nadie, ni siquiera para ver el eclipse. El chiringuito más cercano, a unos quinientos metros, no está abierto aún, y solo unos cuantos guiris han tomado posiciones cerca de la orilla. Ellos cuatro hacen lo propio, lo suficientemente lejos de cualquiera, porque quieren estar solos, como si, ha dicho Paul varias veces, estuvieran viendo el eclipse desde la misma luna que va a tapar el sol. No han traído sombrillas pero sí gorras con visera para todos, y extienden un par de toallas cerca del agua, en la arena seca. Se sientan, Leo entre su madre y su tía. Sofía lo obliga a ponerse ya las gafas, y además le insiste, por enésima vez, en que no puede mirar mucho tiempo al sol, aunque lleve las gafas puestas, y en ningún caso puede quitárselas, hasta que no acabe el eclipse. El niño asiente, grave. ¡Ya son las nueve y veinte!, ¡ya es la hora!, ¡en cinco minutos!, y Rita aplaude, dando palmadas flojitas, que es algo que hace últimamente muy a menudo.

Las casi dos horas que tardó la luna en pasar por delante del sol, en su misma órbita, el tiempo que tardó en posarse frente a su esférico rostro ardiente y cubrirlo más de la mitad, dejando ver dos lunas, una negra y otra incandescente, sol sesgado, por una vez relegado en la mañana a la condición de sombra, pasaron de manera imperceptible, envueltas en una crudeza amable. Algo hubo entre ellos cuatro mientras contemplaban el eclipse con sus gafas de película de ciencia ficción de los años sesenta. Si alguno de ellos creía que Leo estaría armando revuelo, levantándose de la toalla y desgranando todo su repertorio dedicado a la admiración, se equivocaba. El niño mantuvo su quietud, su seria disposición para la maravilla, durante todo el tiempo que duró el eclipse. Solo su boquita se abría y se cerraba en una sonrisa o en un círculo, asintiendo obediente ante los comentarios de los mayores, sin querer romper la fascinación del cielo, quizá, quién sabe, sin querer romper algo único para él: que los tres adultos que lo acompañaban no tenían nada mejor que hacer que poner su atención exactamente en el mismo punto en que él la tenía puesta. Que estaban todos, de forma consentida, obstinada, en el mismo lugar, en el mismo espacio, en el mismo círculo de tiempo. Leo se estuvo callado incluso cuando los mayores conversaban sobre temas que a él no le interesaban nada, por ejemplo cuando Paul rompió una de las veces el silencio de los cuatro para decir que la palabra eclipse venía del griego antiguo *ekleipsis*, y que significaba abandono, desamparo, alejamiento. Rita secundó la información con un susurro de asombro y pegó su mejilla al brazo desnudo del chico, que tenía los codos apoyados sobre las rodillas. ¿Abandono?, había dicho Sofía, algo reticente, no me lo imaginaba. Abandono de la luz, claro, afirmó Paul. Sofía no se rindió, ¿y cómo lo sabes? Rita seguía mirando el cielo, dejándolos hablar, acariciaba como en trance la cabeza de su sobrino, en su nube cósmica. Estaba derramada sobre sí misma y parecía feliz. Pues lo he leído en el libro que tienes encima de la mesa del salón. Estuve echando un vistazo y apareció sin más. No recuerdo ahora el nombre del autor. *Decreación*, creo que se llama. Sofía había bajado la vista, había casi enterrado su cara entre sus rodillas, y se había quitado las gafas para limpiarse el sudor de las mejillas y los párpados, un sudor de vergüenza y de intemperie. Los dos callaron por fin y siguieron mirando el eclipse. Al cabo de unos segundos Sofía dijo, *el autor* es una mujer, Anne Carson. Es que todavía no me lo he acabado. Y su hijo, nervioso porque la luna avanzaba, porque se abalanzaba, la mandó callar.

Abandono, desamparo, alejamiento. Eso se esconde tras la alucinación, tras la superposición de dos astros suspendidos en el imaginario colectivo, los astros del alimento, los únicos que permiten la vida. Uno la luz y el otro la belleza. Las cuatro figuras inmóviles, como si se pertenecieran las unas a las otras, observan el cielo sentadas en la arena, pero quizá no entiendan que, cuando el mundo vuelva a recomponerse, esa luz titilante, ya mortecina, no recuperará su brillo original, aunque lo parezca: algo roba el eclipse, algo se queda.

Mi hermana tendría cuatro o cinco años. Yo ahora sé de cerca cómo es un niño de cuatro o cinco años, conozco bien su engranaje, su pasmosa debilidad, su brillo. Lo conozco desde la distancia y desde la maternidad. Un niño de cuatro años, su cara aún redonda, su barriga suave, sus rodillas leves. Pero en aquel momento yo también era una niña, algo mayor que mi hermana, pero una niña. Y la inmediatez no es aliada de la perspectiva. No sé dónde me lo dijo, pero yo recuerdo una habitación vacía en la casa de verano de mis abuelos. Quizá no fuera allí, pero allí reconstruyo los hechos porque los hechos contados allí transcurrían.

No había nadie, ella y yo solas, sin testigos, sin amenazas ni centinelas. Reproducir sus palabras sería imposible. Palabras de una niña de cuatro o cinco años. Tesoros efímeros, limpio lenguaje sin fisuras. Además, incluso ahora en el recuerdo huyo, no soy capaz de adornarlo. Todavía hoy necesito correr, despojarme de esto de forma rápida. Me habló del mayor de ellos dos, el primero de los primos, el primero de los nietos, el que había llegado antes. Él ya era un adolescente por aquel entonces. No solo era el mayor, sino que era muy alto. Estaba arriba en cualquier jerarquía. No tenía el mismo carácter que su hermano, no era tan chispeante ni tan visceral; tampoco tenía ningún encanto especial, más que una amabilidad pringosa en ocasiones. Por supuesto sí compartían la misma violenta y despótica construcción del mundo.

Mi hermana me dijo que, a veces, cuando los demás dormíamos, cuando no estábamos, cuando por alguna razón nadie les prestaba atención, él la llevaba a una habitación y cerraba la puerta. Seguramente corría el pestillo. La sentaba en su regazo, largas piernas morenas de chico mayor, y le daba besos en la boca. Cómo que en la boca, creo que le pregunté. Y me dijo que le daba besos en la boca y que le decía que abriera los labios para poder meterle la lengua. Sé que intenté descifrar aquello, sé que, desde mi atónita infancia, desde mi nefasto puesto de vigía, intenté, espero con el suficiente tacto, que mi hermana me diera detalles, que me dijera exactamente qué estaba ocurriendo. Entre los detalles que recuerdo está esa imagen que, a pesar de haber vivido como si no existiera, reproduje y grabé en mi memoria: la de nuestro primo mayor, que tendría ya por lo menos quince años, con mi hermana de cuatro sentada en el regazo, al borde de una de las camas de la habitación del fondo, moviendo las piernas en un sigiloso y terrible compás, favoreciendo el roce adecuado. No puedo, sin embargo, ver sus dos bocas juntas, supongo que porque la imagen, por inconcebible, se anula a sí misma. La última información que pude recabar fue que él le había advertido de que aquello no estaba bien, no quizá tan explícitamente, pero sí al menos la había convencido de que no debía contárselo a nadie y de que tenían que cerrar la puerta para que no los vieran porque si no les iban a reñir a los dos. A los dos. Con qué lisura convierte el verdugo a la víctima en cómplice.

Hice lo que tenía que hacer, lo único supongo que estaba en mi mano, quizá lo único que ella esperaba que hiciera: se lo conté a mi madre. El horror que imagino asoló su rostro mientras me escuchaba no lo recuerdo. Sé que mi madre actuó con serenidad, supongo que habló con mi hermana para decirle que no se preocupara por nada y que eso no iba a pasar más, o algo parecido. Yo solté aquel bardo y pude respirar. El trabajo estaba hecho. ¿Por qué me parece normal a día de hoy recordar que temía que mi padre se enterara? Aquello estaba dentro de lo absolutamente prohibido, de un terreno que no nos correspondía y rodeado de reprobación. Aquel esperpento nacía del centro mismo de los temas intocables. Mi padre no debía enterarse por muchos motivos, y entre ellos, qué despiadada construcción la mía, qué equivocado prisma para encarar la realidad, el temor de que se volviera loco y le hiciera daño a mi primo, un daño irreparable. Pero eso no ocurrió. No sé si mi madre se lo contó a mi padre, o cuándo, o cómo, entiendo que lo hizo, pero en realidad nunca se volvió a hablar de ese tema. Sé que mi madre acometió la tarea de la denuncia y arregló el asunto por el lado de las madres, no directamente con él. Tuvo una conversación con su hermana, la madre de nuestros dos primos, y le contó lo que estaba ocurriendo. ¿Eso pasó delante de mí? Es improbable, pero en mi cabeza puedo ver a mi madre, tan joven por entonces, hablando por teléfono desde la salita de nuestra casa. El teléfono estaba colgado en una esquina de aquella habitación cuadrada, al lado del mueble que guardaba la vajilla especial y los juegos de café que les habían regalado por su boda y que nunca se usaban. Habló con su hermana y le dijo lo que hacía su hijo mayor y la conminó a que lo solucionara. Y así fue. Mi tía los cogió a los dos juntos, a uno por culpable y al otro por si acaso, y les dijo, por ejemplo, algo así como eso no se hace. Algo como no vuelvas a hacer algo así. A lo mejor gritó, quién sabe. Debió de ser un momento incómodo, el típico episodio tenso que se da entre padres e hijos. A día de hoy soy consciente de que no fue nada, pluma sucia cayendo del pretil, apenas grano de arena volador, a día de hoy soy consciente de que aquello fue lavar una sábana blanca en agua alquitrán. ¿Hubo un castigo, una imposición, una revancha, la natural consecución de la justicia? No hubo nada. Reprimenda soltada a tiempo, el juego del teléfono, en el que el mensaje, cuanto más tramo avanza, más se diluye. No hubo nada, pero sé que hubo paz tras el escozor del revuelo. El horror en la cara de mi madre, la sombra en su corazón jamás ya iluminada no los recuerdo; en esa época todo lo que venía de ella era seguridad, amor, calma. Tapó el agujero. Hizo lo que se esperaba de ella que hiciera, al fin y al cabo son niños. Y aquel era el hijo mayor de su hermana mayor, un sobrino al que no podía dejar de querer. Y nosotros éramos una familia normal. Y tapó el agujero. Pero quién se asomó a mirar la herida. Llegó la paz, y satisfechos en nuestro desconcierto seguimos viviendo. No pasó nada, no cambió nada en nuestras rutinas ni en nuestras costumbres. Yo era una niña, ya lo sé, pero mi hermana me había hablado a mí. Yo era también una niña, ya lo sé, pero era una niña más grande que ella. Yo la apartaba de mis juegos, me escapaba sola a donde podía, me satisfacía quitarme de encima esa pequeña sombra que me seguía a todas partes. Abandono, desamparo, alejamiento. Yo era una niña, ya lo sé, pero el día de aquella confesión debí haberla cogido entre mis brazos y no haberla soltado nunca.

Sofía prepara una pequeña maleta para dos días. Ha metido en ella unos vaqueros ajustados y una camisa blanca sin mangas que ella misma ha confeccionado, una de las que le rechazaron en la tienda del pueblo. Antes de doblarla y guardarla se la ha probado, y sus hombros limpiamente bronceados hacían un bonito contraste con la tela. La camisa no tiene botones, se cierra en un cuello de barco muy abierto, que también deja ver parte de sus clavículas y que esconde su escote. Se ha sentido atractiva, incluso sensual al mirarse al espejo. Su pequeño neceser ya duerme en una esquina de la ordenada maleta. Da una vuelta por la habitación buscando algo más que pueda servirle en su escapada, y acaba cogiendo el frasco de colonia que está encima de la cómoda y el libro de Tsvietáieva, otra vez. Acaricia el de Carson antes de dejarlo de nuevo sobre la mesita de noche. Ya está todo. Al cerrar la cremallera, siente un arrepentimiento, esa babosa de culpabilidad que sube por la piel del cuello hasta los ojos cuando una madre se separa voluntariamente de su hijo.

Pero su hijo está feliz y parece que no la echará de menos. Sentado a la mesa del salón, junto a un Paul despeinado y con los párpados hinchados, juega a hacer un puzle. El tipo lo ayuda de vez en cuando, encuentra la pieza que falta justo cuando el crío empieza a desesperarse. Leo parlotea con ánimo, está relatando otra vez el episodio del eclipse. Y si no hubiéramos llevado las gafas, ¿a que se nos hubieran achicharrado los ojos? Y nos habríamos quedado ciegos. ¿A que sí? Y luego para andar por la calle tendríamos que ir con palos. Paul apostilla: o con perros, perros lazarillos se llaman. Eso, también con perros. ¿Te imaginas que se nos achicharran los ojos? ¡Y salen pompas! ¡Como si fueran volcanes! Pero como nos pusimos las gafas… Paul asiente: claro, pues no nos pasó nada. Mira, aquí está la pieza que te falta, colócala tú. Sofía asiste a esta escena a medias aliviada y a medias celosa. Pero está a punto de irse, a un paso de la liberación, así que se sobrepone y se acerca a su hijo y mete su nariz en el pelo fino del chiquillo, en su cabeza inclinada sobre la mesa, y aspira, y pretende retener este olor en su nariz durante cuarenta y ocho horas y que le sirva además para lo punitivo. ¡Mamá, que estoy haciendo el puzle! Se queja, pero no quita la cabeza, no la mueve ni un centímetro lejos de la nariz de su madre, de su calor.

Sofía lo agarra por las costillas, haciendo presión entre los huecos, sabiendo que esto lo pondrá muy nervioso, lo hará revolverse como una lagartija, pero saldrá de él esa risa, la risa única, la risa para siempre, la risa de los niños, sol entero carcajada, agua curativa, fiesta, estrellas, pájaros, nueces chocando, aire nuevo, aire nunca respirado, la única verdad, la regeneración del mundo, puerta batiente del placer, risa carcajada histeria boca estirada de un niño, ojos cerrados en mueca falsa de dolor, toda una cara perfecta, lisa, sin matices del malestar, sin huella de carcoma, toda una cara expuesta a la risa, al estertor benigno de la felicidad, abdomen contraído caja de pandora, un prado infinito sobrevolado a ras, tan verde el prado, tan brillante, la conquista del sentido de la vida, la justificación de la maternidad, la carcajada de un niño, es más, poder provocarla, que esas manos de madre puedan arrancar la carcajada, la pureza. Paul observa el momento mamá hace cosquillas a su hijo con respeto y con indiferencia, por supuesto mucha más indiferencia que respeto, desde su eterno lado de la mesa, esa silla donde siempre se sienta, colocada en el mismo lugar, como si la casa fuera suya de algún modo. Espera que acabe, para poder seguir con el puzle. Leo todavía se ríe un poco cuando vuelve a agachar la cabeza sobre las piezas. Venga, mamá, vete ya, que voy a hacer el puzle. Y Sofía le da un último beso en la frente: ¿te vas a portar bien? ¿Me vas a llamar si me echas de menos? Pero Leo ya no responde. Aun así, ella tiene que acabar el rito de la despedida, esa algarabía sobreactuada. Me voy, pero es como si no me hubiera ido. Me voy, pero pórtate como si yo estuviera delante. Me voy, pero no te olvides de mí, no te olvides de que me necesitas. Me voy, me voy, pero volveré. Tres besos más, esta vez en la nuca. Uno más, suave, junto a la oreja. Ay, mamá.

En la cocina, Rita está tomando un café, el segundo o el tercero de la mañana. Sofía supone que es normal. Se acuestan tardísimo cada día, aunque se metan en el cuarto ella se duerme oyendo los susurros y las risas, a veces la música, más tarde, a bajo volumen, algunos gemidos o el chirriar de la estrecha cama. Hoy han hecho un esfuerzo levantándose tan pronto, pero claro, de su hermana fue la idea de que se escapara, ella se queda al cargo, no iba a dormir hasta tarde, así que Sofía no puede reprocharle nada y obviamente tampoco puede hacer alusión a su desordenada cotidianeidad, no puede lanzar la horda de las precauciones, porque ella se va, ella huye, ella va a hacer uso de esa carta que su hermana le ha obsequiado con tanto amor y tanta generosidad. Sería estúpido estropearlo todo de esa forma.

Rita está agarrada a su taza de café y mira por la ventana de la cocina hacia una lejanía inabarcable. Bueno, pues me voy, le dice Sofía, temerosa de algo. ¿Dónde tiene su hermana puestos los ojos, dónde ha cerrado las pupilas? En un arranque de naturalidad Sofía se acerca al frigorífico y lo abre, busca y saca un cartón de leche de avena y un pequeño racimo de uvas. Echa leche en un vaso y enjuaga el racimo bajo el grifo; empieza a comerse las uvas pero no las arranca con los dedos, las separa del racimo directamente con los dientes. Rita continúa en silencio, su respiración es profunda. ¿Rita?, pronuncia Sofía temerosa, la boca llena de agua de uva, de pepitas. Y Rita desvía por fin la mirada de la ventana y posa sus ojos sobre su hermana. Sobre sus pómulos hay un rastro brillante, a lo mejor ha llorado, pero la boca apretada y seca, las pestañas tersas la disuaden. Está hermosa su hermana en esa lejanía. Muslos delineados bajo el pantalón corto de algodón, pechos saltarines bajo la camiseta de hombre que lleva puesta, cualquier cosa le sienta bien a su hermana, cualquier cosa la hace volar. Aunque esta mañana se agarre a la taza de café como si fuera una cuerda que la salvara del abismo, aunque Sofía sepa que no hay nadie detrás de esa mirada; son solo imaginaciones suyas, deformación de madre culpable. ¿Seguro que no quieres llevarte el coche? Huy, no, me voy en autobús, ya te lo he dicho. Así leo. Además, aparcar luego allí… Pero si es verano, no hay ni dios. Hay aparcamiento de sobra. Sofía tira a la basura el racimo vacío, bebe lo que queda de leche y se limpia las manos en un paño húmedo. Pero es que a lo mejor vosotros necesitáis el coche, ¿no? Si pasa cualquier cosa… Rita parece entrar en calor en ese momento. Qué va a pasar, Sofía, por favor. Venga, no seas ceniza.

Vete ya. En sus palabras no hay solo indulgencia, también hay zozobra, dejadez. Eso hace que entre las dos se instale lo rígido, que sus posturas, de pie en la cocina, no sean amables. Rita rompe la crisálida y se acerca a Sofía, le pone una mano helada en el codo, unos dedos de plumas mojadas, anda, vete, y pásatelo bien, esta noche hablamos, y no te preocupes, hermanita.

Y entonces Sofía se va, y arrastra la maleta con ruedas por el camino de tierra, y luego por la avenida de eucaliptos, y llega a la rotonda y embiste hacia la izquierda la calle larga de los comercios, la calle principal, sucia y llena de triste cotidianeidad, una calle afuera del verano, y recuerda en ese momento que iba a pedirle a su hermana que la acercara a la estación en coche, para así ahorrarse este ridículo recorrido de maleta ruidosa para dos días y sudor y cerco bajo las axilas.

Y en la ciudad qué tenía que pasar que lo justificara todo: que justificara una existencia, un merecido descanso. La ciudad podría haberse abierto como una flor automática, y neones, podrían haber cantado los gallos desde lo más lejano, cláxones, chirridos de cierres metálicos, el crujido del cemento contra el ladrillo, podría haberse callado la ciudad en verano al verla aparecer, o haberse vestido de gala, fingido aire del norte, una ciudad que también en verano guardara la elegancia, pero no es el caso. Qué tenía que pasar allí donde ella vivía antes o donde todavía vive, pues ¿no está su padrón ahí sellado? Su libro de familia. Las cartas de hacienda, el colegio de su hijo. Si ella no hacía nada al respecto, y ya tendría que haberlo hecho, su hijo volvería al mismo colegio en septiembre, al mismo barrio, y ya está, se acabó la broma, la excursión, porque la educación a esa edad es obligatoria, podrían perseguirla, arrestarla, quitarle la custodia, aunque ¿tenía ella la custodia?, si es él quien se ha ido de casa primero, ella tiene la custodia, ¿no?, pero en realidad no lo sabe, porque además a estas alturas la que no está en el hogar familiar claramente es ella, no él, y bueno, no se ha parado a pensar en nada. Por lo tanto, ya que es la ciudad a la que debe volver por ley, es su ciudad. Están allí sus médicos, la pediatra de su hijo, el cirujano que la abrirá en canal para revolver con un cucharón de sopa sus metástasis cuando le llegue la hora, el enfermero que revisará las venas ya invisibles de sus brazos para el próximo pinchazo, el celador que se ocupará de trasladar su cuerpo por los pasillos del hospital, ascensor, sótano, el mismo celador que acabará amortajándola, todos ellos. Esa ciudad se levanta al atardecer con la canícula y qué le ofrece: ¿le reprocha quizá que se haya ido, que haya prescindido de ella, que le haya robado a uno de sus niños? ¿Le muestra, por el contrario, una tosca indiferencia, las terrazas desplegadas sobre las aceras, parejas musitando, reunión de amigos y el sudor, jarras de cerveza, cuanto más frías más valientes, trabajadores hormiga que lucen como cigarras? Qué tiene ahora esta ciudad, que es la suya, en medio del verano, cuando todos la huyen, qué tiene de bueno o de apetecible.

Sofía camina al lado de su amiga por lo que antes era un bulevar y ahora es una enorme extensión peatonal, a veces la coge del brazo y se deja caer en ella al andar simulando una complicidad, por ejemplo que no ha pasado el tiempo o que está un poco ebria. Van al encuentro de un grupo que antes fue algo sólido y efervescente pero que ahora es un resto aburrido, sin pelo, con barriga, con bolsas bajo los ojos, algún que otro personaje descolgado de la vida que vuelve al redil, un par de parejas estáticas de esas que se alimentan de guardar la llama de la amistad grupal, el típico lugar donde las conversaciones se apagan al poco de haber empezado, mejor replegarse, masticar lo que venga en una esquina. La única esperanza de Sofía es que su amiga le ha dicho que aquel ex suyo, ni siquiera ex, aquel con quien hace dos mil vidas se acostaba, solo de vez en cuando, solo si estaban muy borrachos, solo si no había delante nadie más del grupo, ese ex que ahora es el ex de otra o de varias, igual que ella, está casualmente en la ciudad y ha contestado al mensaje colectivo que ha mandado la amiga juntémonos que hace muchos años, Sofía se apunta, Sofía como reclamo, eso la ha hecho sentir bien, que aún sea un reclamo, algo que la gente quiere ver porque no se deja ver demasiado o algo que la gente quiere ver para saber cuánta mierda ha tragado, cuánto hay en su cara de máscara y cuánto queda de juventud, lo que sea, pero Sofía se apunta, es un reclamo y el tipo este al parecer ha picado, dice la amiga que nunca contesta en el grupo y que esta vez ha dicho ¡voy! y eso es buena señal, señal de que a lo mejor esta noche se acaba divirtiendo. Lo que pasa es que ese tipo ya no es lo que era, antes era un canalla guapo y ahora qué, ahora un depravado. Y las dos se ríen por no llorar.

La parte más pesada de la tarde la han pasado en un centro comercial, Sofía ha hecho el esfuerzo de pasearse por las tiendas y acariciar las prendas como si alguna le interesara, ha acompañado a su amiga al probador y le ha traído diferentes tallas, hay que aprovechar las rebajas, que luego ya se sabe, ella no pensaba comprarse nada, en absoluto iba a probarse ropa delante de nadie, pero al final ha caído, un colgante de plata con forma de barco, en una cadena larga, que ahora baila sobre su camisa blanca, y ella en realidad querría que bailara sobre su escote, directamente sobre su piel, pero para eso tendría que haber elegido otra prenda, y también ha comprado un bañador para Leo, al fin y al cabo es el uniforme del verano, está todo el rato enjuagando con detergente los dos que tiene y poniéndolos a secar, ha escogido uno con palmeras naranjas sobre fondo azul, es tan pequeño, talla 5, ambas cosas le han costado muy poco pero el colgante casi tres veces más que el bañador; decidió meter el bañador directamente en su bolso, hecho un gurruño, como si fuera un pañuelito arrugado, y cuando regresaron a la casa de la amiga para ducharse y cambiarse de ropa antes de salir de nuevo a cenar, a beber, a encontrarse con el grupo, olvidó sacarlo del bolso, así que ahí lo lleva, en el fondo, junto a la cartera y el teléfono móvil, y a veces al meter la mano para buscar el tabaco o un mechero lo roza con los dedos y un bordecito rajado de las uñas, un padrastro desaprensivo, se queda enganchado en la licra y ella aparta la mano rápido, con desagrado.

Y la noche no ha sido nada, nada le ha ofrecido la ciudad, o al menos nada que ella deseara. Qué difícil es ahondar en este punto: qué desea uno, de verdad qué desea, ahora, en este momento, limpiamente, sin la carga adicional de las circunstancias. Si se pudiera desalojar la inseguridad, la costumbre, la comezón del paso del tiempo, si se pudiera desalojar todo eso del deseo y que este saliera a flote como una boya en medio del mar, un poco andrajosa de cirrípedos, pero reluciente al fin y al cabo, porque pura, porque sola, porque flotante, pero no se puede. Y lo que uno desea lleva una mezcla de desasosiego y perversión, siempre, o de ingenuidad. La noche no ha sido nada, nada más empezar ya se vio que iba a resultar todo muy aburrido, ella quiso arrancar a su amiga y llevarla a algún antro, que al menos se emborracharan las dos solas, que se contaran de verdad cómo les había pasado la vida por encima, que refugiadas en la esquina de una barra practicaran la oratoria del superviviente, ese canto engolado, que se enseñaran las cicatrices, ni siquiera eso, las heridas abiertas, pero no, no lo hizo porque era ella quien necesitaba eso, no al revés, que alguien la agarrara de la muñeca y se la llevara a un antro, que alguien la empujara o la llevara en volandas por el bulevar, por la noche cerrada del verano, por esa ciudad hundida en sí misma. Así que Sofía fue dócil y contó a medias que se había separado, y contó a medias que hacía años que no trabajaba, y contó a medias que su hijo tenía ya cinco años y que ella de vez en cuando, casi para nada, confeccionaba ropa que nadie le compraba, y no contó nada en realidad y lo único que hizo fue beber un par de whiskies con hielo y mirar a la puerta del bar a ver si ocurría un milagro, el tipo aquel del pleistoceno ya no era nadie para ella, ella no era nadie para él, posiblemente ella antes fuera una canalla y ahora qué, ahora puro aburrimiento con algunas canas y culo gelatina y menos mal que las varices no se ven a través de los vaqueros.

Ya en el sofá de su amiga, sobre las sábanas limpias que esta le ha extendido y ha alisado con esmero, ya la crema puesta bajo los ojos y las encías limpias e hilvanadas con seda dental, piensa que no pasa nada por acostarse tan pronto, ni siquiera son las dos de la madrugada, y que aún le queda una noche, un día entero, y que quizá debería ser un poco más valiente y tirarse al fango, rebuscar en la agenda a aquella otra gente que a lo mejor no la conocía tanto pero con la que compartió una parte importante de sí misma, una parte más radical, una parte quizá volátil, pero, bueno, no solo de pan vive el hombre, quizá el día siguiente era su oportunidad para volver y tener algo que contar, para hacer eso que hace la gente cuando se separa, perder el rumbo, arrastrarse por el suelo, reír hasta el delirio, y al día siguiente qué más da, y así con ese pensamiento de niña que aún no ha exprimido todas las vacaciones pero siente que la vida, en general, no es suficiente, que le han vendido un equipo insuficiente para el abordaje, que falta algo, algo importante con que rellenar la escafandra, con ese pensamiento, sí, liberador en el fondo, cierra los ojos y respira, y entonces suena su teléfono móvil, no un mensaje, no, es una llamada, alguien la está llamando a las dos de la mañana, por un segundo Sofía piensa que ya está, el tipo aquel que antes era un canalla y ahora es un depravado ha cambiado de opinión y ha conseguido su teléfono y la va a invitar a algo, claramente a algo mucho más divertido que lo que está haciendo ahora, y durante los dos segundos que siguen al segundo que tarda en pensar eso recoge la desgana y la modifica en un atlético intento de aprovechamiento de las circunstancias, las cosas no deben ser hasta que deben ser, ya está, no pasa nada, podría incluso salir sin que su amiga se diera cuenta, se metería otra vez dentro de los vaqueros y se pondría la camisa y con llevarse el cepillo de dientes ya estaría bien, y se incorpora porque no quiere que el teléfono despierte a su amiga que por mucho que se conocen bien, desde hace tanto tiempo, ya no tienen nada que ver y además siempre hubo algo reprobatorio en su mirada, en algunos consejos elegidos con educación, y alcanza con la mano temblorosa el teléfono, que vibra y suena sobre la mesa baja, al lado del sofá cama, y en la pantalla pone: Rita, solo hay una Rita en su agenda, es decir que su hermana Rita, su hermana pequeña que ahora mismo está allá lejos, en la casa de la playa, cuidando de su hijo, de su hijo pequeño, la está llamando, a las dos de la madrugada, y el teléfono tiembla en su mano que tiembla y ya le duele un poco el corazón cuando descuelga y casi grita: sí, qué pasa, y no es su hermana quien está al otro lado sino ese desconocido de pelo grasiento, ese que vaga por la casa de su padre cuando su padre jamás lo hubiera dejado entrar, el que juega con su hijo como si su hijo le importase algo, que con una voz picada de alguna cosa, una voz agujereada, le dice no te preocupes, no pasa nada, es que tu hermana está muy nerviosa y no puede hablar, pero por favor no te preocupes, estamos en Portugal y Leo se ha perdido.

La autopista está vacía, la luna ilumina un costado, el campo negro rasgado recorta la silueta del horizonte negro. El coche viaja a una velocidad mayor de la permitida siguiendo el recorrido de la línea ahora continua, ahora discontinua; de vez en cuando se cruza con unos faros al otro lado y Sofía alcanza a pensar que si fuera de día tendrían que estar adelantando camiones y su corazón no aguantaría la densidad del tráfico de esa carretera que va a la playa desde la ciudad, aunque de todos modos su corazón tampoco aguanta esa oscuridad veloz porque no hay nada que aguante su corazón en ese momento más que el latir y la falta de oxígeno. Julio conduce con cuidado a pesar de los nervios y las piernas no le tiemblan como a ella, apenas tiene que cambiar de marcha porque no reduce, ni siquiera en las curvas, sus ojos están fijos allá al frente. Acaban de salir de la ciudad pero si todo depende de la determinación de esa recta nariz, de esa mandíbula cerrada, en muy poco tiempo habrán cruzado la frontera. Las mejillas de Sofía están cubiertas por una pátina de lágrimas, los labios hinchados, la lengua que va chupando el resto de moco transparente, en sus manos arrugadas sobre el regazo, un pañuelo de papel empapado y el teléfono móvil. No hablan, ella va llorando en diferentes intensidades, a veces se agarra el pelo junto a las sienes, se golpea la cabeza entre sollozos. Luego suspira, como si la mera suspensión del pánico sirviera para arreglarlo todo, para que esa situación dejara de existir, para que ella misma dejara de existir, nada de esto está pasando, esto no está pasando, si la negación significase anulación, si no se hubiera ido, madre negligente. La voz de Julio es grave e inunda el interior del coche: ¿por qué no llamas otra vez a tu hermana? A lo mejor ahora te contesta. Es Sofía quien no contesta, solo menea la cabeza mientras sorbe con ruido más mocos, más lágrimas, mira de todos modos su teléfono y entra a comprobar que no tiene mensajes nuevos, Julio insiste, llámala, por favor, y en su voz ya imprime la impaciencia de una orden. ¡No la quiero llamar! ¡No puedo llamarla, llámala tú, a mí no me lo coge! Yo estoy conduciendo, Sofía, relájate. A lo lejos los faros de otro coche parpadean, a pesar de ir por el carril contrario los avisan de que quiten las largas, pero Julio no hace nada, en tres segundos ya se habrán cruzado y nadie molestará a nadie. Sofía se golpea la frente con el teléfono, son toquecitos torpes, está probando la dureza de su cráneo. Su garganta mantiene una especie de gemido, la antesala del grito, ¿tuvo alguna vez un vértigo como ese? ¿En esto consiste la tragedia? Las cosas pasan, les pasan a otros, hasta que de pronto un día le pasan a uno y zas, somos espectadores del drama ajeno hasta que somos protagonistas de nuestro propio drama, de nuestra pobreza, de la más profunda debilidad, y resulta que es así, así como el de otros, exactamente igual de terrible.

Sofía parece al borde de la locura, pero no sabe si es la culpabilidad o la obligada certeza de que nada malo le puede estar ocurriendo a su hijo lo que la hace mantener, en el fondo, muy en el fondo, la calma, al menos la calma suficiente para no abrir la puerta del coche y tirarse de él en marcha, a ciento setenta por hora, reventarse la cabeza en el asfalto, quemarse por completo el cuerpo mientras la velocidad la arrastra. El gemido delgado de su garganta se convierte en palabras: no tenía que haberme ido, no tenía que haberme ido, yo lo sabía, mi niño pequeño, mi niño, por qué lo he dejado solo, por qué me dejé convencer, dios mío, dios mío, dónde está mi niño ahora, tiene que estar pasando mucho miedo, dime que no le han hecho nada, Julio, dime que no le ha pasado nada malo, me voy a morir, me voy a morir, es mi culpa, la culpa es mía, no tenía que haberlo dejado solo, voy a matarla, te juro que la voy a matar si al niño, pero sus frases carecen de rabia, nacen desde el fondo de la desesperación, no significan nada solo son llanto, Sofía, cállate, para, me estás poniendo muy nervioso, estoy intentando conducir, ser práctico, no tiene por qué haber pasado nada, Julio continúa ejerciendo el equilibrio, de hecho lo consigue, es lo que se espera de él en esos casos, que pueda conducir a pesar de todo y llegar a tiempo a pesar de todo para hacer no se sabe qué, toda la fuerza concentrada en sus mandíbulas, las muelas apretadas, encajados los dientes unos contra otros, los puños también cerrados sobre el volante y los ojos secos, noche en carretera, camino que por suerte se sabe de memoria, solo quiere llegar para por fin poder hacer una valoración de lo sucedido, los niños no se pierden tan fácilmente, es muy difícil de hecho que un niño se pierda, aunque esté perdido durante unas horas no tiene por qué significar el horror, nadie tiene por qué haberlo robado, nadie tiene por qué haberlo violado, el cuerpo de su niño intacto debe de estar en algún lugar que la incompetencia de otros no sabe ver, pero en cuanto él llegue todo se va a solucionar, no puede ser de

otra manera, y su mujer ahora debe estar histérica, es su obligación como madre, lamentarse por una muerte inexistente, por
una pérdida ficticia, flagelarse porque evidentemente todo lo que
le ocurra a un hijo es culpa de la madre, no hay otra manera de
afrontar el amor, cualquier paso mal dado, los fallos que comete-
rá a lo largo de su vida, la irrelevancia de su existencia, todo caerá
sobre los hombros de ella, no hay más remedio, y la niñata de su
hermana…, aunque ¿acaso no es él el culpable en el fondo, acaso
si él no se hubiera ido de casa…?, pero estos no son los pensamientos de Julio, Julio es capaz de la lucidez y afronta la vida con
una alegría mesurada, racional, solo en un caso límite de oscuridad asumiría la responsabilidad idiota de lo que no es responsabilidad de nadie. Sofía, por qué no intentamos ver esto con un
poco de calma, es realmente muy difícil que haya ocurrido algo,
y tú no vas a matar a nadie, aunque es verdad que deberíamos
haber previsto que tu hermana no está bien otra vez, en realidad
ese es el único punto, el niño seguramente no… ¿Deberíamos
haber previsto? ¿Y ese plural de dónde te lo sacas? ¿Tú qué ibas a
prever, desde tu llamada diaria de cinco minutos? ¿O es que sabes
algo que yo no sé? *Yo* debería haberlo previsto, *yo* lo estaba viendo
venir, mi hermana ha traído a un tipo a casa y yo creo que están
todo el día drogados pero no sé por qué me he dejado llevar, no
sé por qué he dejado que pase esto, Leo no me lo va a perdonar
nunca, tú tampoco me lo vas a perdonar nunca, qué coño estaban
haciendo en Portugal, dónde coño han perdido a mi hijo, yo me
quiero morir, me quiero morir ahora, mientras dice todo esto su
cuerpo deja de temblar por un momento, ya no soporta más el
batir, o a lo mejor es que está recuperando la conciencia, busca
el bolso que ha dejado a sus pies para coger un pañuelo de papel

limpio porque el que tiene en las manos es un desecho de agua, un agujero, y al meter la mano dentro tropieza con el bañador que esa tarde le ha comprado al niño y todo se derrama dentro de ella, la inmensa ternura, la pena por la vida que iba a continuar con normalidad y ahora de pronto está zanjada, rota, todos los momentos cotidianos por los que ella ha pasado sin gloria, con la pesadez del sacrificio rutinario, ahora todo arroja una luz de sencilla felicidad inapresable, todo apesta a pasado, todo es intolerable, era tan fácil, era tan sencillo vivir, piensa en su hijo poniéndose ese bañador, corriendo por la orilla, mojándola, mamá hierática en su silla de leer, no me mojes, ahora voy, ten cuidado, ahora no puedo, no me quiero bañar, luego hacemos un castillo, hay que dormir, hay que comer, hay que lavarse el pelo, estate quieto, un momento, cállate que estoy hablando, cállate, y entonces sí está a punto de gritar, vuelve el llanto a ella como una revolución, el estallido de una enfermedad, se convulsiona sostenida en el asiento del copiloto por el cinturón de seguridad, las manos cubriéndole la cara, los dedos hincados en las sienes, el diafragma un acto de violencia, llora con grito, llorar es más fácil que abrir la puerta del coche y lanzarse, morir ahí mismo, sesos esparcidos en el arcén, Julio tendría que seguir adelante, no podría pararse a solventar ese mal menor que es la muerte de una madre cuando el hijo está perdido en un país extranjero, perdido en la noche del verano, perdido sin una mano que lo agarre, que lo guíe, tendrá hambre, tendrá sueño, el cuerpo sin vida de una madre en una autopista negra no tiene importancia, solo importa ese otro cuerpo de veinte kilos y poco más de un metro, esos ojos redondos y directos, esa nariz puntiaguda, los labios rojos siempre mojados, las clavículas perfectas, columna vertebral hundida en carne elástica, Julio no podrá pararse a comprobar que efectivamente ella ha muerto, no se detendrá a cerrarle los párpados, a cubrirle las extremidades rotas con una manta, porque en el fondo está muy enfadado con ella, está enfadado desde hace mucho tiempo, incluso su desamor no es otra cosa que el producto de su enfado, incluso su alejamiento no es más que la consecuencia de su desprecio, quién si no ella tiene la culpa de todo, la culpa de la frustración, de la insatisfacción, de la no aceptación de la vida, esa suciedad siempre en el paso del tiempo, esa dejadez, la torpeza del nostálgico, el empeño de la amargura, así como un traje, como una personalidad, la melancolía como una razón de identidad, como si sirviera de algo, como si no fuera otra cosa que el disfraz de los cobardes y de los mediocres, la justificación de la indolencia. Claro que está enfadado, porque ha dejado a su hijo con una pareja de inadaptados, con unos irresponsables, y seguramente cuando todo pase, cuando ya no haya nada más que hacer, entonces cargará sobre ella, con los ojos huecos, con sus manos grandes, con toda la autoridad que le dan la paternidad y el haberla amado, y le reprochará sin levantar la voz uno a uno sus errores, te llevaste al niño en un acto de despecho, lo sacaste del colegio, lo has tenido allí en esa casa vacía todo el verano, te escudaste en él, lo utilizaste, en el fondo sabías que algo le iba a pasar si te ibas, pero necesitabas que algo pasase, necesitabas construir alguna cosa, aunque fuera desde la mugre, desde la equivocación, todas esas cosas le dirá, una a una, cada día de su vida a partir de mañana, hasta que ya no le quede nada dentro y pueda abandonarla de verdad, toda esa tortura que ella merece llegará, pero no ahora, ahora ella se convulsiona entre gritos y llama a su hijo y se da golpes en la cara con los puños cerrados y la baba le cae al regazo, la boca abierta, y Julio todavía no le reñirá, no ahora que está destrozada, y pone su mano fría sobre la rodilla de su mujer, con una imposible dulzura consigue que se esté quieta, ofrecerle un descanso, además seguro que está diciéndole algo, aunque ella no puede oírlo porque en su cerebro hay un ruido de infierno, pero él seguramente pronuncia su nombre como otras tantas veces a lo largo de su vida, como deteniéndose mucho en las letras, en las consonantes, en las vocales, como si lo deletreara, hay todavía amor en ese susurro, ella de pronto es capaz de recibirlo en medio de la marea, está incapacitada para el consuelo pero no para la empatía, al fin y al cabo nadie más que él puede entender su lugar, entenderlo hasta el detalle más nimio, nadie mejor que él puede comprender el recorrido, y la mano sobre la rodilla ahora está en su cuello sudoroso que aún tiembla, y luego son las dos manos las que la recogen, las dos manos de Julio dispuestas para ella, un brazo que le parece enorme, infinito, y que de pronto rodea sus hombros y la convierte en una cápsula, y es entonces cuando se da cuenta de que Julio ha salido de la autopista y ha parado el coche en una vía de servicio, ha apagado incluso las luces, el motor, ha descansado, ha hecho posible que haya un breve lapso de calma en medio de aquello, o quizá es que ella estaba gritando demasiado, se estaba revolviendo en su asiento como un gusano, quizá ella no lo estaba dejando conducir, pues nadie puede conducir en medio de la noche a ciento sesenta kilómetros por hora y obviar semejante espectáculo, quizá él ha visto claro que si no paraba tendrían un accidente, el caso es que ahora se ha quitado el cinturón de seguridad y está abrazándola, no te preocupes, le dice, de verdad, no te preocupes, confía en mí, no va a pasar nada, y ella para de agitarse, consigue concentrarse en el llanto, sin más, solo llorar, dejar que él le acaricie el lomo, y él ya no dice nada tampoco, porque no tiene nada más que decir, solo la abraza, el cuerpo de ella hirviendo entre sus brazos, un minuto a lo mejor, dos o tres minutos de aliento, una pausa, rellenar de turbio afecto los pulmones, continuar la marcha, pisar el acelerador, cruzar la frontera, salvar la noche.

Qué día más limpio y más cálido, mañana levantada como un pañuelo blanco al aire. Las gaviotas, al alejarse de la orilla tras el amanecer, dejaron un rastro de pinceles en la arena fría y ahora brilla la hendidura de sus uñas. Los veraneantes llegarán muy temprano hoy a la playa, se aprovecharán de este día de gloria, montar campamento en esos kilómetros de fina concha destruida, el recorrido del océano como límite, las pieles quemadas, los desperdicios amontonados alrededor de los contenedores, fango de chapoteo junto a las duchas. Eso será más tarde porque aún el día está congelado en la belleza de lo que no ha ocurrido. Huele a masa de pan en la panadería del paseo de eucaliptos, se aleja la furgoneta de la fruta, el dueño de la papelería donde se vende la prensa saca el tenderete a la puerta: flotadores hinchados, redecillas con cubos y palas de plástico, tablas de corcho para surfear. Todo está preparándose en esta mañana pañuelo blanco, las casas junto a la playa se despiertan lejos del bullicio del pueblo, del arranque de motores, de la lonja escama gigante, de barcos descansando en el agua negra del muelle, las casas junto a la playa tienen el tiempo detenido y se remueven con pereza, con una valentía sostenida.

El coche de Julio se aleja por el camino de tierra y Sofía levanta la mano en despedida, aunque ya nadie puede verla, ahí parada junto a la verja, la misma camisa blanca del día anterior, arrugada y maloliente, en vez de los vaqueros una falda negra de algodón que le marca el borde de las caderas y las nalgas. Deja la mano así, en el aire, ocupando el merecido espacio de las despedidas, aguanta hasta que el coche dobla al final de la calle y desaparece, aguanta no porque resista sino porque no puede moverse, porque está en otro lugar, ese sitio donde se aloja el cuerpo cuando todo lo demás se ha ido. A lo mejor Julio la ha visto por el espejo retrovisor, esa figura fantasmal a la puerta de la casa, ya diminuta a pesar de su gravedad, al fondo de la calle ella con la mano levantada, el rostro sin congestión. Julio llevaba la ventanilla bajada pero no ha sacado el brazo para decirle adiós, en silencio ha girado el coche para enfilar hacia la salida del pueblo. Leo no ha podido verla tampoco, porque va en su silla especial, bien sujeto, y lo que ve en el espejo retrovisor son los ojos de su padre, un poco enrojecidos, sus cejas tiesas. Sofía se ha despedido de su hijo tan rápido y alegremente como ha podido.

Durante la noche, mientras él dormía en su cama un sueño breve, exhausto tras los acontecimientos, tapado una y otra vez por su madre con la sábana, acariciado, la frente, alrededor de las orejas, la nuca caliente, ese hueco de sudor entre la barbilla y el cuello, durante la cortísima noche del verano, mientras su hijo dormía en la cama, tan profundamente como había dormido en el coche de vuelta de Portugal, ella hacía su maleta. Al día siguiente su padre se lo llevaría con él; si nada hubiera pasado se lo habría llevado una semana más tarde, ahora les tocaba a ellos estar juntos en esta segunda parte de las vacaciones, si todo hubiese sido normal habría ido a recogerlo la semana próxima y entre saltos y purpurina infantil se habrían metido en el coche, ruidosamente, alboroto de nueva etapa, los abuelos del norte, allí arriba del país, donde los bosques verdes, donde el mar helado, a pescar, a lanzar la caña desde la piedra plana sobre el río, bocadillo de sardinas, agua en cantimplora, cacahuetes. Sofía había preparado la maleta del niño, había añadido un par de jerséis y el impermeable, un puzle nuevo, dos libros, cuadernos para colorear, zapatos de campo, cangrejeras, la gorra amarilla, por último el bañador que le había comprado en la ciudad el día anterior, por fin ya fuera de su bolso, doblado con la etiqueta aún puesta, todas las cosas amorosamente acariciadas, igual que la frente del niño mientras duerme, su mejilla tostada, el hueco de sudor entre la barbilla y el cuello.

Apenas habían hablado de nada desde que regresaron de Portugal, ya muy tarde. Cuando empezaba a amanecer, Sofía se sentó en el sofá junto a Julio, que dormitaba con la cabeza apoyada en un cojín, y le ofreció un té caliente y unas magdalenas. Qué crees que ha pasado realmente, había dicho Julio, abriendo los ojos al mero contacto de su mujer al lado. Sofía todavía llevaba puestos los pantalones vaqueros ajustados y la cintura le molestaba en el vientre y tenía los tobillos hinchados. No era calma lo que se había apoderado de ella sino vacío. No era alivio sino desconcierto. Pues creo que ha pasado justo lo que nos han contado. ¿De verdad piensas que alguien puede mentir con ese ataque de nervios? Lo que nos han contado no tiene ningún sentido, replicó Julio incorporándose en el sofá, sorbiendo lentamente el té. Está hirviendo, joder. Sofía reaccionó obediente y se llevó el té a la cocina para pasarlo de taza varias veces hasta que el líquido se enfriara. Era lo mismo que hacía con su hijo cuando se le iba la mano calentando la leche, la sopa, el chocolate. Ya de vuelta en el salón, mirando cómo Julio masticaba con trabajo las magdalenas, se encendió un cigarro. El hombre había sonreído condescendiente. Lo que ha pasado es lo que nos han contado, Julio. Ahora no te pongas paranoico tú. Fueron a un centro comercial y había unos conciertos en la plaza y mucha gente en la puerta de los bares y Leo se perdió. Ya está. Julio soltó un graznido, el chirrido del malestar. Ya, y tardaron casi dos horas en encontrarlo. En un centro comercial. En un puto pueblo. Un pueblo lleno de gente, Julio, tardaron en avisar a la policía, y no quiero pensar en eso. Ya lo arreglaré, ya me enteraré mejor. Lo único que me importa es que Leo estuvo con esa familia alemana todo el tiempo e incluso se divirtió. Ya ves qué cara tenía cuando llegamos, tenía la cara de haber vivido una aventura, creo que no sufrió. Sofía, tu hermana y el gilipollas ese fueron a la comisaría dos horas después de que se perdiera, joder. De hecho el niño estaba allí cuando llegaron. No tuvieron ni que buscarlo, estaba allí con los putos alemanes. Sofía apagó el cigarro en el cenicero y se acarició la cara, seca por fin, su cara ya impenetrable al amanecer. No es verdad, lo buscaron. Por eso no fueron antes, porque lo estaban buscando. ¿Qué pasa, que vas a excusarlos ahora? A saber qué cojones estaban haciendo. Sofía fue capaz de mirar a los ojos a Julio el tiempo suficiente. En ese tiempo, Julio abrió la boca dos veces para decir algo pero volvió a cerrarla sin apartar los ojos de los de ella. Fue Sofía quien acabó lo que quedaba de noche: no lo sé, Julio. Es que ya no me importa.

Y ahí de pie se ha quedado, junto a la verja, con la mano levantada a la mañana, la mano colgando del cielo. Y quiere llorar cuando piensa en su hijo, en que ya estará dormido otra vez, y dormirá todo el camino, con la barbilla hincada en el pecho y la boca abierta, o con la cabeza completamente caída hacia un lado, niños elásticos que pueden dormir así sin despertarse, pura contractura, y quiere llorar cuando piensa que nadie podrá sostenerle la frente mientras duerme, sujetarle la cabeza, colocársela bien, porque Julio va solo en el coche y está conduciendo, y quiere llorar porque recuerda que hace apenas unas semanas eran una familia dentro de un coche, yendo a algún lugar, y cuando el niño se dormía ella alargaba la mano desde el asiento del copiloto y le sujetaba la frente, y con la otra mano quizá cambiaba la música, y dentro del vehículo se respiraba ese aire formal de las familias, esa magnitud cotidiana, la cohesión de estar juntos, de ser un bloque, una construcción hecha de riñas y amor, y también de porquería, y también de inevitabilidad, pero cómo le rasga ahora ese recuerdo, ahora en su verdadera soledad, cómo la atrapa esa memoria, las breves palabras que ellos se decían con el niño ya dormido, las ganas de subir la música, el silencio, la sorpresa luego cuando al pasar los kilómetros Leo se despertaba con las mejillas ardiendo, y ellos dos la alegría, porque siempre es una alegría cuando un niño se despierta, siempre es una sorpresa que abra los ojos, porque es la confirmación de que de verdad existe, de que se le ha traído a este mundo, de que es tuyo, de que vive, y ellos dos virando el tono de voz y dándole la bienvenida, y en ese momento, justo al despertar, al volver el hijo al mundo de los padres, las cosas adoptando el sentido de las cosas, la mano de los días cerrándose sobre todos ellos, invernadero levantado frente al porvenir, calor y sintonía, ruido de familia que viaja en coche. Ahí de pie se ha quedado Sofía digiriendo su desposesión, y al cabo de un rato baja la mano, se mete dentro, cierra la verja, cruza el patio, donde el huerto adolece de falta de agua, donde las flores arrugadas, y entra en la casa.

La habitación del medio está cerrada y Sofía abre la puerta sin miedo. Abre la puerta no para mirar lo que hay dentro sino para entrar. Un aire de baba agria colma el cuarto y en la cama, no lo suficientemente grande para dos personas, duermen Paul y Rita.

Paul está bocarriba, el pelo sucio caído a un lado de la frente, uno de sus delgados brazos caído a su vez a un lado del colchón. No están tapados y el tórax blanco acaba de disponer a Sofía contra él. Observa sus piernas, más torneadas y fuertes de lo que parecen cuando va vestido, los calzoncillos de tela suave ocultando el sexo. Al menos no lo ha visto desnudo. A su lado, su hermana duerme de cara a la pared, es un ovillo, un gato sin pelo, ahora no parece un pájaro. Es un bulto dormido dentro de sí mismo, escondido de todos, arrepentido, velado. El pelo le tapa la cara y se diría que no respira. Tampoco ella está desnuda, lleva una camiseta negra, grande, la misma que llevaba el día anterior, y unas pequeñas bragas de encaje azul. La sábana está en el suelo y Sofía la recoge y la echa rápidamente encima de la única silla que hay en el cuarto. Luego se acerca a la cama y zarandea a Paul. No se lo ha pensado, no ha dudado al extender la mano, directamente lo zarandea, agarrándolo del hombro flaco, lo mueve. Eh, Paul, despierta. Venga. No es un susurro, es su voz plena. El hombre abre los ojos con susto, dos pupilas rojas interrogantes, la boca mascando algo. Levántate. ¿Sofía? Paul descansa aún en su desconcierto, tarda en despertarse de verdad. Mira hacia un lado buscando a Rita pero esta sigue dormida, vuelta hacia la pared. ¿Sofía, qué pasa? Paul se incorpora en la cama, hace incluso ademán de colocar mejor la almohada para acomodar la espalda, pero Sofía lo coge de un brazo y tira, te he dicho que te levantes. Levántate de la cama, recoge tus cosas y vete de aquí. No se te ocurra despertarla. Venga, vete. Sofía está improvisando, no pensaba quedarse en medio de la habitación mientras el tipo recogía su ropa, mientras se vestía, pensaba solo decirle que se fuera, pero ahora que está allí, en la penumbra del cuarto, decide no moverse, cruza incluso los brazos porque es lo apropiado, aguanta.

Paul, contra todo pronóstico, se ha levantado y no hace preguntas. Pensándolo bien, le está haciendo un favor. Pensándolo bien, quizá se hubiera marchado ese mismo día sin que nadie le hubiese dicho nada, pero quién sabe. Date prisa. Joder, Sofía, joder. Eso dice Paul mientras se pone los pantalones vaqueros, ¿son los mismos que ha llevado desde que llegó?, la camiseta, y mete un par de ropas en una bolsa, junto al cargador del móvil y el tabaco. Cuando lo tiene todo mira a Rita pero Sofía no deja que la toque, te he dicho que no la despiertes, venga, sal. El tipo, tan alto, tan joven ahora en la mañana tierna, sale del cuarto resoplando. En el salón la mira interrogante, pidiéndole permiso para ir al baño, y Sofía concede, aún con los brazos cruzados. Se queda parada en la puerta del baño también, y de hecho tiene que apartarse cuando el hombre ya ha acabado y sale. No le hace falta abrirle la puerta de la calle, empujarlo, no le hace falta ya gran cosa. Paul musita algo parecido a dile a tu hermana que y Sofía lo despide con una sonrisa triste, pero decidida. Vamos, fuera. Y el hombre se va. Sin ruido, sin orgullo, apenas dejando el rastro de la mala hostia de los despertados. Queda la casa sellada tras él. Sofía espera a oír el ruido de la cancela y luego baja los brazos, los suelta al vacío.

La habitación de su hermana está otra vez cerrada, Rita duerme todavía y hasta cuándo. Sofía se sienta entonces en el sofá, sin un cigarro, sin nada en las manos. Desde fuera llega el bullicio tenue de la urbanización, los coches arrastrando sus ruedas por la tierra, las mujeres avivando a los niños. Frente a ella, la casa vacía, para las dos. Tres moscas ya batiendo el aire del salón, el motor del frigorífico en la cocina. Sofía a lo mejor se queda ahí sentada mucho tiempo, no pretende moverse, querría parar de respirar. En un esfuerzo titánico cruza las piernas y suspira.

No es todavía final de verano. Llegan nuevos viajeros desde las carreteras de la ciudad a ocupar el lugar que otros dejaron, su hueco de basura entre las dunas, la silla de plástico del chiringuito, sardina sobre pan blanco antes del almuerzo. Si la marea es fuerte mirarán el océano desde su puesto de vigía, si el agua es un plato al atardecer harán fotografías a contraluz de niños con sombrero y manguitos, en la noche saldrán a buscar un bar abarrotado donde gastar los ahorros en gamba blanca cocida y almeja al vino. Todavía no es el final de las vacaciones pero hay días en que el pueblo amanece desierto y callado.

Sofía regresa del mercado cargada de bolsas. Salió muy temprano, dispuesta a llenar el frigorífico de productos que ella jamás compraría para sí misma. Al llegar a la casa tiene marcas en las manos del peso de las bolsas y sabe que sufrirá contracturas. Incluso está sudando bajo el vestido, porque entre una cosa y otra ya ha llegado el mediodía. La casa continúa fresca y oscura porque dejó las ventanas cerradas y las persianas echadas. Sobre la mesa del salón, la taza de café de su desayuno junto a los dos libros que lleva mareando todo el verano, Tsvietáieva y Carson. El lápiz de subrayar frases célebres se ha caído al suelo, y Sofía lo recoge y lo mete dentro de las *Confesiones*, después de dejar las bolsas en la encimera de la cocina. La ausencia del niño es la gran herida de la casa. Claro que siente alivio, disfruta del silencio, duerme de un tirón e incluso es capaz de relajarse bajo el sol. Pero es algo conceptual: la ausencia del niño de algún modo va contra natura, es un símbolo impuesto de la modernidad; como un pastel industrial, ordenado y brillante por fuera, veneno por dentro. Mira hacia la puerta cerrada de la habitación de su hermana y titubea. Finalmente decide prepararle el desayuno, limpiar y guardar el pescado en el frigorífico, lavar la fruta. Incluso cuando ya lo tiene todo dispuesto en la mesa de la terraza, bajo la sombrilla, vuelve a titubear. Observa su tierra abandonada, después del empeño que puso en trabajarla. ¿Y si se dedica ahora a cortar las flores secas y a limpiar las malas hierbas? ¿Cómo han crecido tan rápido, si es terreno nuevo? Y el huerto da risa. Solo el limonero sobrevive, ajeno a la adversidad. Pero no puede postergarlo más, pronto será la una de la tarde, es hora de despertar a Rita. La salva el timbre del teléfono móvil, y acude a él casi trotando, ligera, cualquier cosa antes que abrir la puerta de la habitación; es su madre. Decide comerse una breva en la terraza y liarse un cigarrillo mientras habla con ella. Todavía está dormida, mamá. Pues claro que sé que no soy su criada. A ver si te aclaras… Ya sabes a lo que me refiero. No, mamá, no estoy de malhumor. El niño está muy bien, todo el día pescando, como siempre allí, luego hablaré con él, por la tarde. Cómo no lo voy a echar de menos, mamá. Bueno, tú cómo estás. ¿Preocupada? No empieces a preocuparte más de la cuenta, por favor. No pasa nada. Al niño no le pasó nada, te lo he dicho ya veinte veces, fue solo un rato, un susto, esas cosas pasan. Sí, muy mala suerte, mucha. Pero, bueno, qué se le va a hacer. Venga, mamá, ve a bañarte a la piscina o haz algo relajante, ¿ya tienes preparada la comida? ¿Sí? ¿Qué has hecho hoy?

Cuando cuelga comprueba que el café se ha enfriado y el zumo de naranja se ha aguado, habrá que removerlo. Entra en la casa, donde continúan el silencio y la semioscuridad. Frente a la puerta de la habitación de su hermana se detiene, acaricia el pomo, se acerca lo suficiente para rozar la madera con la frente: no se oye nada, es casi la una de la tarde, ya no son horas. Hace un movimiento de muñeca pero se para a tiempo. Se da la vuelta, coge el libro de Tsvietáieva y sale otra vez. Ya sentada bajo la sombrilla, mastica un par de daditos de queso fresco y luego comienza con el pan. Con el mango del tenedor remueve el zumo y se lo bebe de un trago, está amargo. Abre el libro y comienza a leer.

Y por la noche, cuando no hay nada que hacer, con la casa limpia y la cocina recogida, ni un grano de arroz para las hormigas, las moscas durmiendo, Sofía juguetea con su móvil ya metida en la cama. Toquetea las teclas como si fuera a escribir un mensaje, revisa su agenda, deteniéndose un par de veces en el hombre de las salinas. No lo ha vuelto a ver. Durante unos segundos imagina que lo invita a cenar. Que prepara un guiso de pescado y compra un par de botellas de vino blanco. Que se sientan los tres en la terraza, su hermana, el hombre de las salinas y ella, y engullen los trozos de carne blanca y beben vino sin limpiarse la boca antes, dejando la película de aceite y saliva, blanca, del labio en el borde de la copa. Su hermana no conoce al hombre de las salinas y en realidad a ella le gustaría que lo viese. Si su hermana le diera el consentimiento ella podría dejarse ir, buscaría otra vez el contacto de sus manos, chocaría sin querer con él cuando fueran a la cocina a llevar los platos sucios, hundiría la mirada con descaro en los ojos limpios del hombre, se regodearía en sus dientes sin sentirse desesperada. Claro que su hermana, en este momento, quizá no levantara la vista del plato, quizá comiese su pescado como un pajarillo medio muerto, con esa pinta de niña aburrida y hosca; si le diera por hablar, seguramente estropearía la cena. No es una buena idea. Además, ¿quién le dice que el hombre aceptaría la invitación? ¿Acaso ha vuelto a llamarla, ha vuelto a escribirle? Él sabe que ella está allí, que no se ha movido. Se desembaraza de la sensación de rechazo arrugando la cara, soltando el móvil a un lado y agarrando el pesado libro de Tsvietáieva. Se esfuerza en concentrarse y lee si me llevaran más allá del océano, al paraíso, y me prohibieran escribir, me negaría al océano y al paraíso, la obra *en sí misma* no me interesa; harta de la noche encerrada en su cuarto, alza las cejas en un acto de desprecio, el tesón de Marina, su determinación frente a sus pasiones, la profunda conciencia de la esencia de su ser a ella la hacen sentirse despojada y mediocre. Aunque aún le queda mucho por leer, busca páginas atrás los pasajes que más le interesan, todo aquello del hospicio, su relación con las dos hijas, cómo cuidó a una abandonó a otra, y se regodea en esto: Alia, ¿entiendes?, no es más que un juego. Vas a jugar a ser una niña de orfanato. Llevarás la cabeza rapada, un largo y sucio vestido rosa, hasta los talones, y un número al cuello. Tú deberías haber vivido en un palacio y vas a vivir en un hospicio. ¿Te das cuenta de lo extraordinario que es? Una extraña satisfacción recorre a Sofía al leer. No es placer, es la punzada de lo oscuro, es ese dolor controlable, autoinfligido, de rascarse una herida, arrancarse una postilla no del todo seca, volver a empezar con la sangre y el coágulo. Sigue buscando, encuentra el pasaje en el que Marina relata lo que le dicen de su hija pequeña en el hospicio de Kúntsevo: ¡ah, Irina! A todas luces es una niña anormal. Come muchísimo y todo el tiempo tiene hambre, y se pasa el día meciéndose y cantando. Cuando alguien dice una palabra, ella aprovecha lo que se ha dicho para ponerse a repetirlo sin ningún sentido. La tenemos en un régimen especial. Etcétera. Sofía se deshace de nuevo en compasión. Se debate entre la inmensa ternura hacia la hija pequeña de la poeta y el esfuerzo en comprender los sentimientos de la madre, en analizarlos desde cierta distancia. Pero en el fondo no es eso lo que le interesa. Es algo mucho más personal, algo en lo que bucea de forma inconsciente. Esa diferenciación entre dos seres nacidos del mismo regazo, esa predisposición para la fatalidad: ¿cuánto está en las manos de una madre? Marina Tsvietáieva corrió al hospicio cuando se enteró de que Alia, tan amada, estaba enferma. Fiebres, tos ferina. Le llevó dos terrones de azúcar y dos galletas. Alia, pese a la fiebre, comió con avidez. Alguien le preguntó a Marina: ¿y a la pequeña, no le va a dar nada? Ella escribe: finjo que no oigo. ¡Dios! ¡Privar a Alia! ¡¿Por qué habrá enfermado Alia y no Irina?! De Irina dice: Irina deambula entre los camastros. ¡Irina, bájate de ahí, te vas a caer!, le grita. Su vestido rosa, largo hasta los tobillos, sucio hasta lo indecible, la cabeza rapada, el delgado cuello estirado. Cabecea. Deambula entre las camas. Su rostro es un poco distinto. Inmensos ojos grisáceos-verdioscuros. No sonríe. El pelo erizado. ¡Irina, grita Marina, bájate de ahí, te vas a caer! Sofía lee con el ceño fruncido, señala otra vez los párrafos, marca con asteriscos los márgenes. Si supiera al menos qué está buscando, por qué se empeña. Alia fue rescatada del orfanato, Irina se quedó allí. Cuando al poco tiempo la pequeña murió, Marina no fue al entierro porque Alia estaba enferma de malaria, y no *podía* dejarla sola. Sofía aprieta las mandíbulas al leer ese pasaje del cuaderno de Marina, y vuelve la extraña satisfacción, la superioridad frente a la justificación de Marina, implacable y sórdida por otra parte, la distancia abismal entre los corazones. Marina que escribe me irritaba su estupidez, su glotonería, de alguna manera no pensaba yo que fuera a hacerse mayor, aunque no pensaba en su muerte, simplemente era una criatura sin futuro, que escribe pero ahora recuerdo su sonrisa tímida, tan ofuscada, ¡tan poco común!, que escribe la muerte de Irina es para mí tan irreal como su vida, ignoro su enfermedad, no la vi enferma, no presencié su muerte, no la vi muerta, ignoro dónde está su tumba, ¿con qué la vistieron para enterrarla?, también su abriguito se quedó allá. Sofía se enardece al llegar al final de la página, donde se dice que doce años más tarde, en agosto de 1932, Marina escribió en su cuaderno: cuando uno ha tenido un hijo que se ha muerto de hambre, siempre cree que el otro no ha comido suficiente. Sofía resopla, todavía suspendida en el hallazgo; para acabar, busca las páginas centrales donde están impresas las fotografías: en una de ellas, Irina y Alia en Moscú, en 1919. Siempre que relee esos fragmentos termina de la misma forma, mirando embelesada la foto de las dos niñas. Los ojos de Alia, clarísimos y profundos a pesar del blanco y negro de la foto; los ojos de Irina, redondos y más oscuros, su perfecta barbilla hendida, el dibujo de su boca, su pelo crespo. Por qué, se pregunta una vez más, creyéndose a salvo. Quién sostiene a los débiles, quién los protege. Delgado y pobre eslabón que se descuelga de la cadena. ¿Tan fuerte empuja la vida, con tanta violencia?

De la habitación de al lado llega el ruido de un golpe y Sofía se incorpora en la cama asustada. ¿Rita?, llama. ¿Qué ha pasado? Nadie responde y Sofía de un salto sale al pasillo y entra en la habitación de su hermana; la puerta está solo encajada. Ese olor de nuevo, la oscuridad, Sofía reconoce su propio rechazo. El bulto de su hermana en la cama se mueve, quizá ha girado hacia ella la cabeza o ha levantado las manos. A los pies de la cama distingue entonces una luz, la del portátil cerrado de Rita, que a pesar de estar plegado mantiene aún la luz de la pantalla encendida y ronronea. Se acerca. ¿Qué te pasa? ¿Estás bien? Rita habla y en su voz hay una profundidad parecida al desprecio: se me ha caído el ordenador. ¿Se te ha caído? Eso te acabo de decir. ¿O lo has tirado? Rita suspira, levanta la cabeza para mirar de frente a Sofía, de pie delante de ella, más grande y robusta en la oscuridad. ¿Estabas viendo una película? ¿Una película?, repite la otra, con el cuello tensado, el pelo cayendo recto encima de la almohada. Lo dice como si no entendiera. El silencio huele igual que el dormitorio, igual que las sábanas. Finalmente, Rita vuelve a colocar la cabeza en su sitio, todo su cuerpo en paralelo con el colchón, esconde las manos y se tapa hasta los hombros. ¿A ti qué te importa lo que estaba haciendo?

Las dos hermanas pasean por la avenida de eucaliptos, en dirección al pueblo. Es la hora del atardecer y Sofía ha sugerido que vayan a la playa para ver la puesta de sol pero Rita no tiene ganas, prefiere ir al parque, al muelle, a la calle principal. Esa terraza en la plaza de la iglesia, le dice. A ver si hay suerte y encontramos sitio, accede Sofía. No le ha costado mucho convencerla para salir. La mayor parte del tiempo Rita lo pasa en su habitación, mirando la pantalla del ordenador, o viendo la tele en el sofá. A veces sale al patio y se sienta en una silla de plástico a ver cómo su hermana finge que sabe arreglar el parterre, devolverlo a la vida. En esos momentos sube los pies hasta el borde del asiento, apoya la barbilla en las rodillas flexionadas y le aparece una sonrisa, pero si Sofía la anima a que participe ella recupera el sarcasmo y le dice algo así como esto no es un centro de desintoxicación. También suele concentrarse en la limpieza de la cocina, que es la única parte de la casa impoluta. El yoga de ambas, la repetición de lo aprendido en tantas horas de enseñanza materna. Esa tarde, cuando Sofía le dijo deberías ducharte, tienes el pelo fatal, Rita se metió en el baño con docilidad y salió reluciente, con unos pantalones cortos blancos y una camisola azul que Sofía había terminado de coser el día anterior. Quizá por eso Sofía se había animado tanto, vamos a dar un paseo juntas, veamos el atardecer, porque de pronto le había parecido que la recuperación empezaba, no la recuperación de Rita, ¿de qué tenía que recuperarse exactamente?, ¿algún mal la consumía?, sino la recuperación de su presencia, era ella quien recuperaba a su hermana. ¿Es que la había perdido? ¿Quién había perdido a quién? ¿Es que los hermanos pueden librarse en algún momento los unos de los otros?

Caminan una junto a otra pero Sofía debe aminorar el paso, hacer como si los pies le pesaran, para adecuarse al paso lento de Rita. Aunque esta no le hable por voluntad propia, sabe que hay una grieta abierta en la comunicación, que si se lo propone podrá conversar con ella. Lo sabe por su cara, los labios de su hermana no aguijonean y sus párpados caen relajados, en un movimiento de hoja seca. Además, se ha dejado el teléfono en casa, y eso es un acto de acercamiento indudable. Se le ocurre proponerle que vayan un día a Portugal, a tomar una copa en aquella piscina que está al borde de un acantilado. Rita se ríe en un bufido y Sofía se da cuenta de que decir Portugal ha sido una torpeza. Debería ser al revés, debería ser su hermana quien tuviera que tener cuidado con las palabras, pero eso nunca ha sido así. Su hermana pequeña o no habla o dice lo que quiere, no le hace falta medir. Ni siquiera le ha pedido disculpas por aquello, pero tampoco Sofía lo esperaba. Sabe que la poca información que intercambiaron al respecto los primeros días, tras la partida de Paul, es suficiente absolución. No existe entre ellas el espacio para ejercitar la reconciliación, esta ha de darse sin preámbulos, tan implacable como una condena. Desde pequeña Rita se ha sentido incómoda frente a las disculpas, no le hacen falta: pasa del distanciamiento, de la hostilidad, a la naturalidad familiar cotidiana, terreno henchido de injurias y cariño. No sé, podemos ir a otro pueblo, no hace falta que crucemos la frontera. Bueno, ya veremos, contesta por fin Rita. Creo que voy a hacer un viaje. En ese momento Rita ha acelerado un poco su paso, con ritmo, de forma imperceptible, y Sofía tiene que apurarse para caminar a su lado. Piensa en cogerla de un brazo, comadres al atardecer, pero sabe que Rita huiría espantada y la dejaría en ridículo. Esa es otra de sus peculiaridades. Es mucho más capaz que ella para el contacto físico en los días normales, controla el uso de sus dedos y viola la distancia entre los cuerpos que la rodean, tiene todo un repertorio de caricias y camaradería que le hace la vida más fácil. A su padre, por ejemplo, le rodeaba el cuello con sus delgados brazos y se colgaba de él, aunque fuese más alta. Así conseguía siempre lo que quería. Y, sin embargo, si está en esos otros días, y ahora mismo lo está, nadie puede tocarle un pelo, igual que nadie puede esperar una disculpa de ella, ni, lo que es más extraño, nadie puede ofrecerle una disculpa. No hace falta que lo diga, irradia valla de alambre pincho, cristales rotos alineados en cemento.

¿Un viaje?, Sofía vuelve a estar alerta. ¿Por qué ha de estarlo? ¿Es que acaso su hermana no podría hacer un viaje ahora mismo si lo deseara? ¿No está acaso más capacitada que ella misma? ¿Qué está cuidando Sofía, qué vigila? No puede evitarlo, se ha puesto nerviosa y saca el tabaco de la pequeña mochila que lleva colgada de un hombro para liarse un cigarro. Ya han llegado a la altura del parque nuevo, con los árboles vara; tardarán años en crecer y convertir aquello en algo más que una pista de cemento para monopatines y motos. Alrededor de los bancos se arremolinan pandillas adolescentes, familias custodiando niños con triciclo pasean por la parte más ancha, algunos viejos simulan que trotan, solitarios o en pareja, sobre sus zapatillas de deporte de un blanco fluorescente. ¿Y adónde vas a ir? ¿Vas a ir a ver a mamá? Al hacer la pregunta, Sofía se da cuenta de que esta sería una grandísima idea y no entiende por qué no lo hacen, por qué ahora que están las dos hijas solas en la casa del pueblo no cogen un avión y van a ver a su madre a la isla, playas de agua de relicario, palmeras, arroces y gambones, no entiende por qué a ninguna de las tres se le ha ocurrido antes, no entiende por qué es una idea absurda. No, a mamá no voy a ir a verla ahora, a lo mejor más adelante, todavía me quedan vacaciones. Sofía fuma, mira a su alrededor por si encuentra una cara conocida, un hombre que le guste, un familiar lejano. ¿Y entonces? Entonces qué. Que adónde vas a ir. Pues no lo sé, lo estoy pensando. ¿Pero sola? Rita gira la cabeza para mirar a su hermana, duda. ¿Te refieres a que si puedes venirte conmigo? En ese momento su cara se ablanda, Sofía la ve descolgarse de la rigidez, pero es solo un segundo, una broma. No, solo quería saber con quién. ¿Me estás diciendo que tengo que pedirte permiso, que vas a valorar si la compañía es la adecuada? ¿Es eso lo que le está diciendo Sofía? ¿Está pensando en Paul, está pensando en sí misma? ¿Es que a su hermana le pasa algo, está enferma, disminuida de su facilidad para la vida? ¿Tiene Rita facilidad para la vida? ¿Le da miedo que se vaya de viaje o que la deje sola? Pues no, te estoy preguntando si vas, por ejemplo, con amigas. No sé nada todavía, solo te he dicho que quiero hacer un viaje. Pero ¿al extranjero? Joder, Sofía, qué pesada estás. Dejan el tema. El lugar que las una no será ese, Sofía lo ve claro. En el fondo sabe que sería mucho más fácil si le hablara de sí misma, como si no pasara nada. Si le contara sus propios planes, ¿qué planes?, o si le contara cómo se siente, ¿pero tendrá Rita ganas de hablar de sentimientos ahora, de escuchar?, debería hablar sin pretensiones, hacer de cotorra, ¿no son dos hermanas paseando por un parque de pueblo pesquero en vacaciones de verano?, ¿qué hay más amable que eso? No hay hospicio, no hay tos ferina, no hay malaria, no hay sucios vestidos rosas que se arrastran por el suelo.

¿Tienes hambre? El cielo rojo a la izquierda, detrás de las dunas al otro lado del parque, se cierra. ¿Otra vez vamos a comer? Si acabamos de merendar. Pues podemos tomarnos un vino. Sofía intenta ser frívola y cordial, pero no le sale bien, su voz suena más fuerte de lo debido, tiene prisa por hacer algo. Se para y mira alrededor, hay un par de quioscos llenos de gente, ya están al final del parque y pronto llegarán a una de las avenidas principales del pueblo, en dirección al muelle. ¿Por qué te paras, qué buscas? ¿No íbamos a la terraza de la iglesia?, le dice Rita, caminando de espaldas, mirando a su hermana. Es verdad, no me acordaba; vamos. Y cuando Rita se da la vuelta, un poco más adelante que Sofía, esta ve que en los pantalones blancos de su hermana hay una mancha roja, nace donde se juntan los muslos y se extiende hacia arriba, ¿cuánto lleva ahí?, ¿o acaba de suceder? ¿Ese líquido caliente, demasiado espeso al tacto, acaba de volcarse vagina abajo para traspasar las bragas e incluso el pantalón, o sin embargo es una mancha seca, producto de otra era, veintiocho días atrás, y su hermana no se ha dado cuenta al ponerse el pantalón? Pero el pantalón es blanco y eso es imposible. ¡Ay, Rita, espera! ¿Qué pasa?, Rita se da la vuelta y se lleva las manos al pelo automáticamente, como si hubiera algo inapropiado en su aspecto o como si un insecto volador estuviera a punto de atacarla.

Las dos hermanas ya están una frente a la otra, y Sofía agarra a Rita por la cadera y la gira un poco, para mirarle el trasero más de cerca. Te has manchado. ¿Qué? La regla. Tienes sangre. ¡¿Qué dices?!, Rita alza la cadera sobre un lado para mirarse por detrás, torciendo el cuello, y a la vez se toca la entrepierna con los dedos, que, efectivamente, sangre fresca, yemas manchadas, se le ensucian. Entonces toda su cara tiembla, mira por un momento a su hermana a los ojos, se diría que tiene los ojos calientes, que le hierven, hay enojo en ellos, es algo más que frustración, le está echando la culpa. Sofía tiene la culpa de todo, no hay duda. Intenta calmarla, porque sabe que Rita va a empezar a llorar, no desde la vergüenza sino desde la ira, se acabaron el vino y la terraza junto a la iglesia, pero también la imposición de la cercanía, se acabó buscar conversaciones que no hagan daño. No te preocupes, si nadie se habrá dado cuenta, tengo aquí una rebeca, átatela a la cintura, a lo mejor podemos comprar unas bragas y unos pantalones en los puestos hippies de la plaza, y te cambias. Pero Rita no quiere rebeca que tape su culo ni quiere consuelo y ahora ya su boca es dragón envilecido y sus ojos un charco, ¡no digas gilipolleces! Y sale corriendo, de vuelta a casa. Corre con la energía de los niños, aunque un poco torpe, también como los niños; parece que en cualquier momento, a pesar de que sus rodillas se alcen en gacela, a pesar de que sus codos se ajusten a sus costillas en postura aerodinámica, en cualquier momento tropezará y caerá al suelo, allá a lo lejos, demasiado lejos para que Sofía, que no ha movido un músculo, pueda recogerla, a salvo también de esta, del espanto de su hermana, que en esta colisión de realidades huye, se viene abajo, hasta el fondo del todo, negando cualquier recuperación de normalidad, negando la existencia misma de lo real, los pequeños baches cotidianos, como siempre le ha pasado, absolutamente superada por la pequeña circunstancia, por el qué dirán, por esa violenta conciencia que tiene de sí misma, de lo que debería ser y quizá no es. Desaparece Rita en la lejanía, ella y su pantalón manchado de sangre de útero, y se hace de noche por completo. Sofía sabe que no hay nada que hacer, ya todo estará muerto por muchas horas, su hermana rabiando, niña empapada en lágrimas, escondida en su cuarto, quizá debajo de la cama. Cualquier pequeña cosa rompiendo la delicada esfera. No podrá reírse de ella, no te preocupes, no tiene importancia, o consolarla, llevarle un helado de limón y unas almendras. No podrá hacer nada y suspira, siente un gran alivio. Quizá es un paso atrás en la andanada. Todo lo alineado se diluye. Cuando ya no la ve, ni pantalón blanco ni piernas ni pelo rasgando el aire, se da la vuelta y camina con sosiego, casi con orgullo. De la mochila saca el teléfono móvil y marca el número del hombre de las salinas. Da tono. Contesta. Hola, cómo estás.

Y al regreso, aún con el cuerpo malherido por la torpe batalla, con el corazón sucio por el parco consuelo, efectivamente su hermana está encerrada en su habitación, y no se atreve a comprobar si debajo o encima de la cama. En el cubo de la basura, los pantalones blancos manchados de sangre, que jamás nadie volverá a usar. Sofía piensa en rescatarlos y meterlos en la lavadora, pero sabe que la situación es más grave que eso, que ese gesto apenas iluminaría con la intensidad de la cola de una luciérnaga, y se rinde, porque todo le da pereza. La crisis de su hermana, repetida cada cierto tiempo a lo largo de los años, ha vuelto a conquistarla, a hacerla suya. Sabe que no es exactamente así, que en el fondo ella no tiene nada que ver, no es bienvenida siquiera. Pero también sabe que hasta que no pase, no podrá acometer ninguna otra empresa: toda la energía debe estar concentrada en el agujero. Podría haber dormido en casa del hombre de las salinas, que no, no tiene esposa ni perro que le baile, es un hombre libre y solicitado sin más, con una casa escueta y fresca, unas sábanas llenas de bolitas, feas y acogedoras, un cuerpo curtido y amable, podría haber dormido allí porque él se lo ha propuesto después del sexo, abrazándola como si no quisiera separarse de ella, te apetece dormir aquí, y dormir ahí significaba otra ración de sexo al despertar, y aunque solo fuera por eso, pero no, prefiero irme a casa, está allí mi hermana. El hombre no ha preguntado nada más y ella se ha vestido, después de lavarse en el bidé, después de enjuagarse la cara y las manos, y ha salido de la casa sintiendo que el vacío ya empezaba de nuevo, que algo imantado la atraía hacia los eucaliptos, que no tocaba en realidad hacer su vida.

Ahora en casa no quiere abrir la puerta de la habitación. Se da cuenta que desde que Paul se fue nunca quiere abrir la puerta del cuarto de su hermana. Que cuando el tipo estaba lo hacía casi con rabia, por molestar, y ahora que están solas hay algo que la asusta. Ese algo es la distancia que se ha creado entre ellas con el paso de los años. Ese algo es también las distintas formas de encajar el abismo. Su hermana está en una crisis, otra vez, y Sofía no sabe cómo enfrentarse a ella. Cuántas veces en su vida ha tenido que abordarla: un par de ellas, quizá tres. Claro que no es lo mismo. En realidad, en el pasado no era ella la responsable, eran siempre sus padres. Digamos que Sofía era una espectadora cómplice, que estaba de los dos lados, según el momento, hermana mayor condescendiente que intenta velar por el bien común. Su propia vida brillaba cuando en aquellas otras épocas su hermana se había desmoronado, y en realidad eran ambas tan jóvenes que nada tenía demasiada importancia. Era bueno a veces jugar al drama. Observarlo de cerca. Sus padres, por supuesto, siempre habían sufrido por ello. Pero nunca se habían tomado las crisis de Rita como verdaderas tragedias, sino más bien como problemas angustiosos de una chiquilla, problemas que había que solucionar que saliera adelante y para recuperar la cotidianeidad. Sofía se da cuenta, todavía en sus ojos la imagen del pantalón blanco en el cubo de la basura, basura que ha cerrado diligentemente y ha sacado a los contenedores de la calle, de que ahora está sola. ¿La pelota ha caído en su tejado, azotea llena de escombros y desconchones? Llama tímida con los nudillos. ¿Rita? ¿Estás dormida? Y Rita estará dormida porque no contesta, y Sofía en vez de llamar de nuevo o abrir sin más decide salir afuera y dar la vuelta a la casa para mirar por la ventana de la habitación por si acaso, pero ay, la persiana está bajada, solo agujeritos, y ninguna luz. Estará dormida, es ya muy tarde. Y también ella se mete en la cama, sin darse cuenta de que ese día no ha llamado a su hijo, sin darse cuenta de que al final no ha cenado, y claro que su hermana tampoco habrá cenado, sin darse cuenta de que ya no está pensando en nada grave o preocupante, sino que se adormece en el latido del recuerdo de la noche, la reventada en casa del hombre de las salinas, el griterío por fin, abrirse de piernas sin medida, sin pensamiento, dejarse comer. Lo demás, qué pereza, qué esfuerzo, qué raro es todo.

Por qué no te acabas la tostada. Bebe un poco más de zumo. Si quieres te caliento el café. Es solo su imaginación pero Sofía cree ver cómo su hermana adelgaza por minutos, cada día un poco menos de su hermana sentada a la mesa, cada día un poco menos de su carne encerrada en la habitación. Por qué no te sirves un poco más de arroz. Si no te gusta puedo hacerte otra cosa. O echarle tomate. No soy tu hijo, dice entonces Rita, levantando los ojos de las sombras. Sofía cree ver cómo su hermana la amenaza desde las pestañas, es como si le lanzara flechas, como si la acusara de vigilarla, de ser una falsa, de no saber llegar a donde ella está. Por qué no pruebas estas galletas que he comprado. ¿Quieres que te traiga leche para mojarlas? ¿O mejor te preparo unos cereales? Ay, Sofía, déjame en paz, de verdad, solo quiero estar aquí tranquila. Pero es que no has comido nada. Sí he comido. Sofía cree saber que su hermana le miente constantemente, incluso cuando le dice que se vaya, que la deje, sabe que está mintiendo, su hermana no quiere que se vaya, no quiere que la deje sola, es solo un mecanismo de defensa, una forma de llamar la atención, es la manera que tiene de comportarse cuando no se siente bien. He cocido merluza y patatas con cebolla. ¿Vienes a cenar a la terraza? ¿Qué pasa, que tienes diarrea? Esa comida es de enfermos. A ti te ha encantado siempre esa comida de enfermos, Rita. Sí, cuando estoy enferma. Pero es que ahora no estoy enferma. Además, ya he comido antes. ¿Qué has comido? Rita está sentada en la cama con su portátil y le da la espalda, pero en ese momento se da la vuelta y la mira otra vez, sacando sus profundos ojos de la sombra, aleteando en ellos un brillo de disputa, de desesperación, deja de comportarte como si fueras mamá. Hostia puta, eres peor que un poli. Y Sofía, aunque puede ver que su hermana adelgaza por minutos, cada día un poco menos de su hermana en la habitación, aunque sabe que su hermana le está mintiendo, le dice justo lo contrario de lo que es, aunque sabe que en realidad su hermana necesita que la alimente, que cada día le lleve los víveres a la boca, le abra los labios con sus dedos recios, le meta ahí dentro las bolas de arroz, la patata cocida y blanda, blanco pescado sin espinas, aunque sabe todo eso cierra la puerta de la habitación de su hermana de un portazo, así tan

fuerte como puede, que haga mucho ruido, y la manda a la mierda, ¡vete a la mierda!, y la cosa no acaba ahí, porque se dirige a la
terraza, qué bonita noche hoy, qué plácida sería, los platitos colocados a un lado y a otro de la mesa, una ensalada de pepino justo
en medio, la botella de vino abierta ya, fría, dos vasos chatos, qué
imbécil, qué idiota es a veces, y ya no sabe si es por su hermana o
por su soledad, o por su aburrimiento, o porque está harta de no
entender las cosas o de no querer entenderlas, y respira muy hondo
el aire aún tibio de la noche, y retira el plato de su hermana, lo coge
entre las manos temblorosas para llevarlo a la cocina, también luego quitará el vaso chato y el cubierto, ella sola cenará en la terraza,
con un libro, a lo mejor pone música alta, ella no necesita a nadie,
y al pasar por delante de la habitación de Rita, en dirección a la
cocina, con el plato hondo lleno de caldo aceitoso suculento, patatas cocidas merluza en blanquillo, de pronto tiene una idea mejor
y en un látigo abre de nuevo la puerta de la habitación y con todas
sus fuerzas lanza el plato dentro, allí al fondo está su hermana mirándola con espanto, párpados arriba, boca circular, el plato vuela,
el líquido, la patata, el pescado, el plato se rompe contra el suelo,
nadie ha sufrido daños, solo la porquería ahora, el susto, todo lleno
de cristales, plato hondo de playa de cristal verde, tendría que haberle dado en la cabeza, en la cara, tendría que haberlo estampado
contra la pared, para que todo fuera más ridículo y más real, Sofía
no espera ninguna reacción y cierra de nuevo la puerta, está llorando porque ella no sabe hacer este tipo de cosas sin llorar, no
porque de verdad sienta pena, siente más bien desconcierto, miedo a lo que vendrá, dubitativa va a la cocina pero en realidad allí
nada la espera así que regresa a la terraza, donde su cena está preparada, aún no se ha enfriado, y se sienta a comer, coge la cuchara

con una mano que tiembla todavía y con la otra se sirve vino que bebe de un golpe, a falta de algo más fuerte, aguardiente o veneno, y se abalanza sobre su plato como su padre cuando llegaba del trabajo, con los codos doblados, sin levantar la cabeza, hasta que oye una puerta abrirse dentro de la casa, y al poco la ve salir a ella, a su hermana, el pájaro herido, la mala baba, cómo se le afila la cara en esos momentos, su pelo parece más duro, más tieso, la boca alambrea, la mala baba de su hermana cuando llega la hora, cuando ninguna de las dos puede más, está delante de ella, la ha visto con el rabillo del ojo pero ahora ya tiene que levantar la cabeza, el cuerpo de su hermana, elástico, desaparecido, ¿o está como siempre?, sus hermosos huesos bajo la camiseta de tirantes, bajo los pantalones de algodón esas caderas únicas, estrechas, vibrantes, qué coño has hecho, ya está, ya llega la ola, Sofía sigue comiendo, en el fondo sabe que tiene razón, que no ha pasado nada, te estoy hablando, mírame, y Sofía la mira aunque se avergüenza de tener la boca llena y masticar en una situación como esa, así que decide llenar de nuevo el vaso y tragarlo todo, vino bola de patata pescado, por lo menos tener la boca vacía para que le quepa una reacción, algún delirio a la altura de las circunstancias, qué coño has hecho, y entonces ya es capaz de decir, ya lo has visto, pero no la mira a los ojos, porque en realidad le da miedo, no ella, claro que no le da miedo su hermana pequeña, pero le da miedo todo eso, todo lo de siempre, todo lo nuevo de ahora, las dos ahí, incapaces de cuidarse la una a la otra, las dos ahí, embistiéndose, supliendo las figuras de los que no están y deberían estar, o ni siquiera, le da miedo esa rueda de molino viejo en la que están metiendo sus tiernas pezuñas, cuando venga el lobo nadie sabrá reconocerlo, piel de cordero, grito, plato en el suelo, yo no sé qué coño te has creído,

Sofía, te juro que no lo sé, si hace unas cuantas semanas estabas aquí hecha una puta mierda y no eras capaz ni de darle de comer a tu hijo, de qué coño vas ahora, ¿de enfermera de guerra?, qué coño te crees, que no estoy comiendo, que estoy vomitando, que soy una adolescente otra vez, qué mierda te crees que me pasa, si aquí la que tiene la vida hecha un asco eres tú, que te acabas de separar y tienes un hijo y no tienes ni trabajo, déjame en paz, déjame en paz de una vez, que porque te hayas crecido un poco desde lo de Portugal no significa que estés en condiciones de hacer de madre y menos de policía y no sé dónde crees que vas con esas reacciones, pero ¿tú sabes lo que has hecho?, ¡me has tirado un plato lleno de comida a la habitación!, pero ¿estás loca, joder?, ¿qué pasa si yo hago lo mismo?, y Sofía no sabe qué pasaría porque se ha limitado a mirar cómo su hermana habla, cómo escupe todo eso, que sale a una velocidad distinta de la que su boca imprime, ahí delante de ella, que solo ha tenido tiempo de probar un bocado, y la mira quieta, pensando que quizá no sea para tanto, a lo mejor ya está, su hermana ha venido a decirle todo eso que tenía que decirle porque además puede que tenga razón, pero en ese momento Rita se acerca a ella, en dos pasos está muy cerca, al otro lado de la mesa, y su brazo ala cruza el aire, y su mano fina, tan delgada ahora, agarra el plato del que Sofía come y lo vuelca encima de ella, no, no hay propósito de daño físico, y quizá en su lanzamiento sí lo hubo, ahora no, porque Rita podría haberle roto el plato en la cara y solo se lo vuelca encima, su regazo cuenco de caldo de pescado y patata cocida, en el torso aro de cebolla resbalando, la pringue, el calor, el ridículo, la venganza. Qué triste se queda Sofía, ya sola, llena de suciedad, sin plato que llevarse a la boca. Qué triste en realidad la noche, qué imbécil todo, qué pereza, qué raro, qué asco, todo así, todo manchado. Qué fuerte suena la puerta del vecino cuando se esconde por fin en su casa tras presenciar la estúpida pelea entre las hermanas. Qué noche hospicio. Qué lento todo, qué para nada.

Podría haber terminado ahí. Sofía debería haberse levantado después de llorar un poco más y haber recogido, debería haberse dado incluso una ducha para quitarse la pringue, debería haber obviado la explosión. También Rita podría haberse encerrado en su cuarto de nuevo, como al fin y al cabo llevaba haciendo tantos días. Incluso podría haberse encerrado sin limpiar el suelo ni recoger los cristales. En lugar de eso, cuando pasa un rato, Sofía se levanta y va directa a su habitación, donde se desviste de esa ropa llena de caldo de pescado y se pone otra limpia, sin ducharse. Apenas se había limpiado con una servilleta el torso, el vientre y los muslos. Ahora su piel huele a pescado cocido. Su cuello a cebolla. Al pasar, ha visto la puerta de su hermana abierta de par en par y a esta limpiando con furia el suelo, a un lado y a otro la violenta fregona arrastrando los restos de comida. En el salón ha dejado el recogedor con los trozos de cristal y la escoba. Rita está haciendo limpieza. Sofía sabe que quizá le dé por quitar el polvo, por cambiar las sábanas, por poner un par de lavadoras a esa hora de la noche, cuando no viene a cuento, como si fuera ella la culpable de toda la suciedad de la que no se ha ocupado en los días anteriores solo por haber estrellado un plato lleno de comida contra el suelo. Solo por haber provocado su ira.

Debería meterse en la cama, taparse hasta la cabeza, tomarse una pastilla para dormir, pero se planta en la puerta de la habitación de la hermana y la mira trabajar. Rita la ha visto pero no dice nada. Así que mi vida es una mierda. ¿Desde cuándo piensas que mi vida es una mierda? Rita continúa limpiando, ahora mete la fregona debajo de la cama y saca de ahí arena y bolas de pelusas. Cállate, Sofía. Que me calle. Qué crees, que te tengo miedo. Tú me dices que me calle y me tengo que callar, ¿verdad? Te he hecho la comida todos los días y he intentado que estés bien y ahora… Cállate, Sofía, por favor. No quiero callarme, quiero que me escuches. Así que mi vida es una mierda, ¿no? ¿Y la tuya? Rita se ríe, casi se ríe de verdad, no solo con sarcasmo. Así que vamos por ahí. Claro, Sofía, mi vida es mucho más mierda que la tuya, siempre lo ha sido, no tienes ni que preguntar. Es más, no te preocupes, aunque tu vida ahora sea una mierda, la mía es mucho más mierda todavía, siempre lo será. Tú siempre lo haces todo mejor. Te separas mejor, te quedas sola mejor, vives del dinero de los demás mejor. ¡Lo tuyo siempre tiene una justificación cabal! Lo mío no, claro, porque, ¿ves?, dejo de comer, vomito en el baño, me encierro en mi habitación y mi hermanita tiene que cuidarme como si fuera una niñata, qué pena doy, aunque no me pase nada, aunque lo único que me pase sea que estoy harta de todos vosotros, joder, qué harta estoy de vosotros. ¿Nosotros? ¿Quiénes somos nosotros? ¿Mamá, yo, quién más? Ah, ¡Julio! A lo mejor también estás incluyendo a Julio en esto. ¿Por qué no lo llamas y le cuentas lo harta que estás de mí? Rita ya ha dejado la fregona pero no se acerca a su hermana, se queda en medio de la habitación, los delgados brazos caídos, sigue en su cara esa mezcla de risa y enfado, rostro amenaza, nadie mejor que ella sabe poner cara de cabreo, nadie mejor que ella para el combate, se le dilatan los agujeros de la nariz, si pudiera exhalar humo, si pudiera hacer que todo ardiese, ¿qué estás diciendo, imbécil? ¿Qué estás insinuando? No te voy a permitir… Qué no me vas a permitir. Vete de aquí, gilipollas. Venga, vete. Y Sofía suelta amarras por fin: ¿que me vaya? ¿Por qué no te vas tú? Tú querías vender esta casa, tú tienes otra casa, a ti te importaba un carajo este sitio, y al final llevas aquí todo el verano, y casi pierdes a mi niño, y ahora te metes en tu puta ostra y no sé lo que te pasa y te hago la comida y no me diriges ni la palabra y ¿me dices que me vaya? Estoy harta de ti, de esta situación, de llamar a mamá y decirle que estás bien cuando en realidad no estás bien pero a lo mejor no te pasa nada, solo estás aburrida, joder, porque al final siempre te pasa eso, que te aburres de todo, pero qué fácil es preocupar a la gente con tu puto hermetismo, qué fácil es hacer que todo el mundo te baile el agua como si no existiera nadie más en el mundo, siempre igual, joder, siempre preocupándonos por que estés bien, por si acaso, no vaya a ser, por si acaso, por si acaso qué, qué te pasa ahora, ¿no ha pasado ya mucho tiempo de todo? ¿Todavía estás con tus movidas? ¿Qué tienes ahora, por qué dejas de hablar, de comer, por qué te encierras y haces que todo sea difícil, y no te comportas como una persona normal? ¿Qué pasa, que no podía ser yo esta vez la que tuviera una crisis? ¿Tienes que ser siempre tú? ¿Qué pasa, que casi pierdes a mi hijo en un puto pueblo de Portugal y aun así tengo que ser yo la que acabe pidiéndote disculpas?

Rita observa a su hermana en una parálisis falsa. Los párpados le tiemblan ligeramente, tiene los puños cerrados, seguro que se está haciendo daño en las palmas de las manos con esas uñas que hace días que no se recorta. Entonces da un pequeño paso hacia delante, y luego otro. Sigue estando lejos de Sofía, pero a esta el acercamiento la violenta, le resulta antinatural. ¿Para qué se mueve? Los ojos de Rita están suspendidos en el aire, la alcanzan, han roto la distancia de rescate. Su boca se abre para hablar y sale de ella una voz que no se corresponde con la mirada, con el temblor, con la noche que las está cubriendo. Sofía, le dice, y es un silbido que va tomando forma, ya no puedo más, y las palabras adquieren el peso de las palabras, la consistencia, claro que tú no me tienes que pedir disculpas por nada, faltaría más, hermanita, con lo mal que me he portado. Sofía está a punto de darse la vuelta para alejarse de esa boca que le habla, pero no lo consigue, clavada ahí bajo el quicio de la puerta ha de escucharla: ¿sabes por qué quiero vender esta casa? ¿Sabes por qué no quiero tener que venir nunca más a este pueblo? Porque quiero olvidar. No, no pongas esa cara, no quiero olvidar a papá, quiero olvidar otras cosas. Sofía intenta pronunciar algo, mueve los labios pero no emite sonido, y es Rita quien continúa hablando, te lo voy a decir, yo creo que ya es hora, porque no aguanto más, porque a lo mejor también es asunto tuyo; la voz sigue siendo una batalla, incluso se ha acercado un poco más, ha agarrado otra vez el palo de la fregona y se apoya en él, parece que si no tuviera esa sujeción todo se desmoronaría, incluso la violencia, pero está ahí, sigue, de una palabra a un grito hay un segundo, y Sofía espera ese grito, confirmación de la locura, y sin embargo no llega. ¿Te acuerdas de aquello? Sofía sabe perfectamente de qué le está hablando pero no asiente, no niega, solo espera. ¿Te acuerdas de aquello que me pasaba con el primo mayor y…? Sí, joder, sí me acuerdo, la calla. Pues cuando te lo conté y hablaste con mamá, él paró. No volvió a acercarse a mí de esa manera. Pero entonces empezó el otro. Sofía va a llevarse las manos a la boca, va a echarse a llorar, zumbido, pero no lo hace. No se mueve y aguanta, porque aquello le corresponde, aquella sorpresa se la tiene merecida. Qué quieres decir con que empezó el otro. Y Rita habla ya suave, suelta su cuerda, hilo mil veces chupado, por esa boca dibujada, entre esos dientes perfectos y fuertes, encías rosadas como fresas en agua. Rita habla con la conciencia del que ha vivido, no del que escucha sin querer. Quiero decir lo que estoy diciendo, yo siempre he creído que cuando le echaron la bronca al mayor él estaba presente y recogió el testigo, supongo que le dieron la idea, que se dio cuenta de que *conmigo* se podía hacer *eso*. ¿Hacer el qué? A Sofía le pesa la lengua dentro, zumbido, pero Rita no responde, no hay nada que decir, en medio de ellas dos está todo, pez sucio boqueando, y entonces pregunta: ¿y desde cuándo? Pues desde entonces. ¿Desde entonces? Sí, desde los cuatro o cinco años. A Sofía, zumbido. ¿Y hasta cuándo? Hasta los diez, once, no me acuerdo bien. Rita sonríe, porque no ha ganado la batalla. Sofía se sujeta el estómago, pero consigue hablar: ¿y por qué no…? ¿Por qué no qué? ¿Por qué no te lo conté de nuevo? ¿Para qué iba a contarlo? Ya lo conté una vez, y lo que vino después fue peor, mucho peor de hecho, y duró muchos años. Rita sigue agarrada al palo de la fregona, y Sofía se agarra ahora al quicio de la puerta, un poco torcida la espalda, la barbilla agachada, ya no la puede mirar y ya no sabe si la otra la mira, ¿peor?, ¿y qué te hacía?, tiene que preguntarlo, es su obligación, aunque en su cabeza hay un ruido del demonio, ¿te besaba? Sí, me besaba. ¿Y te tocaba? Claro que me tocaba. ¿Y…? Y me tocaba, y me besaba. El zumbido de Sofía no está ya en sus oídos, ahora sube decidido desde el estómago hasta la garganta. Cuatro, cinco años. El otro, nueve más. Hasta los diez, hasta los once. El otro, el del machete, nueve más. Todavía alcanza a oír a su hermana, que le dice: ahora ya lo sabes, y ella corre hacia el baño, y abre la tapa del váter, y todo sale, pescado blanco cocido, cebolla. Y Rita espera un par de minutos, una tregua, Sofía se limpia la boca, Sofía tira de la cisterna, zumbido, se pone de pie, alrededor todo borroso, y la tregua se acaba: ahora vete de aquí. En la cara mojada de Sofía hay una irrealidad, ni siquiera es el rastro de una conmoción, sí, que te vayas, porque ya no vamos a arreglar nada, la hermana mayor distingue a la menor ahí, en la puerta del baño, y extiende una mano hacia ella, pero no es una mano de consuelo, sino de defensa, de justificación, si yo no sabía nada, yo qué culpa tengo de…, y ahora sí se ríe Rita, desembarazada ya de todo, de nuevo alerta, ¿ves?, y ya sí grita, ¿eso es lo que me vas a decir?, ¿que tú no tienes la culpa?, vete de aquí, joder, vete a la mierda, no te quiero ver, vete, y por fin Sofía es capaz de reaccionar y sale del baño y coge las llaves del coche de su hermana de encima de la repisa, y el móvil, y la cartera, y lo mete todo en la primera bolsa que encuentra, y todavía con su hermana gritando alcanza, en un arrebato de dignidad, a entrar en su habitación a por una cazadora, y sale ya de la casa, y cruza la terraza, con esas margaritas cerradas en la noche, limonero triste, y se mete en el coche e introduce las llaves en el contacto y aunque ya no se acuerda del tiempo que hace que no conduce arranca, sin miedo, con osadía, y desaparece de la urbanización, y pisa el acelerador, y se va.

No ha ido muy lejos. En la carretera las lágrimas, la ansiedad, sensación típica de mareo, no quiere cruzarse con ningún coche, no quiere tener que adelantar a nadie y que nadie la adelante a ella, no se atreve, en cuanto puede da la vuelta y se dirige a la playa. Apenas ha estado fuera media hora, no sale del coche. El mar suena ahí enfrente, la hunde. No tiene tabaco, aunque podría ir al pueblo a buscar algún sitio donde comprar, porque sí tiene dinero. Está todo oscuro entre los pinos. Arranca de nuevo y vuelve a la casa, aparca, sale del coche, le tiemblan las piernas al entrar en la terraza. Pero no puede abrir, porque no ha cogido las llaves. La casa está cerrada a cal y canto, las ventanas cerradas, la persiana de su hermana echada, las luces apagadas. La casa está vacía por fuera como si por dentro lo estuviese. ¿Adónde ha ido su hermana? ¿Está allí adentro? Piensa en llamar al timbre, pero sabe que no servirá de nada. Piensa también en aporrear la puerta de la entrada, incluso la persiana de la habitación de Rita, pero sabe que no se atreverá. De hecho ni siquiera levanta la voz: Rita, ábreme, dice como en un suspiro, como si su hermana estuviera pegada al otro lado de la puerta, escuchándola, sus caras tan cerca, frente con frente. Rita, joder. No tengo llaves. Y de pronto se da cuenta de que su hermana sabe que no tiene llaves, de que precisamente por eso lo ha cerrado todo, para que ella no pueda entrar, y rompe a llorar de nuevo, y quiere gritar tan fuerte como su hermana ha gritado antes, pero no lo hace, aguanta, hermana mayor estoica, derrumbada, y se da la vuelta, y se mete en el coche de nuevo, y de nuevo arranca para conducir hasta ese lugar oscuro entre los pinos desde donde se verá el mar cuando amanezca, desde donde el mar se oye, bramido para la memoria, y allí se hunde.

Recuerdo que pasaron muchos años. Que yo me fui de casa a estudiar fuera y a ser independiente, y mi hermana se quedó. Recuerdo que todo había cambiado ya para entonces. Yo había librado mis luchas y ella al parecer se contenía dentro de las suyas. Ya no éramos niñas, yo era muy joven y ella una adolescente. Recuerdo su cuerpo frágil y decidido, la redonda carne de sus mejillas, todavía calientes al menor contacto. Habían pasado tantas cosas como tantas cosas pasan en las familias hasta transformarlas. Ya no convivíamos en el núcleo organizador, ya éramos distintos racimos separados, aún cargados de la misma leche. Nuestros abuelos estaban vivos, no nos hablábamos con la otra mitad de la familia y nuestros padres aún no se habían separado. Era ella quien seguía transitando mi casa y la última vida en común de mis padres, ella quien cargó con el preludio del duelo, con la tensión. Mi cuarto se convirtió en un mausoleo estático al que volver algunos fines de semana. Desde la otra ciudad, yo llamaba a mi madre de vez en cuando, hablaba con ella como si fuera mi amiga, todo parecía a punto de explotar y en realidad así era vivir, una sucesión de bombas escondidas bajo la arena tibia. Nos habíamos hecho mayores; nuestros padres mayores de verdad, nosotras relucientes promesas de una vida. Mi hermana entró en una crisis, nadie sabía lo que le pasaba. Supongo que nadie quería saberlo.

Y vinieron los psicólogos, a los que nadie les dio mucha importancia. Y el rumor premeditado de la preocupación, ese imaginar que en nuestra familia podía ocurrir aquello que a veces veíamos que pasaba en otras familias, miembro desangelado que se cae del racimo, uva que no tiene suficiente azúcar, pájaro perdido. ¿Nos lo creímos, se lo creyó ella? Ella sí se lo creyó, supongo, fuimos nosotros los que en el fondo quizá nos mantuvimos al margen, a pesar de que no había nada más que quisiésemos en el mundo que a ella.

Aquello también pasó, y bastante rápido. En realidad ahora me doy cuenta de que solo yo fui ajena, solo yo fui libre. Mis llamadas de teléfono no fueron suficientes para tomar parte. ¿Llamé a mi hermana alguna vez por teléfono durante ese año raro, de psicólogos, de silencios, le pregunté qué le pasaba, así, directamente, tomé partido? En las conversaciones con mi madre, ¿ahondé en lo que importaba, tuve la empatía necesaria para la confesión? En realidad ahora me doy cuenta de que ahí se enteraron ellos, de que ahí mi madre lo supo, ya tarde, ya para nada, y se callaron. Y no me lo dijeron, quizá para evitarme el sufrimiento, quizá porque hay cosas que son imposibles de contar. Y yo no pregunté. Al fin y al cabo éramos una familia normal. Yo era la hermana mayor, pero qué miedo tenía de hablar con mi hermana de lo que nunca había vuelto a hablar. Ella siempre tuvo sobre mí ese poder, esa decisión sobre las conversaciones; aunque fuera la pequeña, era la que de verdad podía enfadarse, la que cerraba las puertas. Siempre anduve con tiento; ahora que lo pienso, un tiento que no me correspondía, pues claro que ella estaría dispuesta a hablar si yo le hubiera tirado de la lengua, si me hubiera enfrentado a su miedo, que era el que importaba, no el mío. Si hubiera vivido con ella su vergüenza, que era la que importaba, no la mía.

Puedo recordarla, delgada como una ruina, preciosa, pajarillo lacio, carita de árbol. Cuatro, cinco años, no sé. Ella no sabía. Yo tampoco sabía. El otro. El de la sonrisa, el del machete. Aquel que había desaparecido de nuestras vidas, pero no por el motivo adecuado. Aquel al que le habíamos reído las gracias siempre, del que habíamos aguantado gritos, insultos, bravuconadas, aquel del que habíamos aprendido la violencia. El guapo, el ganador, el preferido. El jefe de la tribu, despreciable cerebro, enfermo corazón. El que había sido mi amigo. Nueve años mayor que ella. ¿Cuánto duró? Claro que la besaba, y la tocaba, ¿y cuándo?, ¿cuándo la tocaba?, pues cuando estaban solos, cuando nosotros los dejábamos solos, tantos momentos a lo largo de nuestra vida de gran familia, y ahora recuerdo inútilmente una tarde de invierno, estando en casa de mis abuelos, su madre le mandó a que fuera a su casa a por una cosa, y él le dijo a mi hermana que lo acompañara, y ella lo acompañó, y yo me acuerdo ahora, porque eso en el fondo era raro, ella ya tendría más de diez años, y estaría con él allí en casa de los tíos, en el cuarto de él, en la cama, y luego regresaron a casa de los abuelos, y claro que ella fue si él se lo había pedido, porque ¿cómo podría evitarlo?, porque ¿no estaban juntos de alguna manera? ¿No había sido ella elegida por él, en la más tierna infancia, sellada con su voluntad de hombre? Con qué lisura convierte el verdugo a la víctima en cómplice.

¿Por qué no nos dijo nada? ¿Por qué no nos dijiste nada?, le he preguntado. Porque ya lo dije una vez, y lo que vino después fue peor. Eso me ha dicho a mí, a quien pidió auxilio la primera vez, muchos años atrás, y para nada. Eso me ha dicho a mí, quien la dejaba sola cada tarde, cada noche en la que yo escapaba, adolescente ya perdida, luminosa estrella en medio de la calle, huida siempre de la obligación, del amor de la casa. Eso me ha dicho a mí, quien no la salvó de aquello, quien la dejó sola. Y lo ha dicho sin rencor. También sin arrepentimiento. No, yo no lo he vivido, yo he permitido que ella lo viviera. Claro que en aquel entonces yo también era una niña, pero qué negro es a veces el peso de la infancia. Mi hermana ha dicho eso sin rencor y ahora que amanece entre los pinos de la playa, aquí enfrente de las dunas preludio de mar, dentro de este coche que es suyo, yo la recuerdo, traigo a la memoria aquello de lo que todos hemos hecho olvido, incluso ella, traigo a esa niña a mi memoria, y recuerdo su cara tierna y rosada, y sus ocho años y sus grandes camisetas, y sus déjame en paz, y todos diciendo qué arisca es esta niña a veces, y sus expresiones de persona mayor seria y acunada por el viento, esa seriedad que a veces la atrapaba, a pesar de su risa infalible, su risa cristal, a pesar de esa otra cara suya que aún conserva, esa otra cara llena de alegría y desparpajo, la cara de un pájaro volador, recuerdo a esa niña que ya desde muy pequeña no quería quitarse la parte de arriba del bañador en la playa, esa niña que se tapaba como si tuviera algo que esconder, esa niña que a veces adolecía de una vergüenza súbita, extravagante, de la que yo, orgullosa flaca carente de pudor, me burlaba, recuerdo también a esa niña una tarde, en casa de los abuelos, cogiendo entre sus brazos el regalo que él le hizo al volver de un viaje del instituto, él que jamás había hecho un regalo a nadie, y de pronto le trae un paquete a mi hermana pequeña, y todos lo miramos satisfechos, con sonrisa de familia bien avenida, donde un primo mayor le trae un regalo a la prima más chica, pequeña niña de pelo lacio y seis o siete años, y el regalo es un peluche, un gusano simpático que se encendía en la oscuridad, un regalo escurridizo como una víscera, que mi hermana recogió entre sus brazos muy callada, el gusano de felpa, el trofeo, la pertenencia. Recuerdo eso ahora que ya se hace de día entre los pinos y siento que el cuerpo vuelve a temblarme y no es de frío. Cojo el teléfono móvil y llamo a mi hermana, pero está apagado. Entonces ya no hay pensamiento y llamo a mi madre. Muchos tonos después esta descuelga y yo ya estoy llorando y sé que se va a preocupar muchísimo pero no puedo evitarlo, no puedo hacer nada, solo hipar y decirle mamá, y es normal que ella grite qué ha pasado, qué ha pasado, durante un rato hasta que por fin logro hacerme entender y le explico que no ha pasado nada, mamá, no ha pasado nada, pero mi hermana ha cerrado la casa, y mamá, nos hemos peleado, y no sé qué pasa, no sé qué va a pasar, y cada vez estoy llorando más, y veo el mar enfrente y me asusto, es tan grande el mar, y le digo a mi madre sí, mamá, ya voy a ir para allá, no te preocupes, y no le digo que lo sé todo, que ya me lo ha contado, no le digo que ahora que lo sé todo me vienen a la cabeza las pastillas que hay en casa, las que yo he dejado de tomar y las que guardaba de reserva, y no le digo nada de eso aunque de pronto ya no quiero seguir hablando con ella, quiero colgar el teléfono y arrancar el coche, pero entonces mi madre me está diciendo no sé qué del primer vuelo, de que se va a poner a hacer las maletas, y yo todavía robo de algún lado la inercia y le digo que no se preocupe, que se espere a que yo la avise, que se está precipitando, y ella me contesta que si no me doy cuenta de que la he llamado a las siete de la mañana llorando y diciéndole que mi hermana está encerrada en casa, y entonces consigo sacar un poco más de esa pasta curtida por los años y le respondo que no está encerrada en casa, que es que yo me he dejado las llaves, y ya no estoy llorando pero quiero que todo esto acabe, me duele el pecho de aguantar los latidos, podría colgarle el teléfono a mi madre y arrancar el coche de una vez pero no lo hago porque de alguna manera sé que todo está congelado, que nada está ocurriendo, y es ahora mi madre quien solloza al otro lado, y de pronto no puedo evitar sentir una inmensa ternura, una ternura dolorosa hacia ella, llena de espinas, un aluvión de arrepentimiento mezclado con amor, y sigo pronunciando palabras de consuelo mientras pienso en que yo he sabido esto hace unas horas, ¿o lo supe antes y no quise verlo?, ¿no debería haberlo yo sabido sin que nadie me lo dijese?, ¿no había señales suficientes?, ¿no iba el lobo vestido con su flamante piel de lobo, hosca y dura piel de lobo, jamás lobo disfrazado de cordero, lobo siempre con su lomo erizado, no aullaba el lobo a la luna delante de todos, no enseñaba sus fauces con descaro?, ¿he dejado yo acaso a lo largo de mi intensa vida que mi madre me cuente, que mi padre me diga, que mi hermana me hable de esto?, y ahora, encerrada en un coche, pasando la noche después de una pelea, junto a los pinos, frente al mar, ahora recojo las palabras de mi hermana y las alineo, y ahora cada recuerdo me cuadra, pieza de puzle, recuerdos puntuales, concisos, supongo que cerré los ojos un día y no volví a abrirlos, pero mi madre, ¿habrá podido mi madre alguna sola noche de su vida olvidarse? ¿Puede una madre desprenderse alguna vez, en algún momento, de un hecho como ese? ¿Habrá mi madre descansado, una sola vez, durante unos minutos, de su conciencia, de su propio terror? ¿Y mi padre? ¿Lo sabía todo? ¿Pudo él olvidarlo, acaso, durante un solo día, mientras estuvo vivo? Pero no digo nada y mi madre cuelga el teléfono por fin, para que me vaya, para que arranque, y por fin arranco, y doy marcha atrás y salgo por el camino de arena hacia las casas. Al entrar en nuestra calle siento un mareo; veo la casa al fondo, tal y como la he dejado, tan sola y tan callada, y consigo aparcar pero no cierro el coche, me limito a sacar la llave del contacto y a salir de él, calambres en las piernas, he pasado la noche en el asiento del conductor, el aire está ahora frío y el cielo es gris, estoy temblando cuando cruzo la verja, estoy temblando cuando atravieso el patio, todavía los restos de la cena en la mesa del velador, de esa cena truncada, estoy temblando cuando llego a la puerta y ya no hay bolsa en mis ojos ni me late el corazón, solo tiemblo e imagino que todo ha acabado, que esas cosas pasan, que por fin nos ha pasado, no lo puedo evitar, imagino su cuerpo derramado, quieto y vencido, caído pájaro tras la cacería, yo perro que recoge, mandíbula que aprieta suavemente, para no hacer daño todavía, aunque ya no importe, caliente aún el cuerpo del pájaro entre los dientes, perro obediente que llega siempre tarde, y entonces distingo una rendija entre la puerta de la entrada y el quicio, y pongo la mano en el pomo y empujo con cuidado, y la puerta se abre, porque está abierta, la puerta estaba abierta desde cuándo y yo en la playa durmiendo en el coche, y entro en el salón todavía con aquel valle en los ojos y en el sofá veo a mi hermana, delgada y recogida bajo una manta, los ojos cerrados del dormir, la cabeza apoyada sobre un almohadón y el pelo a un lado, todo su rostro abierto, pálido ahora, reposado, y me acerco a ella como no fui capaz de acercarme antes y me siento a su lado, mi mano que tiembla se posa en la suya, caliente, áspera y hueso, preciosa mano de mi hermana, de mi amiga, y ella abre los ojos, tan oscuros de pronto, tan de niña, y me dice te estaba esperando, no tenías llaves, te dejé la puerta abierta, y yo no sé si ella me entiende porque lloro, pero no tanto ya, noto cómo el río para, se detiene por fin, he dormido en el coche, le digo, en la playa, y mi hermana no quita su mano de debajo de la mía, creo incluso que la mueve un poco para que un trozo de su palma acaricie mi palma, pero es un movimiento imperceptible, qué tonta eres, me dice, eres muy tonta, y yo le digo por qué no me has llamado, y ella me responde, dejé la puerta abierta, solo tenías que entrar.